마녀의 요리사

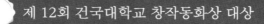

제 12회 건국대학교 창작동화상 대상

마녀의 요리사

박수미 지음

바른북스

『마녀의 요리사』를
펴내며

'무서워요.'

아이들은 종종 그렇게 말합니다.

어둠이, 미지의 영역이, 그리고 막연한 소멸의 공포가 그들을 두렵게 만드는 것이지요. 북유럽 신화 속 빛의 신, 발더조차도 악몽의 두려움을 떨치지 못했다고 합니다.

'세상 만물로부터 너를 해치지 않겠다는 맹세를 받아주마.'

여신 프리그가 약속을 통해 아들인 발더를 달래줬던 것처럼, 무서워하는 아이들을 다독이는 일은 어른들의 몫입니다. 밤은 왜 찾아오는지, 계절이 바뀌는 이유는 무엇인지, 어째서 우리는 영원할 수 없는지… 어른의 품에 안겨 이야기를 들으며 아이들은 안심하고 잠이 듭니다. 그러는 동안 조금씩 성장해 가는 거겠죠.

논리로는 설명할 수 없는 세상의 비밀을 재미있으면서도, 너무 잔혹하지는 않게 드러내는 것이야말로 신화가 만들어진 이유입니다. 그리고 오늘날 그 역할은 동화에게로 이어졌습니다. 세계의 음식과 신화가 담뿍 녹아 있는 이 책 역시 그런 의도가 담겨 있습니다.

마녀의 요리사는 꿈과 두려움, 그리고 가족과 친구에 관한 이야기입니다. 맛있는 음식과 사랑을 양분 삼아 잃어버린 자신을 찾아가는 주인공 핀의 모습을 통해, 우리를 강하게 만드는 게 무엇인지 말하고 싶었습니다.

그와 더불어 융의 원형 이론과 세계의 신화적 요소를 함께 얽동임으로써 맛있고 설레고 에듀테인먼트적인 따뜻한 서사가 되도록 고민했습니다.

우리의 삶을 닮은 지난한 여정 속에서 생명의 소중함을 깨닫게 되는 이 이야기가, 꿈과 휴식이 필요한 수많은 독자들의 여리고 지친 어깨를 다독여 줄 작은 위로가 된다면 더없이 기쁠 겁니다.

핀의 모험이 외롭고 긴 어둠을 뚫고 세상과 만날 수 있도록 아름다운 기회를 마련해 주신 건국대학교 이수경 교수님과 동화와번역연구소, 그리고 심사위원들께 감사드립니다. 그 고마운 분들 덕분에 이 책을 읽는 아이들에게 속삭일 수 있게 되었습니다.

"들리니? 세상의 모든 신화가 너를 지켜줄 거란다."

2020년 11월, 햇살 가득한 동인관 연구실에서
박 수 미 배상

차례

『마녀의 요리사』를 펴내며

I. 오르되브르

Ⅱ. 앙트레

Ⅲ. 디저트

I

—

오르되브르

마라의 집에 가려면 먼저
커다란 고래 뱀 티아마트의 배 속을 통과해야 해.
어둡고 외로운 평원을 지나면
뾰족뾰족한 쇠창살 문이 나타나지만,
두려워할 필요는 없어.
허락받은 사람은 들어갈 수 있으니까.
'언제나 달이 떠 있는 정원'을 지날 때에
검은 장미라도 한 송이쯤 챙겨둬.
마라는 꽃을 좋아하거든.
"계십니까?" 하고 문을 두드리기 전에
창문이 몇 개나 열려 있는지
꼼꼼하게 세어보는 것도 잊지 말아야겠지.
스물일곱 개가 모두 열려 있다면 넌 돌아올 수 없을 테니까.

그럼, 행운을!

뉴욕의 뒷골목, 그리고 골렘

나는 지금 다섯 명의 불량배들에게 끌려가고 있어.

하나같이 덩치가 크고 험상궂게 생긴 녀석들이야. 다들 어찌나 화가 났는지 씩씩거리며 거친 숨과 함께 내게 욕설을 뱉어댔지.

"아야! 아야!"

억세게 붙들린 두 팔이 너무 아파서 내 입에서는 저절로 앓는 소리가 나왔어.

"조용히 걸어. 한 번만 더 소리를 냈다간 코피가 날 때까지 주먹으로 때릴 거니까."

내 오른팔을 붙잡은 곱슬머리 녀석이 손아귀에 힘을 꽉 더 주면서 나지막이 협박했어. 녀석의 팔은 내 허벅지만큼이나 굵었고 게다가 돌덩이처럼 단단해 보이더군.

"내 호주머니에는 칼도 들어 있어. 너 여기서 약은 체하다가 저세상으로 가고 싶냐, 꼬마야? 응?"

이번에는 왼팔을 붙잡은 여드름쟁이가 겁을 췄어. 사실 난 녀석이 정말로 칼을 가지고 있든 아니든 간에 큰 소리를 내거나 할 마음은 전혀 없었거든. 그래서 그냥 순순히 녀석들이 잡아끄는 방향으로 걸어갔어. 저녁 8시쯤 되었으려나, 어둠이 내린 거리에는 오가는 사람이 거의 눈에 띄지 않았고 그 몇 안 되는 사람들마저 다들 집으로 돌아가느라 바빠서 주변에서 무슨 일이 일어나는지 같은 건 관심이 없었지. 한 5분쯤 더 걸었을까. 녀석들은 나를 어느 커다란 고가도로의 아래 깜깜한 모퉁이로 끌고 가서 기둥에 밀어 쳤어.

"이쯤이면 되겠다. 꼬마야, 그렇게 두리번대지 마. 아무도 안 도와주니까 말이야. 여긴 대낮에도 사람이 지나지 않는 데라고."

나는 기둥에 부딪혀 얼얼해진 어깨를 문지르면서 주변을 둘러봤어. 정말로 사람은커녕 제대로 된 불빛조차 없더라고. 바람을 타고 불어온 비린내가 코를 찔러서 난 가볍게 얼굴을 찌푸렸어. 아마 저 멀리 풀턴 어시장에서 풍겨 나왔나 봐. 우와, 세계적인 대도시 뉴욕에 이렇게 후미진 곳이 다 있다니, 참 놀라워.

"겁나냐?"

곱슬머리가 자기 주먹을 꺾어 우드득 하는 소리를 내면서 징그럽게 웃었어. 그리고는 권투선수 흉내를 내면서 허공에 대고 주먹을 막 휘둘러 대는 거야. 아마 날 위협하고 싶어서 그러는 걸 테지.

"아, 어쩌지. 조니가 화가 많이 났나 본데? 꼬마 너 큰일 났다. 미리 말해두겠는데, 조니는 어린아이고 여자고 안 가려. 그냥 막 쥐어 팬단 말이야."

"킥킥킥, 그러니까 아까 잠자코 지갑을 내놨으면 이렇게 무서운 일을 겪지 않아도 되잖아. 꼬마 놈이 왜 그렇게 건방진 거야, 엉?"

나를 에워싼 불량배들은 잔뜩 신이 나서 뭐라고 한 마디씩 떠들어 댔어. 그리고 그게 무슨 응원가라도 되는 양 조니라고 불린 곱슬머리는 한층 더 열심히 주먹을 휘두르고 스텝을 밟았어.

"너 근데 웬 돈이 그렇게 많아? 아까 가게에서 슬쩍 보니 지갑이 터지려고 하더라. 자, 어디서 빼돌린 돈인지 좀 볼까?"

여드름쟁이가 이렇게 말하면서 빙글거리는 얼굴로 다가와 지갑이 든 내 바지 뒷주머니에 팔을 뻗었어. 나는 한 발짝 뒤로 물러나서 그 손을 피했지.

"어어, 이 자식 봐라? 여기까지 와서도 말을 안 듣네?"

어이없어하는 여드름쟁이를 한쪽으로 밀치고 곱슬머리가 달려들어서 내 배를 향해 강한 펀치를 날렸어. 퍽 하는 소리보다도 빠르게 엄청난 아픔이 느껴졌고 난 커억! 신음 소리를 내면서 그 자리에 주저앉아 버렸지. 그 바람에 손에 꼭 쥐고 있던 장바구니도 바닥에 떨어트렸어.

"그것 봐, 이런 자식은 말이 안 통한다니까? 얼굴이 퉁퉁 부어서 자기 엄마도 누군지 못 알아볼 만큼 패줘야 저 건방진 버릇이 고쳐지지."

곱슬머리가 잔뜩 거만한 표정을 지으면서 자랑스럽게 주먹을 들어 보이자, 다른 불량배 녀석들은 낄낄거리면서 박수를 쳤어. 이게 그렇게 대단한 일이냐? 몸무게가 75킬로그램은 넘을 커다란 녀석이 초등학교 6학년짜리에게 풀 파워로 주먹을 날려놓고 그게 그렇게 자랑스러워?

'너희들, 정말 구제불능이다.'

난 고개를 설레설레 저으면서 기둥을 짚고 일어섰어. 장바구니를 봤더니 다행히 달걀도 토마토도 무사하더라고. 그때 갑자기 눈에서 번쩍하며 불꽃이 튀었어. 두 방째 펀치.

"우와, 조니 멋쟁이. 지금 건 정말 깨끗하게 들어갔어. 무하마드 알리라도 그 스트레이트는 못 피했을걸?"

"나도 때려볼래. 아까부터 저 자식 뺨을 후려갈기고 싶었다고. 야들야들해서 좋은 소리가 날 것 같단 말이야."

"하하, 빌리 넌 진짜 변태야. 기다려 봐. 아직 내 차례가 안 끝났잖아."

남은 아파서 정신이 하나도 없는데 녀석들은 신이 나서 제멋대로 떠들어 대고 휘파람을 불면서 난리를 피웠어. 멍이 들지 않아야 하는데… 마라가 알면 마음 아파할 거야. 난 욱신거리는 눈 주변을 살살 문지르면서 끓어오르는 분을 삭이기 위해 심호흡을 했어.

"이제 잘못했다는 걸 알았지?"

곱슬머리가 훈계하듯 말하는 바람에 난 잠시 멍하니 그 녀석의 얼굴을 들여다봤어. 이게 무슨 소리야? 내 귀나 저 녀석 머리, 둘 중의 하나는 고장이 난 게 분명해. 잘못? 잘못이라고? 돈을 뺏고 싶다는 건 알겠는데 저런 식으로 억지를 부리는 건 너무하잖아.

"근데 꼬마야, 후회해도 이제는 늦었어. 너한테는 오늘 교훈을 새겨주지. 평생 잊을 수 없을 만큼 확실한 교훈을 말이야. 이 네 마디를 기억해. **Never Walk Alone At Night. (절대 혼자서 밤에 돌아다니지 마.)**"

그건 실은 다섯 마디였는데 뭐 어쨌든, 그렇게 지껄인 다음 곱슬머리는 바닥에 침을 탁 뱉었어. 그리고는 말을 이었지.

"너한테는 선택할 수 있는 카드가 두 개 있어. 첫 번째 카드는 말이야. 두 손으로 지갑을 바친 뒤에 저 침을 깨끗이 핥아 먹어. 그다음엔 네발로 기어서 저기 보이는 큰길 쪽으로 가는 거야. 그렇게 하면 우리 다섯 명이 한 대씩만 때리는 걸로 봐줄게."

저절로 바닥의 침에 눈길이 갔어. 많이도 뱉었더군. 우웩, 더러워. 난 혐오하는 눈빛으로 곱슬머리를 보며 물었어.

"두 번째 카드는?"

"두 번째 카드는 말이야. 히히히 난 사실 네가 이걸 골랐으면 해. 우리가 차례대로 너를 실컷 두드려 패준 다음에 기절해 있는 네 주머니를 뒤져 지갑을 빼가는 거지."

곱슬머리는 누런 이빨을 드러내며 징그럽게 히죽거렸고 난 이 녀석이 진심이라는 걸 알 수 있었어.

"걱정하지 마. 깨어난 다음에 울면서 엄마한테 전화할 수 있도록 25센트짜리 동전 몇 개는 던져놓고 갈 테니까."

여드름쟁이가 동전을 짤랑거리며 낄낄댔어. 인간이라는 건 참 웃겨. 무슨 말이냐면 아무리 잘난 척해봐야 바로 몇 초 뒤에 자기에게 무슨 일이 닥칠지도 전혀 모른다는 거야. 여기 있는 이 불량배 녀석들처럼.

"그럼 내가 대답할 차례인가?"

난 장바구니를 얌전히 내려놓고 양손을 가볍게 털었어. 양쪽 검지에 낀 반지들이 반짝거리며 내 명령을 기다리고 있었지. 기다려, 마음 같아서는 물불 안 가리고 싶지만, 공평해야 하잖아? 쟤들은 적어도 나에게 선택할 수 있는 권리는 줬으니까 말이야.

"너희에게도… 너희에게도 두 개의 카드가 있어. 하나는 지금 잠깐 동안은 엄청나게 아파서 기절하겠지만, 후유증도 없고 그걸로 끝이야. 두 번째 카드는… 만약 선택을 나에게 맡기면 난 이 두 번째 카드를 골라줄 건데, 이건 기절하지는 않아. 그런데 만약 이걸 선택한다면 너희는 평생 동안 악몽에 시달리고 어두운 곳은 쳐다보지도 못하게 될 거야. 자 그러니 신중하게 골라라."

내 이야기가 끝나자 잠시 침묵이 흘렀어. 그리고 2초쯤? 지

난 다음 곧 그 침묵은 깨졌지. 불량배 녀석들이 서로 마주보며 미친 듯이 웃어대기 시작한 거야.

"하하하하, 아, 배 아파, 악몽이래, 악몽. 크크크큭."

"캬캬캭 와, 저거 너무 겁을 먹어서 홱 돌아버렸나 봐."

"우히힉, 난 엄청 아파서 기절한다는 말이 더 웃겨, 우히히힉, 켁켁, 아, 꼬마야 너 만화를 너무 많이 본 거 아니냐?"

"히히히, 해봐. 해보라고. 네가 하고 싶은 거 다 해봐. 히히히."

이렇게 나오면 더 이상 인정을 베풀 필요는 없겠지.

"그럼, 나에게 골라달라는 걸로 알겠다!"

쾅! 난 검은 진주반지를 낀 오른 주먹으로 땅을 내려찍었어. 반지가 땅에 닿으면서 발생한 커다란 충격파에 휘말려, 낄낄대던 불량배들은 3~4미터 밖으로 날아가 버렸어.

"아이고, 아야야. 이게 도대체…?"

단단한 땅바닥에 호되게 내동댕이쳐진 녀석들이 채 정신을 차리기도 전에 더 놀랄 만한 일이 이어졌지.

"쿠쿠쿠쿵! 쩌쩍!"

반지가 닿은 주변부터 점점 넓게 바닥의 콘크리트가 큰 소리를 내며 갈라지고 검은 돌덩어리가 튀어 올랐어.

"어! 어! 어?"

갑작스런 상황에 놈들이 입을 벌리고 당황하고 있는 동안, 벌어진 콘크리트 사이로 냉장고보다 큰 주먹과 울퉁불퉁한 두 팔, 단단하고 삐쭉삐쭉한 돌덩이 얼굴, 절대로 부서지지 않을 것 같은 거대한 몸통과 기둥 같은 두 다리를 가진 바위 괴물이 솟아 나왔어. 그래, 맞아. 난 바위 괴물, 골렘을 불러낸 거야.

"으아, 으, 으아아!"

"뭐, 뭐, 뭐… 뭐야!"

생전 처음 보는 무시무시한 광경에 불량배들은 발이 땅에 달라붙은 것처럼 꼼짝도 못 하고 그저 비명을 지르며 덜덜 떨고만 있었어. 그런 녀석들을 노려보며 나는 한 손을 세우고 들으라는 듯이 천천히 주문을 외웠어.

"카밀라 옴구루! 샤롬엘루이 배슈라티 기얄로!"

근데 사실 그건 그냥 입에서 나오는 대로 아무 의미 없는 소리를 막 떠들어 댔던 거야. 그렇게 하면 저 녀석들이 더 무서워할 것 같았거든. 골렘을 부를 때엔 주문 같은 건 필요 없고, 그냥 마라가 준 검은 진주반지를 땅에 부딪치기만 하면 돼. 어쨌든 녀석들은 내가 원했던 것 이상으로 겁에 질려서 서로 끌어안고 울어댔어. 누구 하나 예외 없이 바지에 오줌을 지리면서 말이야.

"혼 좀 내줘!"

나는 명령을 기다리고 있는 골렘에게 그렇게 말하고서 장바구니를 챙겨들었어. 골렘은 기이이이- 소리를 내고 두 주먹을 크게 휘두르면서 천천히 녀석들에게 다가갔지.

"안 돼! 안 돼! 살려줘, 으악! 누가, 누가 좀 도와주세요! 제발!"

녀석들의 비명이 주변의 기둥들에 부딪혀 메아리쳤어.

"하하하. 이봐, 벌써 잊은 거야? 이 근처에 아무도 없다고 했던 건 바로 너희들이었잖아. 그렇게 소리를 질러도 소용없어."

애원하는 녀석들을 그렇게 비웃어 주고 난 고가도로 아래를 빠져나와 버렸어. 죽지는 않을 거지만, 앞으로 녀석들은 몇 달 혹은 몇 년 동안이나 악몽에 시달리고 두려움에 떨게 되겠지. 바위만 봐도 골렘이 생각날 거야. 나는 그래도 싸다고 생각해. 돈을 빼앗는 것도 모자라서 저렇게 여럿이서 재미 삼아 어린 아이를 때리다니, 정말 최악이잖아.

전 세계 어디든 마찬가지겠지만 뉴욕에도 가끔 저렇게 못된 녀석들이 있더라고. 저런 놈들만 없으면 여긴 참 멋진 도시인데 말이야. 저 멀리 이스트 강이 건물들의 불빛을 받아 반짝거리며 흐르는 것만 봐도 정말 아름답잖아. 게다가 한 곳에서 세계 여러 나라의 식재료를 살 수 있기 때문에 장 보는 시간을 꽤 절약할 수 있거든. 애초엔 시포트에도 들러 마라를 위한 커피와 꽃을 좀 사 갈 계획이었는데 그건 다음으로 미뤄야겠어, 시시한 녀석들 때문에 오늘은 정말 시간을 많이 낭비했네. 쯧!

"서둘러야겠다. 안첼로티 아저씨네 가게가 문을 닫겠어."

녀석들에게 두들겨 맞은 자리가 욱신거렸지만 난 아저씨네 가게가 있는 리틀 이태리를 향해 걸음을 재촉했어. 음, 거기에서 먼저 링귀니랑 라자냐를 산 다음, 바로 근처에 있는 차이나 타운으로 가서 새우와 향신료를 사야겠어. 그러면 앞으로 며칠 동안은 문제없겠지. 나는 빠르게 걸어가면서 장을 볼 순서를 정했어.

"안녕하세요?"

문을 열고 들어가자 딸랑거리는 종소리가 나고, 배가 커다란 안첼로티 아저씨가 웃으며 나를 반겼어. 단골이거든. 여기는 노천카페와 이탈리아 식재료상을 겸한 가게야.

"오, 왔니? 그래, 어머니는 아직도 그냥 그러시냐? 네가 또 혼자 장을 보러온 걸 보니 별로 나아지신 것 같지는 않구나."

난 고개를 숙이고서 아무 대답도 하지 않고 약간 침울한 듯 서 있었어. 조금 꾸며서 이야기를 해뒀었거든. 그렇지 않으면 어린아이가 혼자 무거운 장바구니를 들고 시장 보러 다니는 걸 수상하게 여기니까 말이야. 심한 경우엔 아동학대라고 경찰을 부르겠다는 사람까지 있을 정도니까.

아, 그렇다고 엄마가 아프다거나 그런 말을 한 건 아니야. 나는 거짓말이라도 그렇게 불길한 이야기는 안 한다고. 그냥 말을 좀 아끼는 거야, 듣는 사람이 상상할 수 있도록.

"아, 어머니는 요즘…. 어휴, 아니에요. 그런 이야기는 안 할래요."

이런 식으로 말이야. 전에 내가 이 정도만 말했는데도 안첼로티 아저씨는 눈물을 조금 글썽거리면서 "그래, 장하구나. 어머니도 금방 기운을 차리실 거다"라고 했었지.

비겁하다고 하지 마. 지금 내가 사는 곳의 식구는 다섯 명이 넘는데 그중에 사람이라곤 나밖에 없단 말이야. 어떻게든 내가 장을 보지 않으면 모두들 굶어야 하는 신세가 된다고. 그쯤 되면 다들 나보다 훨씬 더 심한 거짓말도 서슴없이 하게 될걸?

"그래, 오늘은 뭘 사 가실 건가요, 대견한 도련님?"

안첼로티 아저씨는 내 뺨을 가볍게 꼬집고서 귀엽다는 듯 물었어. 이 아저씨가 나를 이렇게 좋아하는 건 내가 가끔 대화를 하면서 이탈리아어를 섞어 쓰기 때문이기도 할 거야. 뭐? 나 무지하게 똑똑하다고? 영어도 할 줄 알고, 이탈리아어도 하고? 아니, 그건 아니야. 난 외국어 전혀 못 해. 사실은 그게 다 이유가 있어, 나중에 말할 기회가 있겠지만.

"음, 어디 보자. 라자냐용 파스타 1파운드, 링귀니도 1파운드. 그리고 모차렐라 치즈 2파운드 반, 아, 맞다. 아저씨 좋은 발사믹 식초도 파시죠?"

나는 머리에 한 손가락을 짚은 채, 내가 사야 할 것들을 죽 외웠어.

"그럼! 이탈리아에서 직접 가져온 최상품이 있지. 그런데 가격이 조금…."

안첼로티 아저씨는 손가락을 모아 날갯짓하는 것처럼 위로 파닥파닥 올렸어.

"비싸다고요? 그건 괜찮아요. 품질만 좋으면 상관없어요. 하긴, 안첼로티 아저씨네 물건은 언제나 최고였지만요."

칭찬을 받은 안첼로티 아저씨는 행복해진 표정으로 물건들을 종이봉투에 담아 내 장바구니에 넣어주며 이렇게 말했어.

"너를 보면 언제나 내가 기분이 좋아지는구나, 그러니 이번에도 또 10퍼센트 추가할인이다."

"우와! 역시 안첼로티 아저씨가 최고예요."

난 검지를 앞으로 내밀면서 한쪽 눈을 찡긋해 보였어. 그러자 아저씨는 늘 그랬던 것처럼 아주 크림이 많고 달콤한 핫초콜릿 한잔을 계산대 위에 올려놓았어.

"앉아서 천천히 마시고 가거라. 내가 내는 거란다."

이것 봐, 이러니 이 가게를 안 올 수가 있겠냐고.

핫 초콜릿을 마시고 아저씨와 인사를 나누며 헤어진 후, 차이나타운에 들러 향신료와 싱싱하고 커다란 새우를 잔뜩 샀어. 이건 내일 파스타 요리에도 좀 넣고, 튀김도 할 거야. 마라가 좋아하면 좋겠는데.

장을 다 본 나는 주변을 두리번대며 사람이 없을 법한 컴컴한 골목을 찾아 들어갔어. 좋아, 이쯤이라면 아무도 보는 사람이 없겠지. 괜히 누군가 지나가다가 내가 검은 그림자 사이로 휙 사라지는 걸 보고 놀라서 기절해 버리거나 하면 불쌍하잖아. 골렘이 엉망으로 만들어 놓았을 그 골목도 아주 잠깐 걱정되긴 했지만 할 수 없지 뭐, 인과응보인걸.

"마라의 저택으로!"

주위에 아무도 없는 걸 확인한 나는 웃옷의 호주머니에서 회중시계를 꺼낸 다음, 가운데의 노란색 단추를 누르고 그렇게 말했어. 그리고는 마술처럼 뿅! 뉴욕의 지도 속에서 사라졌지. 푸른빛의 터널을 통과하는 짧은 여행을 하면 나는 마라의 저택에 도착할 테고, 거기에서 오늘 사 간 재료들로 요리를 시작할 거야. 그게 내가 하는 일이거든.

안녕? 다시 한번 정식으로 소개할게. 나는 마라의 요리사야. 그리고 마라는 아주 아름다운 마녀지. 지독하게 강하고 무시무시한 마녀가 그렇게나 아름답다니 아마 아무도 상상하지 못했을 거야.

내 이름이 뭐였지? 기억이 안 나!

물론 나도 처음부터 마녀의 요리사였던 건 아니었어. 주변의 평범한 6학년 아이들과 똑같이 나 역시 엄마, 아빠, 여동생이랑 함께 살면서 학교에 다녔고, 친구들과 어울려서 놀았었어. 숙제하기 싫다고 짜증 부리기도 했었고, 틈틈이 몰래 여동생 알밤도 때려주고, 엄마에게 맛있는 것 좀 해달라고 조르기도 하고 말이야.

그런데 있지, 어느 날 문득 눈을 떠보니 나 혼자서 캄캄한 동굴 속에 쓰러져 있는 게 아니겠어? 그건 아주 커다랗고 축축하고 어두운 동굴이었어. 높이는 내 키의 열 배 정도는 될 것 같았고 넓이는 내가 두 팔을 벌린 것의 일곱 배는 충분히 넘어보였어. 게다가 앞뒤 어느 쪽을 돌아봐도 끝이 보이지 않을 만큼 긴 동굴이었지. 한마디로 엄청나게 크다고 보면 돼. 근데 크기는 중요한 게 아니야. 문제는 내가 왜 거기에 있는가 하는 거였어.

이상하잖아? 분명히 내 방의 침대에서 잠이 들었었는데 깨어보니 난데없이 이런 동굴 속에 누워 있다는 건 말이야.

"뭐야 이게?"

나는 너무 놀라서 그렇게 혼잣말을 했지. 그러자 내 목소리가 동굴 벽에 부딪혀서 '뭐야 이게', '뭐야 이게' 하고 몇 번이나 메아리쳐 되돌아왔어.

"아직도 꿈을 꾸고 있나?"

나는 고개를 갸웃거리면서 그렇게 말했어. 그랬더니 갑자기 동굴에 다른 사람의 말소리가 들리는 거야.

"꿈이 아냐."

깜짝 놀랐어. 왜냐면 주위에 아무도 보이지 않는데 소리만 들리니까. 나도 모르게 저절로 주위를 돌아봤지만 역시 동굴속에 있는 건 나 혼자뿐이었어. 어떻게 된 거지? 하는 생각에 가슴이 두근거렸어. 하지만 그 굵은 목소리에는 어딘가 애교가 있더라고. 나쁜 사람이나 귀신 따위는 아닌 것 같아서 조금 마음을 놓고 먼 쪽을 향해 이렇게 말했지.

"거기 누가 있어? 그럼 좀 나와 봐."

곧바로 대답이 왔어.

"응, 난 여기에 있어. 하지만 갈 수는 없어."

이게 뭔 소리야 싶어서 물었지.

"왜 못 오는데?"

"왜냐하면 네가 지금 내 배 속에 있으니까."

배 속이라고? 나는 어이가 없어서 잠깐 코웃음을 친 다음에 이렇게 말했어.

"말도 안 되는 거짓말 할래? 누굴 바보로 아냐?"

"티아마트는 거짓말 안 해."

"티아마트라고? 그게 뭔데?"

"내가 티아마트지."

이런 식이어서는 더 이야기를 나눠봐야 소용이 없겠더라고. 계속 말장난이나 하고 싶지는 않아서 난 그 목소리를 더 상대 안 하기로 했어.

"뭐, 아마 어딘가에 숨어서 장난을 치는가 본데, 좋아. 일단 내가 상황을 좀 파악해 보고 나서 널 찾아주기로 하지. 그나저 나 여긴 대체 어디야?"

나는 그렇게 혼잣말을 하며 일어나서 다시 한번 주변을 유심히 살펴봤어. 그러면서 내가 여기에 있는 이유도 생각해 봤지. 근데 도저히 모르겠더라고. 마술에라도 걸려든 것일까 싶었어. 그 굵고 애교 있는 목소리가 또 '네가 있는 곳은 티아마트의 배 속'이라고 내 혼잣말에 대꾸를 해줬지만. 난 "아 조용히 해!" 하며 그냥 무시했어.

한 가지 이상한 건 그렇게 낯선 상황에 처해 있는데도 그리 무섭지는 않다는 점이었어. 난 원래 용감한 성격이라서 웬만한 건 하나도 겁을 안 내지만, 딱 한 가지, 컴컴한 곳에 혼자 있는 것만은 질색이거든. 꼭 누가 뒤에서 빤히 보고 있는 것 같아서 괜히 등골이 오싹하잖아. 근데 첨 눈을 떴을 때부터 이 동굴의 어둠이 전혀 무섭지가 않더라고.

"좋아, 일단 좀 앞으로 가볼까?"

그곳에 가만히 서 있어 봐야 별수가 없을 것 같기에 나는 일단 움직여 보기로 했어. 의외로 가까운 곳에 밖으로 빠져나가는 문이 있을지도 모르잖아. 동굴이 양쪽으로 길게 뻗어 있었기 때문에 나는 우선 방향부터 정했어.

"어·느·쪽·으·로·갈·까·요·알·아·맞·춰·보·십·시·오."

손가락을 왔다 갔다 하면서 그렇게 해봤더니 결국 내 검지가 가리킨 곳은 왼쪽이었어.

"흠, 왼쪽인가?"

나는 그렇게 일부러 약간 큰 목소리로 혼잣말을 했어. 왜냐하면 정말 그쪽으로 가면 되는지 자신이 없었거든. 그런데 이번에는 아무런 대꾸도 들리지가 않았어. 뭐야, 정작 대답이 필요할 때에는 입을 다물어 버리다니….

"흥!"

어쩐지 기분이 상한 나는 콧방귀를 한번 세게 뀌어준 다음 팔을 크게 휘저으면서 왼쪽을 향해서 걷기 시작했어. 까짓거 왼쪽이 아니면 어때. 한참 걷다 보면 어딘가에는 도착하겠지 하는 마음으로 말이야. 다행히 동굴은 일자로 쭉 뻗어 있었기 때문에 길을 잃을 염려는 없을 것 같았어.

얼마나 걸었을까, 아마 한 15분쯤이라고 생각해. 하여튼 한참을 걸었다 싶은데도 도무지 동굴의 끝이 나타나지 않아서 나는 슬슬 불안해졌어. 이거 이 방향이 아니면 어쩌지? 지금까지 왔던 길을 고스란히 되돌아가야 한다면 큰일인데.

그래서 나는 그 목소리에게 물어보기로 했어. 자존심이 좀 상하기는 하지만 조금이라도 빨리 이 동굴을 벗어나고 싶었거든.

"이봐, 티아마트!"

"응?"

이번에는 금방 대답이 들렸어. 나는 속으로 휴- 하고 안심을 했지.

"내가 지금 바깥쪽으로 가고 있는 게 맞아?"

"바깥으로 나가고 싶었던 거야?"

티아마트는 또 엉뚱한 소리를 했어. 난 답답한 걸 꾹 참고 그렇다고 했지.

"그럼 입을 열어줄게. 하지만 후회해도 난 몰라."

그럴 리가 없잖아. 내가 왜 후회를 하겠냐고. 어디라고 해도 이 축축하고 어두운 동굴 속보다야 나을 테지.

"그래, 열어줘. 티아마트."

내가 부탁을 하자마자 티아마트는 입을 확 벌렸어. 음? 이게 뭐지? 입이 이렇게 커? 난 깜짝 놀랐어. 내가 여태까지 걸어왔던 거리만큼이 전부 티아마트의 입이었던 거야. 뭐야, 배 속이라더니, 입속이었잖아.

하여간 나는 빨리 그곳에서 벗어나고 싶은 마음뿐이었기 때문에 혹시라도 티아마트의 마음이 변하기 전에 바깥을 향해 뛰어나갔어.

"앗 차가워. 이거 물이잖아."

거대한 입술을 한 번에 붕 하고 뛰어넘어 착지를 했다 싶었는데, 아 글쎄 그 주변은 온통 발목까지 차오르는 물이더라고. 난 첨벙대며 조금 떨어져 있는 강의 기슭으로 걸어 올라갔어. 아침부터 이게 도대체 웬 고생이람.

"잠깐, 이걸 줄게!"

티아마트가 부르는 소리에 난 뒤를 돌아봤어. 그리고 또 깜짝 놀랐지. 오늘은 놀랄 일이 많은 날인가 봐. 하여튼 난 그렇게 큰 물고기는 처음 봤어. 음 어떻게 설명하면 좋을까? 고래를 떠올려 봐, 세상에서 가장 큰 종류의 고래를. 그리고 그런 고래가 여섯 마리 정도 바짝 붙어 있다고 상상해 봐. 엄청 크지? 그것보다도 훨씬 커, 티아마트는.

하여간 뭘 준다기에 난 의심스런 표정으로 물었어.

"뭔데?"

"에취!"

티아마트는 대답도 하지 않고 대뜸 재채기를 했어. 으악! 이거 온통 콧물을 뒤집어쓰겠는걸? 난 눈을 찡그리며 두 손으로 얼굴을 막았어. 그런데, 티아마트의 콧물은 전혀 날아오지 않았어. 대신에 아주 작은 금가루 같은 것들이 바람을 타고 잔뜩 날아와 내 몸 이곳저곳에 붙었지.

"뭐야? 왜 이런 짓을 해?"

나는 그 가루들을 툭툭 털어내며 티아마트를 원망스레 쳐다 봤어. 그래도 티아마트는 전혀 신경 쓰지 않고 밝은 목소리로 "내 할 일은 여기서 끝-"이라고 외치더니 풍덩 하고 머리부터 물속으로 들어가 버렸어. 와, 그런데 아까 내가 티아마트를 크 다고 했었지? 길이는 더 엄청나. 언제 끝이 나려나 하고 한참 지켜보고 있었는데, 하여간 거짓말처럼 길고도 굵은 몸통이 계속해서 물속으로 빨려 들어갔어.

"이게 말이 되는 거야?"

나는 잠깐 생각하다가 아래쪽을 봤어. 분명히 물은 내 발목 정도밖에 오지 않는데, 이런 얕은 물에 어떻게 저렇게 커다란 고래가 잠수를 할 수 있는 거지? 도저히 이해가 가지 않더라 고.

하지만 지금의 나는 그때의 내가 던진 그 질문에 대답할 수 있지. 응, 가능해. 왜냐고? 네가 발을 디딘 곳은 이미 상식과는 거리가 먼 곳이니까.

핀, 마법의 세계 속으로

막상 티아마트에게 입을 벌리라고 해서 밖으로 나오긴 했지만, 난 어디로 가야 할지 몰라 막막했어. 강변 주위에는 이름 모를 꽃만 가득 피어 있을 뿐 아무것도 없었고, 그곳 역시 티아마트의 배 속처럼 어둡고 컴컴해서 으스스한 기분이 들더란 말이지.

그때 저쪽 강둑에서 나를 부르는 소리가 들렸어.

"여기야! 핀."

이 이상한 곳에 있는 사람이 나 혼자만은 아니란 걸 알게 된 나는, 반갑기도 하고 놀랍기도 해서 얼른 소리 나는 쪽을 돌아봤어. 강둑에 서서 나를 부른 건 아주 잘생긴 내 또래의 사내아이였어. 밝게 웃으면서 손을 흔들고 있는 걸 보니까 나까지 기분이 좋아질 만큼 착하게 생긴 얼굴이었지. 게다가 왼손에 큼지막한 등불을 하나 들고 있었는데 그게 또 얼마나 반가웠는지 몰라.

어두운 곳에 있어 본 사람들은 내가 무슨 말을 하는지 알 거야. 캄캄한 밤에 아무것도 제대로 보이지 않아서 무서워하고 있을 때에는, 조그만 불빛 하나만으로도 큰 의지가 되거든. 난 기뻐서 서둘러 낮은 언덕을 뛰어 올라가 그 애의 곁으로 갔어.

"안녕 핀, 난 카룬이야."

내가 다가가자 그 친구는 손을 내밀며 그렇게 말했어. 나도 얼른 손을 뻗어 악수를 하면서 내 소개를 했지.

"어? 어어, 카룬이라고 하는구나. 이렇게 만나서 반갑다. 나는⋯."

그런데 말이야. 갑자기 내 이름이 전혀 기억이 나질 않는 거야. 나는⋯ 나는⋯ 어럽쇼, 난 도대체 누구였지? 말이 되느냐고? 자기 이름을 잊어버리다니!

카룬은 내가 이름을 말하지 못하고 머뭇거리는데도 전혀 신경 쓰지 않더라고. 그저 밝게 웃으면서 그 애는 이렇게 말했어.

"어서 와. 핀, 기다리고 있었어."

그때까지 나는 그 '핀'이라는 게 나를 부르는 이름인지도 몰랐어. 그냥 말에 섞여 이상한 소리가 나는가 보다 했지. 콧방귀나 침 삼키는 소리 같은 거 있잖아. 그러면서 카룬은 호주머니에서 주섬주섬 뭔가를 꺼내더니 그걸 내 머리 위로 휙- 하고 뿌렸어. 그 애가 뿌린 건 여러 가지 꽃잎과 여러 색의 색종이 조각, 그리고 반짝이는 금가루 같은 것들이었지.

"그리고 이건 너를 위한 환영 인사야!"

"나를 기다리고 있었다고?"

나는 금가루가 코에 들어갔는지 조금 간지러워져서 가볍게 재채기를 하며 물었어.

"응. 혹시 네가 길을 잃을까 봐 마중을 나온 거야. 핀."

그렇게 말하면서 그 아이가 웃는데, 어찌나 순수하고 밝은 미소이던지, 난 저절로 마음이 놓였어. 바로 직전까지는 아주 조금이긴 해도 불안한 마음이 있었거든, 한 10퍼센트 정도랄까…. 그런데 그런 것마저 싹- 깨끗이 사라지는 거야. '이 아이는 절대로 나쁜 사람은 아냐. 내 장난감이랑 저금통에 모아 둔 돈 전부를 걸어도 좋아' 하는 생각이 들었어.

"아 고마워 카룬. 그런데 여기가 도대체 어디야? 그리고 내가 올 줄은 어떻게 알았어?"

"여기는 마라 님의 저택이야, 핀. 그리고 오늘 네가 올 거라고 마라 님이 말해주셨어."

"마라 님이라고? 그게 누군데?" 난 다시 물었어.

"마라 님은 이곳의 주인이시지. 지금 네 눈에 보이는 건 뭐든 다 그분의 소유야. 저기 저 강물도, 이 언덕 위의 땅도, 모두 말이야. 마라 님은 아주 아름다우신 분이셔. 게다가 마법은 또 얼마나 강력한지…."

카룬은 조금도 귀찮아하지 않고 친절하게 대답해 줬어. 입을 약간 벌리고 어, 하고 듣던 나는 의문이 생겨서 카룬의 말을 끊었어.

"잠깐 마법? 마법이라고?"

"웅!"

카룬은 당연하다는 듯 고개를 힘차게 끄덕이며 말했어.

"넌 정말 행운아야, 핀! 다른 사람도 아니고 마라 님이 직접 너를 초대하신 거란 말이야. 내가 너라면 얼마나 좋을까?"

그렇게 들떠 있는 카룬인가 캬라멜인가 하는 녀석에게는 조금 미안하지만 그때 내가 느낀 기분은 이런 거였어. 이거 봐…. 난 6학년이라고. 마법이라니. 그런 말을 순진하게 믿어 버리기에는 나이가 너무 먹어버렸단 말이지. 이거 뭔가 수상쩍잖아. 비싼 물건을 강매하려는 것 아닐까? 아니면 신종 유괴수법이나 사이비 종교라든지.

'위험해. 이 녀석, 생긴 건 멀쩡한데 상태가 안 좋아.'

나는 일단 여기서 벗어나는 게 좋겠다고 결론을 내렸어. 깨어나 보니 이상한 고래 배 속이지, 밖이라고 내려준 곳은 생전 듣도 보도 못한 이상한 강변이지, 게다가 이번엔 마법을 운운하다니…. 카룬이 아무리 좋은 아이 같아 보이는 얼굴을 하고 있더라도 더 이상 골치 아픈 일에 얽히기는 싫었어. 그래서 억지웃음을 지으면서 그 애를 살살 구슬렸지.

"하, 하, 하, 저기 근데 말이야 카룬. 너 혹시 여기에서 나가는 길을 아니? 난 먼저 잠시 집에 좀 들렀으면 하는데. 왜냐면 음, 갈아입을 옷도 없고…."

그러자 카룬은 에~? 하고 눈코입이 다 떠져서는 이렇게 말하는 거야.

"간다고? 아니 왜에? 넌 마라 님께 초 · 대 · 를 · 받 · 았 · 다 · 니 · 까! 농담하지 마, 핀. 이건 호박이 덩굴째 굴러들어온 행운이라고! 그것도 달콤한 크림소스까지 곁들여서!"

엥? 이건 또 무슨 소리냐, 호박은 뭐고 크림소스는 또 뭐람. 에이그 귀찮아. 싫다는데 왜 이리 달라붙는 거냐고. 어쨌든 나는 짜증을 참으며 다시 한번 싫다고 했어. 일단은 내 침대로 가서 미치든지 돌든지 하고 싶어서 말이야.

"아아, 정말 자꾸 이러지 마. 난 호박도 별로 안 좋아하고. 일단, 지금은 갈아입을 옷이 없으면 아무것도 못 한단 말이야. 이것 봐. 바지가 다 젖었지? 이러면 감기 걸릴 거야. 난 민감해서 말이야."

그러자 카룬은 금세 실망한 얼굴이 되어 시무룩해졌어.

"그렇구나, 핀. 너는 떠나고 싶은 거구나. 이거 정말 아쉬운걸."

"아니, 나도 이곳이랑 네가 정말 좋긴 하지만, 일단 부모님에게도 알려 드려야 하고."

난 카룬이 삐쳐버려서 내게 길을 알려주지 않을까 봐 그렇게 꼬이며 달랬어. 좋아할 턱이 있나? 이렇게 음침하고 아무것도 없는 강둑을! 게다가 마법사라니? 지금이 몇 세기인데 그런 이야기를 하느냐고.

"그런데 돌아갈 수는 있지만 다시 이곳으로 오지는 못할 거야. 왜냐하면 마라 님의 초대는 이번 한 번뿐이거든."

카룬은 안타깝다는 듯 그렇게 말했어.

'아니 그 눈빛은 뭐야, 왜 동정하는 것 같냐고. 상관없잖아, 누가 마법 따위 배우고 싶대? 마라 님인지 뭔지 알게 뭐람?'

나는 속으로 그렇게 생각했지만, 겉으로는 카룬을 흉내 내서 안타까운 표정을 짓고 있었어. 살짝 한숨도 쉬면서 말이야.

"뭐, 어쩔 수 없지. 핀이 가고 싶으면 가야지 뭐. 그럼 내가 티아마트에게 신호를 보낼게."

잠깐 아쉬워하던 카룬은 그렇게 말하고 오른손을 펼쳤어. 그랬더니 그 손 위에 야구공만 한 파란 불덩어리가 펑 하면서 생겨나는 거야. 이글이글 타오르는 불덩어리를 손 위에 올려 놓고서도, 카룬은 조금도 뜨거워하거나 놀라지 않았어. 오히려 오른손을 빙글빙글 돌려서 그 불덩어리가 점점 더 커지게 했지. 그리곤 갑자기 그걸 강둑 너머로 휙 하고 던지는 거야. 불덩어리는 강변까지 빠르게 날아가서 모래 위에 부딪히며 높은 불기둥 회오리를 만들었어.

"이렇게 해두면 티아마트가 보고 올 거야."

"아, 저… 저기 너… 지금 뭘 한 거야?"

나는 입을 딱 벌리고서 꼼짝도 못 하고 카룬과 불기둥을 번갈아 쳐다봤어. 놀랄 만하잖아?

"아아, 이거?"

카룬은 뭔가 부끄럽다는 듯 수줍게 웃었어.

"나는 재능이 없어서 이 정도 마법밖에 못 해. 그렇지만 핀

너라면 금방 더 굉장한 마법을 하게 되겠지. 마라 님께서 직접 초대해 주신 사람이니까 말이야.”

그러면서 카룬은 곁에 피어 있는 꽃에서 잎을 하나 떼어냈어. 그리고 그걸 혹 하고 부니까, 푸른 잎사귀는 순식간에 엄청나게 부풀어 올라서 반짝반짝 윤이 나는 멋진 자전거로 변했어.

“떠나고 싶거든 이걸 타고 가. 티아마트는 물이 있는 곳까지밖에 못 가니까 말이야. 여기까지 왔던 기념품이라고 생각해, 핀.”

나는 어안이 벙벙해서 자전거를 만져봤어. 그건 정말 틀림없는 진짜 자전거더라고. 침이 꼴깍하고 넘어갔어. 그 순간 내 머릿속에서는 이 말만이 엄청나게 크게 울려댔지.

'이건 진짜 마법이잖아!'

게다가 트럼프 카드 숫자를 알아맞히는 것 따위와는 비교조차 되지 않을 만큼 화려한 마법이었어. 어느 정도 나이를 먹고 나서부터는 마법 같은 건, 전부 거짓말이라고만 생각했었는데! 난 내가 지금 미친 건가 싶어서 잠깐 내 귓불을 좀 꼬집어 봤어. 아야! 아파, 아프다고. 미치지도 않았고, 꿈도 아냐.

“어, 카룬 날 부른 거야?”

어느 틈에 나타났는지 티아마트가 강물 위로 머리를 내밀고 카룬에게 물었어.

“응, 그래 티아마트. 핀이 머물고 싶지 않다니까. 네가 좀 데려다줘."

그렇게 대답하고 나서 카룬은 다시 오른손을 딱 퉁겼어. 이번에는 강가에 피어 있던 꽃들에서 일제히 환하게 빛이 뿜어져 나와 우리가 서 있는 주변을 비췄어. 마치 내가 티아마트에게 가는 길을 안내하기라도 하는 듯이 말이야. 너무 놀라워서 꼼짝도 못 하고 있는 나에게, 카룬은 친절하게 한 손을 내밀며 말했어.

"자, 핀. 이 길을 따라 내려가면 돼. 잘 가. 다시 올 수 없어서 아쉽지만 내가 강요할 수 있는 일은 아니니까."

"아니 잠깐만 기다려 봐. 난 지금 집에 돌아간다고는 안 했어, 그저 갈 수 있으면 좋겠다고 한 거라고."

다급해진 나는 카룬을 만류했어. 카룬은 어리둥절한 표정으로 날 바라봤지.

"크흠, 큼, 여러 가지 걸리는 일이 많기는 해도, 모처럼 초대받은 거니까 마, 마… 뭐라고 했더라? 하여간 그분께 마법을 배워보도록 할게. 집에는 좀 있다가 돌아가지 뭐."

나는 그렇게 말할 수밖에 없었어. 생각해 봐! 손에서 불이 뿜어져 나와서 커다란 불기둥을 일으키고, 자전거도 만들어내고, 꽃을 눈부신 조명으로 바꾸는 마법이, 방금 내 눈앞에서 펼쳐졌단 말이야. 게다가 나는 그 마라 님이라는 사람에게 직접 초대받은 사람이라서 금방 이보다 더 굉장한 마법을 부릴 줄 알게 될 거라잖아. 이런데도 다 싫다고 하고 집으로 돌아갈 수야 없는 노릇이지. 이건 정말 일생에 한 번 있을까 말까 한 대단한 기회라고 생각했어. 그렇지 않아?

"와, 정말? 가버리지 않을 거야?" 카룬은 마치 자신의 일인 듯 굉장히 기뻐했어.

"응, 친구야. 네가 그렇게 아쉬워하는 걸 보고 있자니까 도저히 그냥 뿌리치고 갈 수가 없잖아."

난 카룬의 어깨에 손을 두르며 '친구'라고 부르고 미소를 지어줬어. 속으로는 '흐흐흐, 내가 굉장한 마법을 부리게 되면 부하로 삼아주마' 하는 생각을 하면서 말이야.

"그럼 서두르자. 마라 님은 기다리는 걸 싫어하시거든."

그렇게 말하고 나서 카룬은 조금 전에 내게 줬던 자전거를 잡더니 그걸 쭈욱 잡아당겼어. 상상이 가니? 쇠로 된 자전거를 무슨 떡 반죽처럼 늘이는 거야. 늘어난 자전거는 안장 두 개가 앞뒤로 나란히 달린 2인용 자전거로 변했어. 워낙 신기한 걸 계속 많이 봐온 탓인지 난 그걸 그저 덤덤한 얼굴로 지켜보고 있었어. 카룬은 먼저 앞자리에 턱 걸쳐 앉더니 한 손으로는 핸들을 잡고, 다른 손으로 뒤의 안장을 두드렸어.

"자, 핀 여기에 타! 내가 길을 아니까 앞에 앉아 갈게."

그때서야 나는 '핀'이 코를 킁킁거리는 소리가 아니고 나를 부르는 호칭이라는 걸 깨달았어. 이상하게도 내 이름이 뭐였는지 갑자기 기억이 나진 않았지만, 분명히 '핀' 같은 건 아니었어. 무엇보다도 너무 낯설단 말이야. 만약 그게 내 이름이었다면 '핀'이라고 부를 때에 분명히 익숙한 느낌이 들어야 할 텐데, 전혀 그렇지 않았거든.

"저기 근데 카룬, 왜 나를 핀이라고 불러?" 나는 자전거 뒷자리에 앉으며 물었어.

"응? 그게 네 이름인걸. 핀."

카룬은 이상한 걸 다 묻는다는 투로 대답했어.

"하지만 카룬, 어쩐지 내 이름은 그게 아닌 것 같아. 너 혹시 나랑 다른 사람을 착각한 건 아니니?"

나는 조금 불안해져서 그렇게 물었어. 왜냐면 기껏 '마라'의 저택에까지 갔는데 누군가가 나를 보고 고개를 저으면서 '야 카룬, 사람을 잘못 데리고 왔잖아! 누구냐, 이런 못난 꼬맹이는?'이라고 하면 어떡해.

"하하하, 그럴 일은 저언혀 없어. 이곳에 사람이 오는 것도 흔하지 않고, 무엇보다도 네 얼굴은 마라 님이 일러주신 것과 그야말로 완전히 똑같거든. 자 이제 출발한다. 손잡이를 꽉 잡아."

카룬은 밝게 웃으면서 그렇게 말하고 힘차게 페달을 밟았어. 자전거는 엄청나게 빠른 속도를 내며 길게 자라난 들꽃들 사이로 나 있는 좁은 길을 달려나갔어. 어두워서 조심스러울 법도 한데 카룬은 앞에 걸어둔 등불 하나에 의지해서, 조금도 겁내지 않고 전속력으로 달리는 거야. 쌩-, 쌩-, 빠르기도 하더라고. 카룬이 힘이 센 건지 아니면 마법 자전거라서 그런 건지는 모르겠지만 말이야.

　멀리 뒤에서 티아마트가 '잘 가, 핀!'이라고 하고는 다시 물속으로 풍덩 하고 들어가는 소리가 들렸어. 나도 손을 흔들어 주려 했지만 뒤돌아보니 이미 그 자리에는 물보라와 소용돌이만 남아 있었지.

그라하의 먹이가 되지는 않겠다

"카룬, 마라 님은 어떤 분이셔?"

넓게 펼쳐진 어두운 평원의 한가운데에서 나는 목소리를 크게 해서 물었어. 자전거가 바람을 가르며 달리고 있었기 때문에 앞에 있는 카룬에게 잘 들리지 않을 것 같았거든.

"응, 굉장히 아름다운 분이야. 그리고 아주 강력한 마법을 몇백 개나 알고 계시지. 그라하건, 릴리스건 라미아건 그런 것들은 상대도 안 될 만큼 무시무시한 마법도 말이야. 게다가 고상하시기 이를 데 없지. 이제 곧 만나면 핀 너도 금방 그분을 좋아하게 될 거야."

카룬의 대답에는 여전히 못 알아들을 소리가 여러 개 섞여 있었어. 그라하는 뭐고 릴리스, 라미아는 또 뭐람? 뭐 사람의 이름인가 싶었어. 마라라는 사람의 경쟁자 같은 건가? 그렇지만 일단 그런 것보다 더 궁금한 게 많아서 다른 걸 또 물었어.

"그곳에 가면 다른 친구들도 있니? 너랑 나 말고?"

"응! 우리 말고도 친구가 여럿 있어. 그러니까 조금도 외롭진 않을 거야."

그건 조금 안심이 되는 대답이었어.

"그럼 맛있는 음식도 먹을 수 있는 거니? 배가 좀 고프거든."

"으, 웅. 그렇지. 맛있는 음식도 먹을 수 있어."

"근데 음식은 누가 해 주는 거야? 마라 님이라는 분이 요리도 하셔?"

그렇게 물었는데 카룬은 아무 대답이 없었어. 나는 이 애가 혹시 못 들었나 싶어서 다시 한번 큰 소리로 물었어.

"음식은 누가 해주냐고?"

"웅, 아, 요, 요리사가 하는 거지."

이번에는 카룬이 대답을 해줬어. 근데 어째 대답이 조금 신통치 않더라고. 뭐 어쨌든 그렇게 나와 카룬이 이런저런 이야기를 하면서 페달을 밟는 동안 마라의 저택이 눈에 들어올 만큼 가까워졌어.

그런데 있잖아. 내 앞에 앉아 있는 카룬이 뭔가 좀 이상한 것 같았어. 그게 뭘까. 분명 이 아이는 카룬이긴 한데, 그런데 내가 조금 전에 강둑에서 본 카룬과는 어딘가 많이 달라진 것 같았어. 특히나 머리카락이 이상했어. 아까는 분명히 숱이 많았던 것 같은데 지금은 거의 매끈한 대머리처럼 돼버린 거야. 난 고개를 갸웃거리면서 물었어.

"야, 카룬 너 뭔가 좀 변한 것 같지 않아? 머리카락이 이상해."

그러자 카룬이 살짝 고개를 돌리더니 "신경 쓰지 마, 기분 탓이야"라고 대답하는 거야. 근데 카룬의 얼굴도 뭔가 달라졌어.

"아니 잠깐, 기분 탓이 아닌데? 너 눈도 좀 이상해! 원래 그렇게 눈이 컸던가?"

이번에도 카룬은 가볍게 손을 흔들면서 "아냐, 아냐, 기분 탓이야"라고 대수롭지 않게 대답했어.

"어? 너 손가락도 달라졌잖아! 네 손톱이 그렇게 길고 날카롭지 않았는데? 게다가 피부색! 그거 왜 그래? 완전히 회색이잖아!"

난 머릿속이 엉망진창으로 꼬인 것 같아서 그렇게 말하며 인상을 찌푸렸어.

"쳇, 벌써 긍정의 가루 효과가 다 됐나?"

카룬은 내 물음에는 답해줄 생각도 않고 또 뭔지 모를 엉뚱한 혼잣말을 하며 혀를 찼어. 나중에 알게 된 거지만, 티아마트의 재채기 때도 그랬었고, 카룬이 처음에 강둑에서 내게 뿌렸던 색종이와 금가루 속에는 긍정의 가루가 섞여 있었던 거야.

긍정의 가루라는 건 말이지, 마라의 정원에서 달빛을 담뿍 받고 자란 검은 장미의 꽃잎을 말려 곱게 빻은 다음, 살짝 마법을 걸어 만드는 거야. 그걸 들이키면 아주 잠깐 동안이기는 하지만 그 어떤 거짓말이라도 꽤 그럴듯하게 들리고, 아무리 보기 싫은 얼굴이라도 잘생긴 것처럼 느끼게 해주거든.

하지만 그때 난 긍정의 가루가 뭔지 까맣게 몰랐었으니까, 다시 한번 카룬의 귀에 대고 큰 소리로 '그게 무슨 말이야?' 하고 물었어. 그 애의 귀도 이상하게 변하긴 마찬가지여서 엄청 길어지고 뾰족하게 변해 있더라고.

그래도 카룬이 도무지 제대로 대답을 해주지 않아서 뭐라고 한마디 더 하려고 고개를 숙이는데, 뭔가가 갑자기 튀어나와서 내 얼굴을 툭 치는 거야. 흠칫 놀라서 '이게 뭐지?' 하고 보니까 아, 글쎄 그건 날개였어! 아주 커다란 박쥐 날개 같은 게 카룬의 등 뒤에 떡하니 솟아난 거야. 게다가 바람에 조금씩 펄럭이기까지 하면서 말이지.

'이건 이미 인간이 아니잖아!'

난 울상이 돼서 속으로 그렇게 소리쳤어. 그래도 그때는 긍정의 가루에 약간이나마 취해 있었으니까 그 정도였지, 아마 정상적인 상태였다면 난 너무 무서워서 고함을 지르고 미친 듯이 사람 살리라며 울부짖었을 거야. 안 그렇겠어? 친구라고만 생각하고 같은 자전거에 올라서 밤길을 달리고 있었는데, 시간이 흐를수록 그 친구가 점점 요괴의 모습으로 변해가고 있으니 말이야.

그런데도 카룬은 가끔 혼잣말처럼 "신경 쓰지 마, 핀. 기분 탓이야"라는 소리만 성의 없이 되풀이하면서 오직 자전거 페달만 죽어라 밟아댔어. 아무래도 이대로 이 애를, 아니 그때에는 이미 애도 아니었지, 이 요괴를 얌전히 따라가서는 안 되겠다 싶었어. 왜냐하면 카룬은 처음서부터 사람인 척하며 나를 속인 거였잖아. 그러니 이제는 이 녀석이 했던 말들을 곧이 믿을 수가 없다 싶었지. 그리고 무서움이 가득한 마음 한구석에 슬그머니 화가 나기 시작했어.

"야! 너, 애초부터 나한테 거짓말을 한 거지? 마라 같은 건 있지도 않지?"

난 갑자기 분을 못 이기고 그렇게 소리쳤어. 그래도 카룬은 아무 대답이 없었어.

"세워줘! 이제 너랑 같이 가고 싶지 않아!"

난 소리를 지르고, 지르고, 또 질렀어. 그래 봐야 카룬은 요지부동이었지만, 그럴수록 내 목소리는 더 커졌어. 한참 고함을 질러대고 있는데, 갑자기 카룬이 나를 휙 돌아보며 침착하게 말했어.

"핀, 꼭 잡아야 해. 절대 놓치면 안 돼, 알았지?"

비록 엄청나게 흥분한 상태였지만, 나는 그 이야기를 하는 카룬의 눈이 진심이라는 걸 알 수 있었어. 그만큼 카룬의 눈은 진실해 보였고 겁에 질려 있었거든. 나는 나도 모르게 입을 다물고 얌전히 고개를 끄덕였어. 그리고 잠깐 멍해져 있다가 물었어.

"왜 그래, 카룬?"

"그라하가 쫓아오고 있어."

카룬은 지금까지 보다도 더 빠르게 자전거를 몰면서 대답했어. 포장되지 않은 산길이라서 자전거는 계속 덜컹거리며 튀어 올랐고, 난 손잡이를 잡은 두 손에 힘을 꽉 주어야 했어. 그라하? 그라하가 뭐지? 하고 고개를 갸웃거리는데 별안간 등골이 오싹해지면서 엄청나게 추워지는 거야. 그 한기는 겨울에 느끼는 추위와는 완전히 다른 종류였어. 뭐랄까, 피부가 아닌 몸의 저 안쪽부터, 싸늘하게 얼어붙는 것 같은 기분이 들더란 말이지.

"으으으, 이게 뭐야? 왜 이렇게 춥지?"

나는 이를 딱딱 부딪치면서 카룬에게 물었어. 어느새 내 몸은 부들부들 떨리고 있었고, 너무나 추워서 정신이 다 아득해질 정도였어. 특히 등 쪽이 더 추웠어. '아무래도 이 냉기는 뒤쪽에서부터 오는 것 같은데' 하는 생각이 들어서 나는 뒤쪽을 힐끔 돌아봤어.

"오! 맙소사!"

무시무시한 괴물이 쫓아오고 있었던 거야. 카룬도 요괴인데 왜 괴물을 보고 새삼스럽게 놀라느냐고? 그건 정말 모르는 소리야. 내 뒤를 쫓아오는 그 괴물은 너무도 흉측하고 무섭게 생겨서 난 처음 본 순간에 하마터면 기절할 뻔했어. 그 시뻘겋고 쭉 째진 눈은 징그러운 윤기로 반들거렸고, 쫙 벌린 주둥이에서는 길고 누런 이빨들 사이로 푸르스름한 불길이 날름거렸어. 이마에 길게 뻗은 뿔이나 독사처럼 생긴 꼬리까지, 어디

한 구석 무섭지 않은 데가 없는 거야. 크기는 또 얼마나 큰지, 코끼리 열 마리를 일렬로 세워둔 것보다 더 커다란 녀석이, 갈퀴 같은 손을 내저으면서 달려오는 중이었다고.

그리고 무엇보다도 괴물에게서는 강렬한 적의가 뿜어져 나오고 있었거든. 그저 '끼애액!' 하는 소리만 질러댔지만, 난 분명하게 알 수 있었어. 그 '끼애액'의 의미는 '널 잡아먹겠다'라는 걸 말이야.

언제 나타나서 우리를 쫓기 시작한 건지는 몰라도, 그 괴물은 나와 카룬이 타고 있는 자전거에서 불과 이십 걸음 정도밖에 떨어지지 않은 곳까지 이르렀어. 그리고 그 엄청나게 긴 다리 길이와 속도로 봐서 우리는 곧 따라잡힐 것 같아 보였지.

난 나도 모르게 카룬에게 찰싹 달라붙어서 그 애의 허리를 꽉 끌어안았어. 그리고 카룬에게 "더 빨리 달려!"라고 목청이 터지게 외쳤어. 하긴 내가 그러지 않아도 이미 카룬은 정신없이 페달을 밟아대고 있었지만.

"야! 카룬, 무슨 수를 좀 내봐! 이러다가는 잡아먹히겠어!"

다시 뒤를 돌아보니 괴물은 아까보다 훨씬 더 가까운 곳까지 쫓아와 있었어. 이제 몇 초 후면 저 길고 날카로운 발톱이 내 등에 닿을 것 같더라고. 손톱이 획획 소리를 내며 스쳐 가는데 나와의 거리는 1미터도 되지 않았어. 그리고 점점 줄어들었지. 획! 50센티, 획! 10센티! 으악! 이번에는 맞는다! 그때 카룬이 소리쳤어.

"도착했다!"

카룬은 달리는 자전거에서 붕 뛰어올랐어. 그 박쥐 날개 같은 날개를 힘차게 퍼덕이면서 말이야. 그리고는 두 팔로 나를 확 낚아챘어. 어어, 하고 몸이 떠오르는 걸 느낀 순간 아래쪽에서 콰직! 하는 소리가 들렸어. 괴물이 우리가 타고 있던 자전거를 박살 낸 거야.

"문을 열어줘! 나야, 카룬! 핀을 데리고 돌아왔어!"

카룬은 세차게 날갯짓을 하면서 그렇게 외쳤어. 정신을 차리고 앞을 보니까 거기엔 뾰족하고 높다란 철창들이 촘촘히 세워진 문이 있더라고. 어느새 우리는 정말 마라의 저택에 도착해 있었던 거야. 철창문은 곧바로 끼이익-, 하는 기분 나쁜 소리를 내면서 조금 열렸고 카룬은 몸을 옆으로 기울여서 그 사이로 날렵하게 빠져 들어갔어. 그러면서 동시에 이렇게 소리를 질렀어.

"그라하는 안 돼! 저건 초대받지 않았어!"

그러자 철창문이 쾅! 소리를 내며 닫혔어. 그런데 말이지, 철창문보다도 그 괴물이 몇 배나 키가 크거든, 만약 괴물이 그러려고 마음만 먹는다면 저 정도의 문은 얼마든지 뛰어넘을 수 있을 것 같았어. 그래서 난 걱정스럽게 물었어.

"야, 카룬. 저 문으로 저 큰 괴물을 막기는 어려울 것 같은데?"

카룬이 채 대답해 주기도 전에 아래쪽에서 괴물의 비명과 신음 소리가 들려왔어. 내려다보니 뾰족하고 긴 수많은 창살들 하나, 하나가 마치 뱀처럼 제멋대로 휘어지고 길어져서 괴물을 찔러대고 있는 게 보였어. 그라하라는 괴물은 굉장히 세 보였지만, 몇십 개나 되는 날카로운 창살들이 일제히 찔러대고 후려치는 공격에는 도무지 버티지 못하더라고. 결국 괴물은 기죽은 울음소리를 내고 비틀거리며 달아났어.

"초대받지 않은 존재는 저 창살문을 통과하지 못해. 어지간한 힘이나 마법이 있다고 하더라도 말이야."

카룬은 천천히 나를 땅에 내려주면서 말했어.

"도대체 뭐였어, 방금 전 그 괴물은?"

"그건 그라하(Grahas)야. 아이들을 잡아먹는 녀석이지."

헐떡거리며 대답을 하는 카룬의 얼굴은 온통 땀으로 범벅이되어 있었고 팔과 다리에는 굵은 힘줄이 드러나 있었어. 그럴수밖에 없겠지, 강둑에서부터 전속력으로 자전거를 타고 달려왔고, 나중에는 나를 안은 채 날기까지 했으니까 말이야. 나만큼은 아니었을지 몰라도 이 애 역시 그 그라하라는 괴물에게 쫓기면서 무서웠을 거야. 그런데도 카룬은 힘든 내색을 하나도 하지 않고 환하게 웃었어.

"자, 이제 여기는 안전해. 마라 님의 저택에 온 걸 환영해, 핀."

그리고 거의 동시에 또 하나의 목소리가 들렸어.

"첫날부터 고생이 많았어, 핀."

누구지? 하고 소리가 난 쪽을 돌아보니 거기엔 아까 카룬이 강둑에서부터 들고 있던 둥근 등불이 하늘에 둥실 떠 있었어. 뭐야, 등불이 말을 하네- 하고 유심히 살펴보니까 그건 그냥 보통 등불이 아니었어. 아기 멧돼지 같은 얼굴의 손바닥만 한 녀석이 온몸에서 환한 빛을 내뿜고 있었던 거야. 그래도 뭐, 이 정도는 오늘 하루 겪었던 여러 가지 일들에 비하면 그다지 놀랄만한 것도 아닌 것 같아서, 난 그냥 적당히 넘어가 주기로 했어. 게다가 이 녀석은 꽤 귀엽게 생기기도 했거든.

"얘는 엠시콘(Empsychon)이야. 곁에 있는 것만으로도 용기가 생겨나는 친구지."

카룬은 그 등불 같은 애를 내게 소개해 주면서 슬쩍 윙크를 했어. 그런데 있지. 내가 뭐에 홀렸었는지는 몰라도, 그 순간만큼은 카룬이 마치 오래된 친구만큼이나 믿음이 가면서 굉장히 멋진 것처럼 느껴지더라고. 회색 피부에 고양이처럼 생긴 눈을 한 녀석이었고 등에는 날개까지 달려 있었는데도 말이야.

검은 장미의 정원

마라의 정원은 엄청나게 넓었어. 내가 다니던 학교엔 축구장이 있었는데, 얼핏 보기에도 마라의 집 정원이 그보다 훨씬큰 것 같았어. 게다가 굉장히 아름답기도 했지. 정원에는 잔디가 곱게 깔렸고, 가운데의 둥근 분수를 향해 뻗은 여덟 갈래길 주변에는 예쁜 꽃들이 한가득 피어 있었어. 내가 서 있는곳 반대쪽 끝 숲에는 매우 정성 들여 가꾼 것 같은 여러 종류의 나무들이 높다랗게 자란 채였는데, 그게 달빛을 받으니 꽤근사하게 보이더라.

그리고 역시 마라의 정원에서 가장 멋있다고 할 수 있는 건, 3층으로 된 고풍스런 저택이었어. 저택의 창문들이 활짝 열려서 밝은 노란색의 빛을 뿜어냈는데, 짙은 남색의 지붕이랑 흰벽의 색깔과 어우러져서 꽤 근사하고 따뜻해 보였어. 그런 느낌을 뭐라고 표현하면 좋을까? 만약 네가 어떤 집의 불빛을보면서 저 안에는 행복한 웃음이 가득하겠지 하고 부러워한적이 있다면, 내가 처음 마라의 저택을 보았을 때의 심정이 이해될 거야.

"역시, 스물여섯 번째 창문까지 열려 있었네."

나와 나란히 서서 마라의 저택을 바라보던 카룬이 말했어. 그러자 엠시콘도 맞장구를 쳤지.

"그러게 말이야, 저건 열리지 않았으면 좋았을걸."

난 그 둘이 무슨 말을 하는 건지 몰라서 조금 어리둥절했어. 시선을 따라 고개를 돌려보니 걔들이 보고 있는 건 저택 2층의 창문이었어. 굉장히 많은 수의 창문이 있더라고. 손가락으로 짚으며 세어봤어. 하나, 둘, 모두 다 해서 27개의 창문이 있었고 그중에 단 하나만 남긴 채 모두 활짝 열려서 빛을 내는 중이었지.

'저게 뭐기에 열리지 말았어야 한다는 걸까.'

내막은 도통 모르겠지만 어쨌든 그런 이야기는 뭔가 불길하게 들리더라고. 초조해져서 손톱을 물어뜯고 있는데 카룬이 내 어깨를 두드리며 아, 신경 쓸 거 없어. 곧 너도 알게 될 거야. 자, 이쪽이야. 핀, 하고는 앞장서서 걷기 시작했어.

정원을 따라 걸어가는 길은 워낙 잘 가꾸어진 모양이어서, 보고 있노라면 저절로 기분이 좋아질 정도였어. 오늘 내가 눈을 떴을 때부터 도저히 이해할 수 없는 처지에 놓인 데다, 조금 전에는 목숨까지 잃을 뻔했었는데도 불구하고 입가에 미소가 지어질 만큼 말이야.

둥글고 예쁜 흰 자갈들이 촘촘히 깔린 널찍한 길은 맨발로 걸어도 좋을 것 같아 보였고, 길의 양옆에 피어 있는 꽃들은 이제까지 한 번도 보지 못한 진귀한 모양새와 향기를 뿜내고 있었지. 게다가 그 꽃들 사이로 수많은 밝은 빛이 어지럽게 날아다녔는데, 자세히 보니까 그건 모두 귀여운 요정들이었어.

꽃들이 모두 검은색이라는 것과 아직도 저 밖의 평원 어딘가에서 날 잡아먹을 생각에 침을 흘리며 배회하고 있을 그라하만 아니라면, 정말 나무랄 데가 없는 평화로운 풍경이었어. 달빛 때문에 눈에 보이는 모든 것은 약간 푸른색을 띠었는데, 그게 또 마라의 정원을 한층 더 낭만적으로 꾸며주는 듯했고 말야.

"이곳은 언제나 달이 뜨는 정원이야. 어때, 마라 님의 저택에 온 소감은? 마음에 드니, 핀?"

내 주변을 빙글빙글 돌며 떠다니던 엠시콘이 묻기에 난 고개를 끄덕였어.

"응, 정말 아름다워."

그러자 엠시콘은 조금 잘난 척을 하며 이렇게 말했어.

"이 정도를 가지고 아름답다고 감탄하면 곤란한데…. 마라 님은 이런 것들보다 몇백 배나 아름다우시거든."

"그래? 그 정도야?" 난 그렇게 대답을 했지만 속으로는 이런 걱정을 했어.

'카룬이나, 엠시콘의 생김새를 감안하면, 아마 마라도 인간의 모습이 아닐 텐데, 제발 내가 놀랄 만큼 흉측하지나 않았으면 좋겠다.'

옛날이야기에도 있잖아. 매우 아름다운 정원의 주인이 야수라거나 하는 거 말이야. 그런 생각을 하면서 한편으로, 어느새 내 주위에 사람이 아닌 것들이 가득한데도 이젠 그런 사실이 그렇게 놀랍거나 겁이 나지 않는다는 게 신기했어. 그라하를 본 이후로는 카룬 정도는 무섭지도 않더란 말이지, 물론 카룬은 내 생명의 은인이기도 하니까.

"늦었잖아!"

분수 앞을 막 지나는데 꽃밭 사이에서 굵은 나무밑동이 하나 튀어나오면서 투덜거렸어. 나무밑동은 1.5미터 정도의 길이였는데 위에는 잘려나간 것처럼 나이테가 고스란히 드러난 모습이었고, 아래쪽으로는 뿌리 사이로 나막신을 신은 나무다리가 보였어. 아름드리 몸통에 비해 가늘어 보이는 가지가 둘 길게 뻗어 있었는데, 그 끝에 더 잔가지가 여럿 붙은 것으로 봐서 아마 그 부분이 팔과 손인 것 같았어.

도대체 하루 만에 이상한 걸 몇 개나 보게 되는 건지, 이젠 다 세기도 어려울 지경이어서 이번엔 놀라움도 그리 크지 않았어. 그냥 어 또 신기한 녀석이 나타났네 하는 정도였지. 게다가 카룬과 엠시콘이 조금도 놀라지 않는 거로 봐서 위험한 존재는 아닌 것 같더라고.

"아, 발더(Balder). 넌 아마 우리가 얼마나 위험했는지 모를 거야."

카룬은 조그만 뿔이 두 개 삐죽삐죽 나 있는 자신의 이마에 손을 짚으며 탄식하듯 말했어.

"뭐야? 라미아라도 나왔던 거야?"

발더라고 불린 나무밑동은 화들짝 놀라며 갈라지고 굵은 목소리로 물었어. 발더가 움직일 때마다 몸 이곳저곳에 달려 있는 조그만 나뭇잎들이 서로 부딪쳐서 푸스슥 소릴 내며 흔들거렸는데, 그래서인지 좀 과장스러워 보였어.

"아니, 라미아는 아니고, 그라하가 쫓아왔었어. 그래도 무서웠다고!"

이번에는 엠시콘이 대답했어. 그러자 발더는 잘난 척 팔짱을 끼고는 헐! 헐! 헐! 하며 쇳소리가 섞인 것 같은 웃음소리를 냈어.

"뭐야, 그까짓 그라하! 나였다면 대번 꿀밤을 쥐어박아 쫓아버렸을 텐데!"

"흥, 말처럼 쉽지는 않을걸? 단지 싸우기만 하는 게 아니라 핀을 지키기도 해야 하는 거였다고. 괜히 치고받고 하다가 그 바람에 핀이 다치기라도 하면 안 되잖아."

카룬이 가볍게 항의를 했어. 그때서야 발더는 내 존재를 알아챘다는 듯 내게로 눈길을 돌리더니 잠깐 나를 위아래로 훑어보았어.

"아하, 맞아. 핀이 오는 날이었지."

그리고는 금방 내게 바짝 다가서더니 친한 척 귀엣말을 했어.

"다음부터는 위험하거나 도움이 필요할 때, 이 발더를 불러 줘. 난 그야말로 무적이거든. 이것 좀 봐봐. 이 갑옷처럼 딱딱한 피부를 말이야. 아무것도 나를 해치지 못해."

"겨우살이만 아니라면 말이지."

우리 둘에게서 떨어져 있어도, 무슨 말을 하는지 다 안다는 듯 엠시콘이 끼어들며 놀렸어. 그러자 발더가 또 화들짝 놀랐어.

"겨우살이 이야기는 하지 마! 그건 반칙이야."

난 겨우살이가 뭔지도 모르고, 이 애들이 무슨 말을 하는지 다 이해하지 못했지만, 발더의 허풍선이 같은 모습이 재미있어서 그만 하하하 하고 웃음을 터뜨렸어. 그리고 그런 나를 따라 카룬과 다른 아이들도 다 깔깔댔어. 발더는 특히 제일 좋아하며 웃었는데, 아마 자기가 여러 사람을 웃게 만들었다는 걸 뿌듯해 하는 것 같은 눈치더라고.

마라의 저택 내부는 정원보다도 더 아름다웠어. 일단 안으로 들어서는 입구부터 웅장하고 눈부셨지. 내가 아름드리 대리석 기둥이 여럿 세워져 있었고, 대형 자동차도 드나들 만한 커다란 정문은 암갈색의 윤기 나는 나무로 만들어져 있어서 뭔가 엄숙해 보였어.

게다가 문의 귀퉁이와 중앙, 그리고 문틀에는 번쩍번쩍 빛나는 황금이 덧입혀져 있어서 아주 화려했지. 또 기둥이나 정문, 테라스에 이르는 계단과 거기 장식된 조각상들까지, 눈에 닿는 모든 것들은, 벽에 걸려 있는 여러 개의 노란색 횃불을 받아서 한층 더 멋져 보였어.

"자아, 이제 들어간다!"

정문의 앞에 도착해서 카룬은 나를 보며 준비가 되었냐는 투로 말했어. 내가 고개를 가볍게 끄덕이자 카룬이 황금색의 둥근 문고리를 잡고, 그걸 문에 가볍게 퉁, 퉁 두들겼어.

"누구신가요?"

잠시 뒤에 안에서 누군가의 목소리가 들려왔는데, 그 목소리는 조금 우울한 것 같고 의기소침한 느낌이었어.

"나야, 카룬. 핀을 마중해서 데리고 왔어."

카룬이 대답을 하자 아무 소리도 없이 스르르 문이 열렸어. 발더와 엠시콘은 문이 열리자마자 아무렇지도 않게 성큼성큼 안으로 들어가 버렸지만, 난 조금 조심스러워져서 문 뒤에 숨어 슬쩍 안쪽을 들여다봤어. 그런데 말이야. 문을 열어준 사람이 보이지 않는 거야.

"뭐야, 핀. 겁먹을 것 없어. 넌 초대받은 사람이라고. 자 어서 들어와."

카룬은 조금 얼떨떨해 있는 내 어깨를 툭 치며 안으로 들어가자고 했어.

"그게 아니라, 아까 누구냐고 물어보고 나서 문 열어준 사람이 있잖아? 근데 지금은 아무것도 안 보여. 어떻게 된 거야?"

"아아, 그 앤 에코(Echo)야, 부끄럼쟁이라서 아무에게도 얼굴을 안 보여줘. 그렇지만 언제나 이 저택 안에 머물면서 여러 가지 일들을 돌보고 있지."

카룬은 별거 아니라는 듯 말하며 문을 활짝 열고 앞장서서 성큼성큼 걸었어. 저택의 내부가 한눈에 들어오자, 나는 그 아름다움에 또 한 번 탄성이 터졌어. 널찍하고 천장이 아주 높은 1층 홀의 꼭대기에는 커다란 수정 샹들리에가 달려 있었어. 짙은 검정 대리석으로 된 홀의 바닥에 샹들리에 불빛이 반사되어 마치 별의 가루를 잔뜩 흩뿌려 놓은 것처럼 반짝이는 거야. 연한 금빛으로 치장된 홀의 벽에는 진한 자주색 비단 휘장이 드리워졌고, 군데군데 커다란 그림들과 조각들이 놓여 있어서 고풍스런 분위기를 자아냈어.

그리고 입구와 마주보고 있는 홀의 저편 끝에는 2층으로 이어진 두 개의 나선형 계단이 보였어. 나중에 알게 된 거지만 그 계단들은 마라의 방에 갈 때만 사용되는 거였지. 2층 한가운데를 차지하고 있는 마라의 방은 얼핏 보면 둥글게 튀어나온 발코니처럼 생겼는데, 문 같은 건 없고 아주 두꺼운 검은 장막과 윤이 나는 금빛 비단 장막, 그리고 잠자리 날개처럼 아주 얇은 흰 레이스 장막이 세 겹으로 둘러쳐진 모양이었어.

"자, 핀. 여기에 이런 자세로 앉아."

카룬은 내게 홀의 중앙을 가리키며 어떻게 앉아야 하는 건지 시범을 보여줬어. 먼저 오른쪽 무릎을 세우고 앉은 다음,

오른팔은 그 위에 얹고, 왼손으로는 가볍게 바닥을 짚는 자세였어. '어, 뭔가 유난스럽고 쑥스러운 모습인데' 하는 생각이 들긴 했지만, 막상 그렇게 하고 앉아보니, 마치 공주님을 기다리는 동화 속의 기사가 된 것 같아서 조금 멋진 것도 같더라고.

내가 자세를 잡고 앉자, 내 곁의 양쪽으로 카룬과 발더, 엠시콘도 나란히 앉았어. 그리고 잠시 모두 아무 말도 하지 않고 가만히 있었어.

"근데, 우리 뭘 하는 거야, 지금?"

어색한 침묵이 부담스러워서 두어 번 헛기침을 하다가, 나는 결국 카룬에게 귓속말로 물었어.

"마라 님을 기다리는 중이야."

카룬도 목소리를 낮춰서 대답해 줬어. 그리고는 곧 갑자기 생각이 난 게 있다는 듯 한마디를 덧붙였지.

"아, 맞다. 핀, 내가 깜빡 잊고 이야기 안 한 게 있는데 말이야."

"응?"

"마라 님은 말대답을 하는 걸 싫어하셔. 그러니까 마라 님이 뭐라고 하시든 간에 그저 얌전히 예의 바르게 듣고 있어야 해. 그리 상냥하신 분은 아니거든."

나는 잠깐 생각해 보다가 뭐 그런가 보다 하고 고개를 끄덕였어.

"상관없어, 마법만 배울 수 있다면. 뭐 원래 뛰어난 선생님은 엄하게 제자를 가르치시는 법이잖아?"

그러면서 나는 억지로 미소까지 가볍게 지어 보였어. 그러나 속으로는 이렇게 생각했지.

'이 자식, 카룬. 끝까지 거짓말을 하고 말이야. 그런 건 아까 이야기해 줬어야 하는 거잖아. 내가 마법만 강해져 보라지. 너는 매일 붙잡아서 두드려 줄 테다.'

"아 그, 그러니? 근데 있잖아. 그… 사실은 넌 여기에 마법을 배우러 온 게 아니야."

카룬은 말까지 더듬으면서 또 아까와는 다른 소리를 했어. 난 화도 나고 놀랍기도 해서, 나도 모르게 소리를 버럭 지르며 카룬에게 달려들었어.

"뭐라고? 너 임마! 아까는 나보고 마라가 직접 마법을 가르쳐주기 위해 날 초대한 거랬잖아!"

"직접 초대하신 건 분명히 맞아. 근데 네가 뭘 하게 될지 아직 모르는 것뿐이라고. 발더, 애 좀 말려봐."

카룬은 나를 진정시키기 위해 진땀을 빼며 말했어. 발더는 조금 전부터 꾸벅꾸벅 졸고 있었기 때문에 바로 옆에서 무슨 일이 나고 있는지 전혀 모른 채, 여전히 꿈나라에 가 있었지.

"이럴 거면 난 돌아갈래! 뭐야 너, 애초부터 계속 거짓말만 한 거잖아!"

나는 카룬을 뿌리치면서 일어섰어. 그리고 문을 향해 마악한 발짝을 떼려는데, 엠시콘이 뽀르르 날아 올라와서 내게 속삭였어.

"가지 마, 핀. 아직도 저 평원에는 그라하가 돌아다니고 있단 말이야. 그리고 마라 님이 무슨 말씀을 하시는지 들어보고 결정을 해도 늦지 않잖아. 정말 네게 마법을 가르쳐 주실지도 모르는 일 아냐."

다른 이야기는 다 귀에 들어오지도 않았고 믿지도 않았지만, '그라하'라는 이름만은 똑똑히 들렸어. 난 갑자기 소름이 끼쳐서 한발을 든 자세로 우뚝 서버렸지. 하긴, 그 괴물을 다시 만나는 건 절대 사양하고 싶긴 해. 아까는 카룬의 덕에 무사히 넘어갔지만, 이번에 또다시 그런 상황이 온다면… 으아, 그건 생각만 해도 끔찍하니까.

그래서 난 다시 제자리로 돌아와 앉았어. 그렇게 한 진짜 이유는 밖에 나가기가 무서워서였지만, 겉으로는 "그래, 엠시콘 내가 너를 봐서 한 번만 참는다"라고 얼버무렸어. 겁쟁이로 비쳐지기는 싫었거든.

이제 내가 할 수 있는 것이라고는 마라가 기분이 좋아서 내게 '얘 핀, 너 마법에 재능이 있어 보이는구나. 내가 최고의 마법사로 만들어 주지.' 해주기를 바라는 수밖에 없더라. 제발 그렇게 되면 좋겠는데…. 심술이 나서 아랫입술을 쭉 내밀고 카룬을 흘겨보다가 또 궁금한 게 생겼어.

'그런데 만약 마법을 배우는 게 아니라면 난, 여기서 대체

뭘 하게 되는 거지?'

설마, 모두의 저녁식사감이 되는 건 아니겠지 하는 걱정을 하며, 이걸 누구에게 물어볼까 고민하고 있는데, 2층에서 '스르르르릉' 부드러운 하프 소리가 들렸어. 그리고 마라의 방을 감싸고 있던 세 겹의 장막이 차례로 열리며, 그 안에서 눈부신 빛이 흘러나와 이미 밝은 홀 안을 더 환하게 비춰주는 거야.

"고개를 숙여, 핀. 마라 님이 잠에서 깨어나셨어."

카룬이 황급히 고개를 조아리며 속삭였고, 내 가슴은 기대와 불안으로 콩닥콩닥 두근거렸어. 이제 나는 어떻게 되는 걸까.

아름다운 마녀, 마라

카룬이 내게 했던 말들은 온통 거짓투성이였지만, 적어도 그중 한 가지만은 분명한 사실이었어. 마라가 엄청나게 아름답다는 이야기 말이야, 그건 정말이더라고.

마라의 방에 드리워져 있던 장막이 모두 걷히고, 넓고 안락해 보이는 긴 의자에 앉은 마라가 모습을 드러냈을 때, 난 눈을 동그랗게 뜨고 그녀에게서 눈을 뗄 수가 없었어.

"우와, 대단해."

입에서는 나도 모르게 이런 말이 터져 나왔지.

과연 세상에 이렇게 아름다운 사람이 또 있을까 하는 생각이 절로 들더라고. 그만큼 마라의 미모는 눈이 부셨어. 길고 윤기 나는 암갈색의 머리칼이 물결치듯 흘러내려 와 그녀의 양어깨를 감쌌고, 몸에 달라붙는 칠흑처럼 검은 드레스와 눈처럼 흰 피부가 보기 좋은 대조를 이루고 있었어.

그리고 무엇보다도 그 눈빛! 그 눈빛은 실제로 마라를 보지 못한 사람에게는 제대로 설명해 주기가 어려울 만큼, 대단히 신비롭고 아름다웠어. 짙은 보라색의 눈동자 안에 무수한 별들이 반짝이는 것 같기도 하고, 금방이라도 눈물이 툭 터질 것 같이 슬퍼 보이면서도, 또 동시에 대단히 도도하고 냉정한 여왕의 근엄함이 배어 나오는 그런 눈이었어.

긴 속눈썹이 돋보이는 눈꺼풀을 지긋이 내리깐 채, 1층 홀의 우리들을 보며 마라가 말했어.

"뢰브가 왔구나. 일어나서 이리 오거라."

난 그 말에 주변을 두리번거렸어. 뢰브? 뢰브라는 건 또 누구지? 그때 카룬이 내 옆구리를 가볍게 건드리며 속삭였어.

"마라 님이 부르시잖아."

"뭐? 네가 내 이름은 핀이라면서? 지금 일어나라고 한 건 뢰브인데?"

"그게 너야."

나를 또 놀리는 건가 싶어서 다른 편에 앉은 엠시콘을 쳐다봤어. 엠시콘도 '너야' 하는 입 모양을 지으며 일어서라는 시늉을 했어.

마지못해 일어서서 마라가 있는 2층을 향해 나 있는 나선형 계단을 걸어 올라가면서도, 머릿속이 여간 복잡하지 않았어. 내 이름이 뭐였는지 기억나지 않는 것부터 시작해서, 핀이랬다가, 뢰브라고 했다가 하며, 이름을 계속 바꿔 부르는 일까지…. 이거 뭐가 어떻게 되어가는 거냔 말이야.

"뢰브. 거기 앉으렴."

내가 2층에 도착하자 마라는 길고 흰 손가락으로 자신이 앉

은 의자의 곁에 놓인 금빛 방석을 가리켰어. 가까이에서 지켜
보고 있자니 새삼 그 아름다움이 대단하더라고. 그리고 동시
에 도저히 함부로 대하기 어려운 위엄도 있었지. 그래서 난 마
라가 시키는 대로 얌전히 방석 위에 앉았어.

"잘 생겼구나, 뢰브."

그렇게 말한 마라는 무표정한 얼굴로 내 머리를 한번 천천
히 쓰다듬어 주고 나서, 딱 소리가 나게 손가락을 튕겼어. 우
히히… 그게 있잖아, 어쨌거나 칭찬을 듣는 건 기분이 좋더라
고. 아무리 기묘한 상황에 처해 있더라도 말이지. 게다가 잘
생겼다잖아. 나, 그런 칭찬을 들어본 건 엄마한테 외에는 처음
이거든. 으쓱해서 씩 웃고 있는데, 아까 정원의 꽃밭에서 보았
던 작은 요정들이 리본으로 장식된 커다란 상자를 들고 내 앞
으로 날아왔어.

"이건 뭔가요? 마, 마라 님?"

난 상자를 받아들고 물었어. 그러자 마라가 고개를 가볍게
저으며 이렇게 말했어.

"뢰브, 너는 날 그냥 마라라고 부르렴. '님' 자 따위는 붙이
지 않아도 돼. 언젠가 마라 님이라고 부르라고 할 때까지는….
왜냐하면 넌 아직 6학년 어린아이이니까. 그리 징그럽게 다 자
란 것처럼 굴 필요는 없다."

난 도통 무슨 소리인지 잘 모르겠더라고. 하지만 그냥 고개
를 끄덕이며 다시 물었어.

"이건 뭔가요, 마, 마라?"

마라라고 부르는 소리에 그녀는 아주 살짝 미소를 지었어.

"모두 네 거란다. 앞으로 네게 꼭 필요한 것들이지."

그리고는 허공에 손가락을 휘둘러서 상자를 묶어 둔 리본이 저절로 슥, 슥, 풀리게 했어. 나는 '우와! 이 사람, 정말 마법을 할 줄 아는구나' 하고 감탄했지.

상자 안에서는 여러 가지 것들이 튀어 올랐다가 다시 안으로 들어갔어. 마치, 제가 이 안에 있다는 걸 잊지 마세요, 하고 물건들이 자기소개를 하는 것처럼.

맨 먼저 은빛의 긴 사슬고리가 달려 있는 회중시계가 폴짝 튀어 올라왔었고, 검은 진주반지와 흰 진주반지가 교대로 통통 튀었고, 붉은 보석 목걸이, 후추통과, 소금통, 뒤집개와 긴 젓가락, 앞치마와 붉은 삼베수건 같은 것들이 차례로 모습을 보였어. 그리고 마지막으로 세로로 여러 개의 주름이 잡힌, 길고 흰 모자가 가장 높게 튀어 올라와서는 내 머리에 쏙 하고 내려앉았어.

"와! 멋지다, 핀."

"잘 어울려!"

내가 모자를 쓰자마자 카룬과 엠시콘, 발더는 신나게 짤깍짤깍 손뼉을 치면서 환호성을 질렀어. 마라도 말은 하지 않았지만, 적잖이 만족한 표정을 지었지.

"이, 이게 뭔가요?"

당황한 나는 모자를 벗어들고 자세히 살펴봤어. 그런데 그건 아무리 봐도 요리사들이 쓰는 모자 같더라고.

"그게 앞으로 네가 이곳에서 할 일이란다, 뢰브. 맛난 요리를 만드는 요리사가 되렴. 그 멋진 요리사 모자에 부끄럽지 않을 만큼."

마라는 조금의 표정 변화도 없이 그렇게 말했어. 나는 이게 무슨 날벼락인가 싶어서 펄쩍 뛰어오르고 싶었지. 요리사라니? 나는 마법을 배우고 싶단 말이야! 그래서 항의를 하기로 했어.

"하, 하지만 난 이제 겨우 6학년이라고요. 이렇게 어린아이에게 일을 시키면 어떡해요? 게다가 난 아직 라면 하나도 제대로 끓여본 적이 없어요. 내, 내가 언제 요리사 같은 걸 하고 싶댔어요?"

내가 분을 못 이겨서 씩씩거리고 있노라니, 마라의 한쪽 눈썹이 약간 치켜 올라갔어. 그때서야 조금 전에 카룬이 '마라 님은 말대답하는 걸 싫어하시니까, 뭐라고 하시든 간에 그저 얌전히 듣고 있으라'고 충고해 줬던 게 기억이 났어. 아차, 싶었지. 하지만 사실인 걸 어떻게 해. 요리사를 시키겠다고 했으면 애초부터 이런 곳까지 따라오지도 않았을 거라고!

그런데 마라는 그리 크게 성을 내거나 하지는 않았어. 다만 고개를 살짝 돌려서 카룬을 조금 흘겨봤을 뿐이었지. 그 정도만으로도 엄청 무서웠는지, 카룬이며 다른 아이들은 쩔쩔매면서 고개를 제대로 들지 못하더라고.

"요리사가 되기 싫다는 게냐. 뢰브?"

화를 삼키려는 듯 한숨을 가볍게 후우- 하고 내쉰 마라는 다시 원래의 고상한 표정으로 돌아가서 물었어. 나는 말하기도 싫어서 아랫입술을 잔뜩 내민 채 눈을 마주치지 않고 고개만 끄덕거렸지. 그러자 갑자기 마라가 조금 언성을 높였어.

"예의를 모르는 아이처럼 굴지 말거라!"

그리 큰 소리를 내서 야단을 친 건 아니었지만, 마라의 말투가 너무 매서워서 나는 저절로 목이 움츠러들었어. 내, 내가 뭘 잘못한 거지?

"내가 이야기를 할 때는 나에게서 고개를 돌리지 않도록 하렴."

마라는 손을 뻗어 내 얼굴을 가볍게 쥐고, 고개를 돌려서 내 눈이 그녀의 눈과 마주 보도록 만들었어. 그리고 흰 손가락으로 튀어나왔던 내 입술을 살짝 눌러서 원래의 자리만큼 밀어 넣었어. 마라의 손길은 너무나 부드러웠고 은은한 향기가 풍겼지만, 난 그런 것을 제대로 느끼지 못할 만큼 긴장해있었어. 아, 좀 더 예의 바른 어린이인 척할 걸, 설마 이렇게 했다고 그라하의 먹이로 던져버리지는 않겠지? 하는 후회와 걱정이 가득했거든.

그러나 내가 우려했던 것 같은 일은 일어나지 않았어. 마라는 그저 내 볼을 한 번 더 쓰다듬어 주고는, 금세 원래의 침착한 말투로 돌아가서 이렇게 말했어.

"네가 하고 싶지 않다면 억지로 시키지는 않는다. 좋을 대로 하거라."

그리고 내가 뭐라고 대답하기도 전에 마라는 손가락을 또 딱 하고 튕겼어. 그러자 내가 앉아 있던 금빛 방석이 스르륵 하고 저절로 움직여서 계단 근처까지 밀려 나왔어. 동시에 세 개의 장막이 차례로 쳐지면서 마라의 방은 닫혀버렸지. 나는 멍해져서 상자를 끌어안은 채 잠시 그대로 앉아 있었어. 도대체 뭐야? 조금 전의 마라라는 사람. 그렇게 훌륭한 마법을 할 줄 알면서, 왜 나에게 요리를 하라는 거지? 그리고 기껏 시켜 놓고는 하기 싫으면 하지 말라는 건 또 뭐냐고? 또 요리사 모자는 그렇다 치더라도 이 상자 속에 들어 있던 나머지 물건들은 도대체 뭐람?

"아무것도 모르겠어. 엉망진창이야."

머릿속이 온통 혼란스러워서 난 미쳐버릴 것 같았어. 그냥… 집으로 돌아가고 싶어. 이제 마법이고 뭐고 다 귀찮아. 이게 꿈이었으면 좋겠어. 그런 생각뿐이었지. 하긴 애초부터 내가 좋아서 온 것도 아니었지만…. 도대체 이게 다 무슨 소동 이란 말이야. 눈물이 날 것 같았어.

하지만 언제까지고 멍하니 그 자리에 앉아 있을 수는 없는 노릇이라서 난 상자를 안고서, 모자를 쓴 채 터덜터덜 계단을 걸어 내려왔어. 마음 같아서는 아직도 내 머리에 씌어 있는 그

길쭉한 모자를 잡아서 바닥에 내동댕이치고 싶었지만, 조금 전 '예의를 모르는 아이처럼 굴지 말라'고 엄하게 꾸짖던 마라가 떠올라서 그러지는 못했어. 그저 얌전히 모자를 벗어서 두 번 접은 다음, 상자 속에 집어넣었지.

"핀⋯."

카룬과 엠시콘, 발더가 내 눈치를 보며 곁으로 다가왔어. 아마 위로를 해주려는 거였겠지만, 그렇게 쉽게 위로가 될 상황은 아니잖아. 난 카룬을 보면서 힘없이 물었어.

"카룬, 이건 정말 솔직하게 대답해 줘. 나 그냥 집에 돌아갈 수 있는 거니?"

사실 난 대충 어떤 대답이 나올지는 예상하고 있었어. 그렇지만 그저 마지막 희망이라도 잡아보겠다는 마음이었지. 그렇잖아? 여긴 뭔가 이상해. 생전 들도 보도 못한 것들이 가득하고, 현대문명의 흔적이랄 게 너무나 부족해. 전기도, 자동차도, 전화도 눈에 띄지 않는단 말이야. 하긴 애당초 이곳이 내가 살던 나라인지, 아니 내가 살던 지구라는 별인지조차 의심스러울 정도인걸. 어쩌면 다른 차원에 빠져버린 건지도 몰라. 그 이유가 무엇인지는 도무지 알 수 없지만, 내 삶에 분명히 뭔가 아주 커다란 변화가 일어나 버린 거라고. 그러니 그렇게 쉽게 원래대로 돌아가기란 어려울 테지.

"아니."

카룬은 조금 뜸을 들인 후에 고개를 저었어. 뭐, 어느 정도

짐작하고는 있었지만 그래도 나는 조금 더 낙담했어. 왜 돌아갈 수 없는 거냐고 이유를 물어보기도 힘들 만큼, 기운이 쪼옥 빠져버렸지. 내 주위를 천천히 맴돌며 어깨를 토닥여 주던 엠시콘이 없었다면 눈물을 흘렸을지도 몰라.

엉망진창 콩 수프

　난 힘없이 마라의 정원으로 걸어 나왔어. 그리고 그 한가운데에 있는 분수에 걸터앉아서, 아무것도 하지 않고 몇 시간이나 멍하니 생각만 하고 있었어. 가끔 내 눈치를 살피려는 건지 카룬이나 엠시콘이 주위를 빙글빙글 돌기도 했지만, 별로 상대하고 싶은 기분이 아니어서 일부러 아는 척을 하지 않았어. 그냥 하늘에 뜬 둥근 달을 보고, 또 발아래 자갈길을 보고, 그게 질리면 분수가 뿜어내는 물보라 사이로 잘 가꿔진 꽃밭을 보고 있었어. 그러면서 생각하려고 애를 썼지.

　먼저 내 원래 이름을 기억해 내려고 노력해 봤어. 핀이나 뢰브가 아닌, 어제까지 내 가족과 내 친구들이 부르던 내 진짜 이름 말이야. 그게 가장 중요한 것 같았거든. 그러나 아무리 머리를 쥐어짜 봐도 도무지 모르겠더라고. 참 이상하지? 엄마가 나를 부르던 기억을 떠올려 봐도 그렇고, 친구들이 나를 부르던 장면을 되짚어 봐도, 딱 내 이름 부분만 누군가 막 지우개로 지워놓은 것처럼 하얗게 아무것도 생각나지 않는 거야.

　그래서 그다음에는 기억할 수 있는 것과 기억이 나지 않는

73

것들이 무엇인지 꼼꼼히 따져봤어. 엄마, 아빠에 대한 기억부터, 밉상인 여동생과 학교랑 동네 친구들까지 천천히 하나하나 되짚었지. 그랬더니 있잖아. 놀랍게도 모든 게 다 선명하게 생각이 나더라고. 그들의 목소리, 얼굴, 냄새, 버릇, 어제저녁에 뭘 먹었는지 그게 무슨 맛이었는지도 생생하게 떠올릴 수 있었어. 그건 다행스러운 일이었지. 적어도 내가 미치거나 기억상실증 같은 게 걸리지 않았다는 건 확실해졌으니까.

그런데 아주 심각한 문제는 말이야, 내가 누구인지와 관련이 있는 이름들은 죄다 기억이 나지 않는 거야. 친구들의 이름은 물론이고, 가족들의 이름도, 내가 다니던 학교의 이름도, 심지어 내가 살던 도시나 나라의 이름도, 무엇 하나 기억이 나지 않았어. 이게 도대체 무슨 일이람?

"아니야. 그럴 리가 없어. 천천히 생각을 해보자. 하나만 기억할 수 있으면 나머지는 저절로 생각이 날 거야."

나는 머리를 통통 두들기며 몇 번이나 다시 생각해 보고, 또 생각해 봤어. 그렇지만 변하는 건 없더라고. 한 시간이 넘도록 아무리 고민을 해봐도 여전히 내가 누군지, '누구'의 아들인지, '누구'와 친구였는지, '어디'에서 왔는지 이런 것들은 전혀 떠오르지 않았어.

"꼬르륵."

그때 내 배에서 우렁찬 소리가 났어. 생각에 잠겨 있고, 걱정이 많아도 배는 점점 더 고파지더라고. 아까부터 계속 꼬르륵거리긴 했었거든. '아, 내가 아무것도 먹지 못했었지'하고 문득 깨달았을 때에는 속이 쓰릴 지경이었어. 끼니를 거른 게 도대체 얼마 만인지 모르겠지만, 그 정도로 배가 고파 보기는 아마 처음이지 싶을 만큼 심하게 배가 고팠어. 그러고 보니 아까 카룬과 함께 자전거를 타고 오면서부터도 배가 고프다는 말을 했었지. 나는 허리를 잔뜩 움츠리고 한 손으로는 배를 움켜쥐고서 카룬을 불렀어.

"야, 카룬. 너희는 식사시간 같은 게 없어? 아니면 식당이라거나."

그러자 카룬이 조심스럽게 대답했어.

"식당은 있어. 하지만 요리를 누가 해? 핀, 네가 요리사인걸."

"나더러 요리사라고 하는 것 좀 그만둬. 누가 너희 시키는 대로 되어준대? 그리고 내가 오기 전에는 누군가가 음식을 만들었을 거 아니야?"

나는 짜증이 나서 얼굴을 찡그리며 말했어. 배가 고프니까 저절로 인상이 써지더라고.

"아니, 우린… 그 뭐랄까. 에, 너도 알다시피 우리랑 너는 좀 다르잖아."

카룬이 머뭇거리면서 그렇게 말할 때 난 속으로 '조금이라고?'하면서 코웃음을 쳤어. 조금만 다르겠어? 일단 너희는 사람이 아니잖아. 카룬은 내가 비웃는 마음을 아는지 모르는지 이야기를 계속 이었어.

"그래서 우리는 허기 같은 건 몰라. 물론 맛있는 요리를 먹으면 기분이 좋아지고, 뭔가 특별한 걸 먹고 싶어질 때도 있지. 하지만 반드시 음식을 먹어야만 하는 건 아니야. 몇 달이고 전혀 식사를 하지 않아도 사는 데에 지장이 없으니까."

턱없는 이야기에 나는 눈살을 찌푸렸어. 설마, 그럴 리가? 그리고 곧 마라가 생각났어.

"하지만 마라는? 마라는 사람이잖아? 뭔가 먹지 않으면 살 수 없을 것 같은데?"

마라의 이야기가 나오자 카룬과 그 일당들은 큰 걱정이라는 듯 일제히 고개를 숙이면서 한숨을 크게 내쉬었어. 모두들 잠시 묵념이라도 하는 것처럼 고개를 숙이고 있다가 카룬이 먼저 입을 열었어.

"우리도 그게 마음에 걸려. 마라 님은 요새 도통 아무것도 드시지 않거든."

뒤이어 엠시콘이 자기 가슴에 두 손을 모으며 말했어.

"뭔가 굉장히 슬픈 일이 있는 건 아닌지, 물 한 모금 입에 대시는 걸 못 봤어."

발더도 고개를 끄덕이며 한마디 거들었어.

"요리사가 오면 좀 나아질까 싶었는데 말이야."

나는 그렇게 그 애들이 차례로 이야기를 늘어놓는 걸, 가만히 보고 있었어. 뭐야, 이 녀석들? 아무리 생각해 봐도 앞뒤가 안 맞잖아. 이전에는 요리사가 없었다는 투면서, 내가 음식을 만들지 않으면 모두 굶어야 하는 거라니 말이야. 게다가 마라는 계속 굶어왔다고? 누가 들어도 말이 안 되는 이야기잖아. 난 한 끼만 건너뛰어도 이렇게 배 속에서 난리가 나는데. 인간이 그렇게 며칠을 먹지 않고 살 수 있겠어?

"그래서 나더러 요리를 하라는 거야?"

난 의심이 가득한 눈초리로 그렇게 물었어. 그러자 모두들 내 눈을 피하며 다른 곳을 보는 거야. 발더는 '아, 맞다! 뒤뜰의 나무에 물 주는 걸 잊었네!' 하면서 자리를 피하기까지 했지. 흥, 누가 너희들에게 속을 줄 알고?

나는 누가 이기나 보자 하는 심정으로 이를 악물고 참기로 했어. 그러면서 생각했지.

'이건 분명히 나를 길들여서 저희들 마음대로 부려먹기 위해 하는 연극이야. 아마 내가 오기 직전에 모두 모여서 배가 터지게 뭔가를 먹었겠지. 그러고 나서 지금은 좀 출출하지만 참고 있는 걸 거야. 흥! 앞으로 한두 시간이면 너희들도 배가 고파서 못 견디게 될 거고, 결국엔 먹을 걸 만들게 될 거다. 나도 그때까지는 참을 수 있어. 아무라도 음식을 차려놓기만 해 봐라. 내가 제일 먼저 달려들어 와구와구 먹어 치워주마.'

결론부터 말하자면 내 예상은 틀렸어. 한두 시간은커녕, 아무리 기다려도 누구 하나 식사준비를 하지도 않았고, 아무도 뭘 먹지 않더란 말이지. 내 배는 점점 더 고파져서 마침내는 머리가 핑핑 돌 지경이 됐어. 아무 음식이나 생각만 해도 입에서는 침이 줄줄 흘러내릴 만큼 배가 고팠고, 텅 빈 위장은 불이 난 것처럼 뜨거웠지. "그래, 너희들이 이겼다."

마침내 난 더 이상은 견디지 못하고 카룬에게 주방이 어디냐고 물었어. 그 말을 하는 데도 힘이 들어서 고꾸라지지 않으려고 애를 써야 했지. 카룬은 갑자기 화색이 돌아서 손뼉까지 치며 기뻐했어.

"잘 생각했어, 핀. 부디 맛있는 요리를 만들어 줘."

그러면서 나를 업어서 주방에 데려다주려고까지 했지만, 난 그런 건 됐으니까 그냥 길 안내나 하라고 했어. 카룬의 등 뒤에 돋아나 있는 박쥐 모양의 날개에 얼굴이 닿고 싶지 않았거든. 뭔가 꺼림칙하잖아.

"자 여기야."

카룬이 안내해 준 주방은 마라의 저택 한편 구석에 자리하고 있었어. 교실보다 조금 작을 정도로 널찍한 곳에 커다란 개수대와, 화덕, 여러 개의 화구, 조리대, 찬장 같은 것들이 'ㄷ' 자 모양으로 배치되어 있는 곳이었어. 이곳에도 역시 냉장고나 전자레인지 같은 건 없었어. 아마 이곳에는 전기가 들어오지 않나 봐. 천정에 달려 있는 정체 모를 별 모양의 조명도 분명히 전깃불은 아닌 것 같았지만, 내 손가락의 지문 하나하나까지도 선명하게 보일 만큼 충분히 밝긴 하더라고. 내가 요리를 하러 간다는 걸 눈치채고 조금 떨어져서 따라왔던 엠시콘과 발더는, 내가 주방의 이곳저곳을 살피는 걸 뭔가 뿌듯하다는 표정을 지으면서 보고 있었어. 흥, 얄미운 것들.

"먹을 만한 건 어디에 들어 있는 거야?"

나는 서둘러 찬장 서랍들을 열어봤어. 그때 아까 현관에서의 그 자신 없는 목소리가 들렸어.

"식재료는 벽에 붙은 창고에 들어 있어요, 핀. 하지만 그리 대단한 건 없을 거예요. 이곳에서 요리를 한 게 언제인지 기억조차 나지 않을 정도이거든요."

나는 에코가 일러주는 쪽으로 가서 창고 문을 열었어. 배가 고파서 힘이 없었기 때문에 엠시콘과 발더가 도와주지 않았다면 제대로 열 수 없을 만큼 커다란 문이었어. 그런데 정작 낑낑대며 문을 열고 창고 안을 들여다본 나는 어처구니가 없어서 에휴! 하고 한숨을 내쉴 수밖에 없었어. 그 커다란 식품보관창고의 선반들은 거의 텅텅 비어 있었거든.

"아아, 이게 뭐람."

나는 기운이 빠져 창고 바닥에 털썩 주저앉으며 탄식을 했어. 내가 엄살을 피우는 게 아니야. 어떤 요리사가 와도 이렇다 할 요리를 만들어 내기 어려울 만큼 정말 아무것도 없었다고. 그 안에 들어 있던 걸 빠짐없이 읊어줄 테니 잘 들어봐.

붉은 강낭콩 세 줌.

검은 콩 두 줌.

옥수숫가루 두 줌.

여기저기 싹이 난 조그만 감자 세 알.

역시 싹이 돋아 난 양파 두 개.

바짝 마른 붉은 고추 다섯 개.

꼬릿꼬릿한 냄새가 나는 치즈 반 덩이. (곰팡이가 피어 있었음)

기가 막히지? 그렇지만 정말 이게 다였어. 그 커다란 창고 안을 아무리 샅샅이 훑어봐도 말이지. 혹시나 하고 포대 안을 들여다보면 비어 있기가 일쑤고, 그중에는 온통 썩어서 원래 뭐였는지도 모를 것들이 든 포대들도 있었지. 그럴 때면 난 "이건 버려!" 하고 썩은 재료가 든 포대를 꼬깃꼬깃 뭉쳐서 발더에게 주었고, 발더는 별 말없이 부지런히 창고 안팎을 드나들며 내 심부름을 해주었어. 결국 30여 분간 창고를 샅샅이 뒤져서 찾아낸 걸 다 모은 게 위에 적어놓은 만큼밖에 안 되더란 말이지.

"과연 이런 것들로 뭘 만들 수 있을까, 내가?"

나는 낙담해서 콩이 든 포대를 조리대 위에 털썩 던지며 짜증을 부렸어. 하지만 어떻게 하겠어. 배가 고파 죽겠는걸. 일단 아무거라도 만들어봐야겠다는 생각에 나는 찬장에서 큰 냄비를 꺼내어 거기에 두 종류의 콩과 옥수숫가루를 모두 쏟아 부었어. 그리고 수도꼭지를 틀어 물을 받았지. 물을 채워봤자 콩은 콩이지 뭐. 콩이 밥이 되겠어? 그거 아주 보잘것없어 보이더라고. 특히나 두 끼를 굶고 난 후이니 더욱 심했지. 뭐 더 넣고 끓일만한 게 없을까 하고 난 주위를 둘러봤어.

"이 싹이 난 감자와 양파, 이거 먹을 수 있는 거야?"

카룬이 대답을 해줬어.

"싹이 난 부분을 도려내면 먹을 수 있어. 특히 감자의 싹에는 독성이 있으니까 완전히 도려내야 해."

발더도 고개를 끄덕이고 있기에 난 믿기로 했어. 여러 개의 칼이 꽂혀 있는 나무 칼꽂이에서 가장 조그마한 칼을 꺼내어 감자와 양파의 껍질을 벗기고, 싹이 난 부분도 꼼꼼히 도려냈어. 그리고 그것들을 도마에 놓고 대충 잘라 냄비 속에 넣었지. 그 정도의 일을 하는 데에도 시간이 굉장히 많이 걸리더라고. 왜냐하면 난 칼을 쓰면서 부엌일을 해본 게 난생처음이었거든.

"불은 어떻게 켜는 거야?"

냄비를 화구 위에 올려놓은 다음 난 카룬들에게 물었어. 전기가 없었던 것처럼, 마라의 집에는 가스 밸브 같은 것도 보이지 않았거든. 그러자 발더가 어디서 났는지 조그만 손도끼를 하나 가져와서 그걸 내 손에 쥐여주었어.

"이, 이걸로 뭘 하라고?"

나는 조금 당황해서 모두를 둘러보며 물었어.

"자아! 그 도끼로 여기를 베어내! 그리고 쪼개어 장작으로 쓰는 거야."

발더는 자신의 옆구리를 손으로 가리키면서 말했어. 난 깜짝 놀라 두어 발짝 뒤로 물러났어.

"뭐어? 그런 짓을 어떻게 해?"

그런데 발더는 전혀 문제없다는 얼굴로 오히려 더 바짝 다가와 재촉하면서 자꾸만 옆구리를 들이댔어.

"아아, 괜찮아. 어차피 나무인걸. 뭐 조금 아프겠지만 또 금방 새로 돋아난다고. 자아, 어서! 여기야! 여기!"

아무리 겉이 나무껍질로 되어 있더라도 내 눈앞에 있는 건 그냥 보통 나무가 아니라, 살아서 말을 하고 걸어 다니는 발더 잖아. 난 아무래도 그 옆구리를 베어낼 수 없었어. 그래서 힘없이 도끼를 바닥에 내려놓고 이렇게 말했어.

"도, 도저히 못하겠어, 그런 짓은. 그냥 생콩을 씹어먹는 편을 택할래."

그러자 갑자기 발더와 카룬, 엠시콘이 일제히 깔깔대며 웃어댔어. 어찌나 웃는지 다들 눈물까지 맺히더라니까. 가장 크게 웃은 건 역시 발더였는데 그 특유의 쇳소리를 내며 데굴데굴 굴렀어.

"왜 그래, 너희들? 생콩을 먹겠다는 말이 뭐가 그렇게 웃겨?"

난 영문을 몰라서 힘없이 말했어. 그러자 카룬이 눈물을 찍어내고서 다가와 내 어깨에 한쪽 팔을 두르는 거야.

"발더가 너를 놀린 게 재밌어서 그랬지. 여기가 어떤 곳인지 벌써 잊은 거야, 핀?"

응? 하고 무슨 말인가 생각을 하기도 전에, 카룬은 냄비가 놓인 화구를 향해 손가락을 뻗었어. 그러자 확-, 하고 아주 뜨거워 보이는 불길이 화구에서 솟아나왔어. 아, 맞아. 난 마라의 저택에 와 있는 거지. 마법이 가득한 곳에…. 그제야 나도 조금 웃음이 났어. 좀 전에 발더가 했던 연기가 꽤 그럴싸했단 말이야. 뭐 깜빡 속아 넘어가서 웃음거리가 된 건 조금 분하기는 했지만, 이렇게 편하게 불을 피울 수 있으니 얼마나 다행스러웠는지 몰라.

배가 고파서 어쩔 줄 몰라 하는 나를 위해 카룬이 화력을 높여주었지만, 콩은 쉽게 익지 않더라고. 한참을 기다려서 이제는 콩이 푹 익었다 싶었을 때, 나는 "이제 먹자! 카룬 불을 꺼줘" 하고 소리를 질렀어. 별다르게 들어간 것도 없고 보기에도 영 볼품없는 요리였지만, 뭔가 먹을 수 있다는 것만으로도 무지하게 기뻤거든.

카룬과 발더, 엠시콘에게도 "한 그릇씩 먹어봐"라고 말하고, 나는 서둘러 한 국자를 푹 떠서 우묵한 접시에 담아 주방 한쪽에 있는 테이블에 가서 앉았어. 그리고 후후 불어 식히고는 역사적인 첫 숟갈을 입에 넣었지. 자아, 과연 내가 만든 첫 번째 요리는 어떤 맛일까?

"으엑, 맛없어."

기대로 가득 차 있던 나는, 처음 한 입을 먹자마자 그렇게 말하고 수저를 내려놓았어. 내 주위에 앉아 있던 카룬들도 다들 맛없다는 표정으로 자기 접시를 보면서 찡그리고 있더라고.

"이거 왜 이렇지? 순 맹탕이야." 나는 모두를 둘러보며 말했어.

"그뿐이 아니야! 콩 비린내가 나는데?" 카룬이 말했어.

"난 양파 냄새가 싫어!" 엠시콘이 투덜댔어.

"형편없어!" 발더도 지지 않고 불평을 했어.

우리는 잠시 '왜 이럴까?' 하고 곰곰이 생각을 해봤어. 조금 전까지만 해도 뭐든 먹을 수 있을 것 같았는데, 지금 이 요리만은 도저히 못 먹겠더라 말이지. 배조차도 꼬르륵 소리를 멈추고 있었어. 혹시라도 내가 이 요리를 막 욱여넣을까 봐 겁이 난 것처럼.

"아, 맞아! 소금!"

난 손바닥을 탁 하고 쳤어. 어쩐지…. 간이 하나도 안 된 음식이 맛이 있을 리가 없잖아. 그러자 엠시콘이 재빨리 날아가서 아까 마라에게서 받은 상자를 들고 왔어. 상자는 내 앞에 도착하자 저절로 뚜껑이 열렸고, 그 안에서 소금통과 후추통이 폴짝폴짝 튀어나왔어. 요리사 모자도 덩달아 뛰어오르려 했지만, 내가 그것만큼은 손으로 막아버렸지. 유난스럽게 그런 걸 쓰고 싶지가 않았다고.

난 소금통을 잡고 내 접시에다가, 일단 아주 조금만 소금을 넣어봤어. 어느 정도 넣어야 간이 맞을는지 전혀 짐작조차 안 됐거든.

"두어 번 더 털어주세요. 그러면 맛있어져요."

들고 있던 소금통이 갑자기 말을 하는 바람에 난 깜짝 놀라서 하마터면 그걸 떨어트릴 뻔했어. 그래도 뭐 이제 그 정도 신기한 일은 익숙해져서 "그래?"라고 금방 대답할 수는 있었지. 그리고 소금통이 일러준 대로 두 번 더 탁탁- 소금을 쳤어. 그런 다음 천천히 한 숟갈을 떠서 맛을 봤지.

"우와! 정말이야! 아까보다 훨씬 맛있어졌어."

내 얼굴에는 만족한 미소가 번졌어. 그리고 또 한 숟갈을 뜨려는데 이번에는 후추통이 말을 걸었어.

"이봐, 핀. 나도 뿌려보는 게 어때? 음식의 잡냄새를 없애고 향을 더해줄 거야."

하긴 나도 아까부터 콩 비린내와 오래 묵은 감자, 양파 냄새 같은 것들이 신경에 거슬리긴 했었어. 까짓거 크게 손해 보는 일은 아니다 싶어서, 이번에는 후추도 조금 넣은 다음 먹어봤어. 맛있었어!

"좋은데? 매콤하면서도 좋은 향이 나! 이젠 나쁜 냄새가 없다고!"

난 크게 환호하면서 아직도 뜨거운 김이 나는 콩 수프를 후후 불어가면서 정신없이 떠먹었어. 카룬들도 내가 했던 것처

럼 소금과 후추를 친 다음에는 꽤 맛있다는 표정으로 한 접시
씩을 다 비우더라고.

"아, 정말 잘 먹었어. 콩과 옥수숫가루를 넣은 수프가 이렇
게 맛있는 줄은 몰랐어."

난 두 접시나 더 떠먹은 다음에야 배가 불러져서 수저를 내
려놓았어. 카룬들은 맛있게 먹기는 했지만, 한 접시만 먹고 더
욕심을 부리지는 않았어. 자기들은 배가 고프지 않다고 내게
했던 말이 순 거짓말은 아니었나 봐. 그래도 그 애들의 표정
역시 맛있는 것을 먹었다는 만족감 같은 게 보였어.

난 조금 뿌듯해졌지. '이 녀석들아. 내가 해준 음식이 그렇
게 맛있었냐?' 하는 생각이 들어서 말이야. 뭐랄까, 이 중에 나
혼자만 어른이 된 것 같은 기분이 드는 거 있지.

"아차."

의자에 기대어 조금 불룩해진 배를 두드리면서 콧노래를 부
르고 있는데, 불현듯 마라가 생각나서 난 내 머리를 탁 쳤어.
아, 맞다. 마라는 요즘 물 한 모금 입에 대지 못했다고 들었는
데…. 불쌍하잖아, 조금 전의 나보다도 더 배가 고픈 상태라니
말이야. 나는 소매로 입가를 슥 닦고서 서둘러 일어나, 가장
큰 접시를 고른 다음 거기에 가득 수프를 담았어.

"핀, 더 먹으려는 거야? 게다가 그렇게 많이?"

발더가 질렸다는 듯 묻기에 난 고개를 저었어.

"아니, 이건 마라에게 가져다 드리려는 거야. 마라도 배가

고플 것 같아서."

그러자 모두들 일제히 손뼉을 치며 좋아했어. 그래, 마라 님이 정말 기뻐하실 거야- 하면서 말이지. 그렇지만 난 계단을 걸어 올라가며 조금 불안하기도 했어. 나야 워낙 배가 고파서 이 정도의 요리라도 감사하며 허겁지겁 먹었지만, 과연 마라가 이런 걸 입에 대려고 할까 하는 걱정이 있었거든. 모습이나, 말투, 행동을 통해서 마라는 무척이나 고상하고 고귀한 사람이란 걸 대번에 알게 됐는데, 지금 내가 가지고 가는 요리는 고상한 것과는 거리가 아주 멀어 보이잖아.

"저, 마라 님, 아, 아니 마라."

마라의 방을 가린 장막 앞에 서서 나는 마라를 불렀어. 대답이 없더라고. 이거 어쩌지? 그냥 돌아가야 하는 건가? 하고 잠시 망설이고 있는데, 세 겹의 장막이 차례로 스르릉 열리면서 마라의 모습이 보였어.

"흐음, 요리를 했구나. 뢰브."

마라는 여전히 도도하게 눈을 내리깔고 앉아 있었어. 하지만 벌써 며칠째 아무것도 먹지 않았을 거라는 말을 듣고 난 후라서 그런지, 어딘가 지쳐 보이기도 하더라고. 나는 그녀가 앉아 있는 긴 안락의자 한쪽에 쟁반을 놓으면서 말했어.

"네, 드실 수 있을지는 모르겠지만요."

그런데 그때 수프를 담은 접시 안에 머리카락이 하나 떨어져 있는 걸 발견했어. 그건 분명히 내 머리카락이었을 거야.

왜냐하면 주방에 있던 사람 네 명 중에… 아니 엄밀히 말하자면 사람 하나와 정체가 모호한 셋이긴 하지만, 하여간 그중에 머리카락이 있는 건 나 하나뿐이었거든. 에코는 모습이 보이지 않는 존재니까 머리카락도 없을 테고 말이야. 이걸 어쩌지?

"그래. 꽤나 좋은 냄새가 나는구나. 이건 뭐라고 하는 요리냐, 뢰브?"

마라는 성나거나 불쾌한 기색 없이 태연히 수프 속에서 머리카락을 꺼내어 버리고는 스푼을 들었어. 나는 안도하면서 다음부터는 꼭 모자를 써야겠다고 마음먹었지. 그런데 요리 이름을 뭐라고 대답해야 할지는 막막했어. '그건 그냥 아무거나 있는 대로 욱여넣고 푹 끓인 겁니다'라고 말하고 싶지는 않았단 말이야. 그러면 가뜩이나 볼품없는 요리가 더 보잘것없게 느껴질 것 아냐. 왠지 나는 마라에게 이 수프를 꼭 먹이고 싶었거든. 그래야 그녀도 기운을 좀 차리지.

"그, 그건 소금과 후추로 맛을 낸 콩 수프예요."

좀 더 그럴싸한 제목을 붙이고 싶었지만, 아무리 머리를 짜내봐도 그 정도 이름밖에는 못 지어내겠더라고. 마라는 그렇구나, 하면서 고개를 끄덕이더니 아주 우아하게 천천히 수프를 먹었어. 두 번 수프를 떠먹은 마라는 살짝 미소를 지으며 말했어.

"뢰브는 요리 솜씨가 좋구나."

한 번이라도 음식을 만들어서 누군가에게 대접해 본 적이 있는 사람이라면, 그 순간의 내 기분을 이해할 수 있을 거야. 다른 사람이 내가 한 요리를 먹고 나서, 기분 좋은 표정을 짓거나, 맛있다고 하면 아주 기쁘거든. 비록 몇 숟갈이지만, 마라가 내가 만든 서툰 음식을 먹고 칭찬을 해주자 난 가슴이 벅찰 만큼 뿌듯해졌어.

그러나 맛있었다고는 해줬지만 마라는 아주 조금밖에는 먹지 않았어. "맛있는 수프를 끓여줘서 고맙구나, 뢰브. 이제 그릇을 치워도 좋다"고 말하고서 그녀가 수저를 내려놓을 때는 꽤나 아쉬운 기분까지 들지 뭐야.

반이 넘게 남은 수프 접시를 들고 주방으로 돌아오면서 내가 생각했던 건 이런 거였어.

'그래, 아무래도 뭔가 감칠맛이 부족했어. 아까 사용하지 않았던 마른 고추를 다져 넣고, 곰팡이를 떼어낸 치즈도 같이 섞으면 이 수프가 조금 더 맛있어지지 않을까? 그렇게 해놓으면 마라가 조금은 더 먹을지도 몰라. 좋아, 다음번 식사 때에는 그렇게 해봐야지.'

돌이켜보면 난 그때 이미 요리사가 되어버린 거였어. 허기를 달래준 한 끼의 식사, 그걸 내 손으로 직접 만들어 본 즐거움, 그리고 내가 만든 요리를 먹은 사람들이 칭찬해 준 맛있다는 한마디, 이런 것들이 나에게, 다음번엔 좀 더 멋진 요리를 만들어야겠다는 의욕을 불러일으켰던 거야.

비밀의 방

"아하암~."

개수대에 서서 발더와 함께 콩 수프 먹은 그릇들을 설거지하는 동안 난 계속 하품이 났어. 그리 대단한 만찬은 아니었지만 배가 잔뜩 고팠다가 따뜻한 음식을 허겁지겁 먹고 나니까 갑자기 엄청 졸리더라고. 하긴, 생각해 보면 피곤한 게 당연해. 오늘 하루는 정말 대단한 일들을 많이 겪었잖아. 눈꺼풀 속에 모래가 들어간 것처럼 까끌거리고 팔다리는 물을 먹은 솜처럼 축축 늘어지는 것 같았지.

"핀, 피곤하지? 설거지는 이쯤 하면 됐으니까 이제 방에 가서 좀 쉬어."

엠시콘이 반쯤 감긴 내 눈을 보며 다정하게 말했어.

"그래. 우리가 핀이 머무를 방으로 안내해 줄게."

발더와 카룬도 손에 묻은 물을 가볍게 털며 내 손을 잡아끌었어. 그때서야 난 내가 이제 여기에서 계속 살아야 한다는 걸 다시 한번 깨달았지. 어휴 한숨 나와라.

"안 좋은 일만 잔뜩 있는 건 아니야. 핀 너도 네 방에 가게 되면 기분이 좋아질걸? 아주 아늑하고 예쁜 방이니까 말이야."

"그래, 그래. 3층이라 전망도 좋고 고운 달님도 아주 가까이에서 볼 수 있고."

"마라 님께서 특별히 신경 써서 단장을 해주신 방이거든."

카룬들이 아무리 달콤한 소리를 늘어놓아 봤자 난 별로 기대하지 않았어. 여기엔 어차피 TV도 컴퓨터도 없을 텐데 뭐. 하지만 그래도 역시 두 다리를 쭉 뻗고 푹신한 침대에 눕고 싶다는 마음은 들었어.

"2층의 앞쪽에는 모두 스물여덟 개의 방이 있어. 아 핀, 조심해서 올라와."

융단이 깔린 대리석 계단을 올라가 처음 본 것은 여러 개의 방문이 길게 줄지어 난 2층 복도였어. 마라의 방을 마주하고 있는 쪽이 짙은 청록색 벽으로 가로막혀 있었기 때문에 전체적으로 1층보다는 조금 어두웠지만, 방문마다 달려 있는 조그만 램프 덕에 앞이 안 보이거나 할 정도는 아니었어. 우리는 환한 빛을 내뿜는 엠시콘을 초롱 삼아 앞세워 걸으면서 똑같이 생긴 방문을 하나씩 지나쳤어.

"와, 방이 이렇게나 많아? 이거 다 뭐하는 방이야?"

아무런 표시도 없는 똑같이 생긴 문들이 계속 이어지는 게 신기해서 내가 물었어.

"글쎄, 그건 문을 여는 사람이 누구인가에 따라 달라져. 어떤 사람이 열었을 땐 옷이 가득한 방일 때도 있지만, 어떤 사람이 열었을 땐 교실일 수도 있어. 또 다른 사람이 열면 그땐 바닷가로 이어지기도 하지."

카룬의 거짓말 같은 대답에 호기심이 생긴 나는 방안을 들여다보고 싶어졌어. 혹시 내가 열면 우리 집의 내 방으로 이어지진 않았을까 하는 기대도 얼핏 스쳤고 말이야.

"그럼 내가 한번 열어봐도 돼?"

"그럼, 되고말고. 이 저택은 전부 다 핀을 위한 곳인걸."

카룬은 선선히 고개를 끄덕이며 손을 들어 문을 가리켰어.

"좋아, 간다."

나는 다섯 번째 문을 골라 손잡이를 잡고 살짝 밀어봤어. 문은 잠겨 있지 않았고 스윽 가벼운 소리를 내며 열렸지. 어떤 방일까. 안쪽을 엿보려고 열린 문틈에 눈을 댔어.

"뭐가 좀 보여?"

발더가 별로 궁금하지는 않지만 예의상 물어보는 것 같은 말투로 물었어.

"아니 전혀."

내가 열어 본 방문은 그저 캄캄한 곳이었어. 어두워서 잘 안 보이는 건가 하고 문을 활짝 열어봤는데도 여전히 방 안에는 완전한 어둠뿐이었어. 방의 저 안쪽에서 아주 희미하게 울려 나오는 삣- 삣- 소리가 아니라면 방이 아니라 벽에 먹칠을 해놓은 거라고 해도 믿길 지경이었지. 저 삣삣거리는 소리는 뭐지? 방 한쪽 구석에 이상한 벌레 같은 거라도 살고 있는 걸까? 궁금하긴 했지만 직접 들어가서 확인해 보고 싶진 않았어. 조금 으스스했거든.

"이건 뭐야? 뭐가 이렇게 어둡고 깜깜하기만 해?"

돌아서서 카룬들에게 물어보자 카룬은 이미 예상하고 있었다는 태도로 망설이지 않고 같은 대답을 해줬어.

"그건 네가 핀이라서 그래."

"그럼 내가 아닌 다른 사람이 열었을 땐 이 방이 캄캄한 방이 아니란 말이야?"

"응, 핀. 누가 열든 다 각자 자기마다의 방이 있다고 했잖아."

난 믿기지가 않아서 방문을 닫고 이번에는 발더에게 열어보라고 했어.

"그러지 뭐, 어려운 일도 아닌데."

발더가 미소와 함께 기세 좋게 문을 열자 그 안에는 잔디로 뒤덮인 녹색 언덕과 맑은 물이 퐁퐁 솟는 조그마한 샘이 있었어. 방금 전 내가 열었을 때 보았던 캄캄한 어둠은 온데간데없고 말이야. 이렇게 금방 방이 바뀔 수 있을 리가 없잖아. 발더는 그 녹색 방으로 걸어 들어가서 짠! 소리를 내면서 두 팔을 쫙 폈어. 나도 그 뒤를 따라 들어갔지. 바닥에 앉아 손으로 만져봤더니 진짜 부들부들한 잔디와 차갑고 기분 좋은 샘물이었어.

"끄응."

나도 모르게 한숨이 났어. 발더는 이렇게 기분 좋은 방을 열수 있는데 어째서 내가 열었을 때는 그렇게 캄캄한 어둠뿐이었을까. 하지만 방은 스물여덟 개나 있다고 했었지, 그 전부가 다 똑같지는 않을 거야. 난 벌떡 일어나서 복도로 뛰어나가 다음 방을 열어봤어. 역시 어둠. 어라? 그럼 다음 방, 또 캄캄해. 바닥에 손을 휘저어 봐도 잔디는커녕 아무것도 안 만져졌어. 심지어는 바닥이 있는 건지도 모르겠더라고. 뭐야, 놀리는 거냐? 난 이젠 슬슬 오기가 나서 뛰어다니며 계속해서 방문을 열었어.

"아, 안 돼 핀, 거긴 안 돼! 멈춰!"

내가 하는 짓을 가만히 보고만 있던 카룬과 엠시콘이 갑자기 화들짝 놀라 달려오면서 엄청 큰 소리를 내는 바람에 난 흠칫 놀라 멈춰 섰어. 잡고 있던 문고리도 놓았고.

"뭐야, 왜 그래?"

카룬들은 허겁지겁 뛰어와서 방문과 나 사이를 막아섰어.

"핀, 스물여덟 번째 방문은 열면 안 돼."

"그래. 핀, 절대 안 돼!"

"와 진짜 놀랐어. 핀은 달리기가 빠르네."

카룬과 엠시콘, 발더가 모두 굉장히 당황해하면서 저마다 한마디씩 해댔어. 스물여덟 번째 방? 그러고 보니 어느새 복도에 나 있는 방문들을 전부 열어봤고 이제 딱 하나, 맨 끝의 방만 남겨둔 상태더라고. 난 고개를 갸웃하면서 물었어.

"이 저택 안은 전부 다 나를 위한 곳이라며?"

"그렇긴 하지만 말이야. 모든 문을 다 열어도 된다는 건 아니었어. 마라 님의 저택 안에서 정말 딱 한 군데, 이 층의 스물여덟 번째 방문만은 열면 안 돼. 그게 바로 이 방이야."

"왜? 이 방엔 뭐가 있는데?"

"그건 우리도 몰라 핀, 우리가 아는 건 단지 이 방의 문을 열면 절대로 안 된다는 것뿐이야. 그건 확실해. 그래서 마라 님이 이 방은 단단히 잠가두셨고 창문도 만들지 않으셨어."

"그러니까 핀, 너도 이 방에 아무런 관심을 갖지 말아 줘. 비록 잠겨 있다고는 해도 손도 대지 말고 관심도 갖지 마. 이곳에 머물고 싶다면 그래야만 해. 아직은."

카룬과 엠시콘은 신신당부를 했어.

'비밀의 방이고 열 수 없는 방이라니···. 게다가 아직은? 아직은 또 뭐람!'

마음에 들지 않았지만, 난 일단 알았다고 하며 고개를 끄덕였어. 뭐 나름의 사연이 있는 거겠지. 그런데 문제는 말이야. 3층의 내 방으로 가기 위해서는 항상 이 복도와 스물여덟 번째 방 앞을 지나 계단을 올라가야 한다는 거였어. 하, 이거 매번 신경 쓰여서 이 앞을 어떻게 지나다니지?

"자 이 방이야 핀."

카룬이 가리킨 건 파란색으로 칠해진 예쁜 나무문이었는데,

너무 진하지도 않고 너무 연하지도 않은, 딱 내가 좋아하는 파란색이어서 조금 신기하더라고. 문의 위쪽에는 용 모양의 청동 고리가 달려 있었고 거기에 열쇠가 걸려 있었어. 내가 열쇠를 꺼내서 잠긴 문을 열었을 때, 찰칵. 하는 경쾌한 소리와 함께 마치 미끄러지듯 손이 이끌리는 느낌이 전해졌던 것 같아. 스르륵- 하고.

방 안에는 작은 침대와 작은 나무 책상과 의자, 또 작은 옷장이 하나 있었어. 그 가구들 역시 내가 좋아하는 파란 색이었지. 가구들도 나쁘지 않았지만 제일 멋진 건 정원을 향해 나 있는 커다란 창문이었어. 저 멀리 아까 나를 지켜준 뾰족한 창살문도 보였고 아름다운 정원과 분수, 위쪽으로는 환하게 떠 있는 달까지 모두 한눈에 들어와서 장관이었거든.

"어디…."

나는 먼저 침대에 턱 걸터앉아 얼마나 푹신한지 엉덩이를 굴러 눌러봤어. 기가 막히게 푹신해! 꼭 구름 위에 떠 있는 기분이랄까? 좋아, 침대는 합격. 그다음엔 의자와 책상에 앉아봤어. 이것도 합격! 내 키에 딱 맞춘 것 같은 높이더란 말이지.

"마음에 들어?"

엠시콘이 상냥한 목소리로 묻기에 난 웃으며 고개를 끄덕였어.

"응, 아주 좋아. 고마워 이런 방을 쓰게 해줘서."

"다행이야. 그럼 이만 쉬어, 핀. 우린 이만 가볼게. 우리 방은 1층이거든."

안녕-, 잘 자-, 하는 인사를 들으면서 나도 가볍게 손을 흔들어주고 밤 인사를 했어.

"그래, 잘 자. 내일 아침에 보자."

그러자 발더가 가볍게 겔겔 웃더니 이렇게 대꾸하며 문을 닫았어.

"내일 아침이 아니라 핀, 네가 눈을 떴을 때겠지. 언제나 달이 뜨는 정원이라고 했잖아. 여기는 아침이 없어. 늘 밤뿐이야."

아침이 없다고? 그게 어떨지 상상도 가지 않았어. 그리고 그런 걸 길게 생각할 만한 기력도 없었지. 카룬들이 내려간 다음 난 두 팔을 쭉 펴고 침대에 벌렁 누웠어. 천정에 걸린 별 모양의 등불이 가물거리면서 거짓말처럼 길었던 오늘 하루가 휙휙 스쳐 갔어. 그리고 마지막으로 내가 만든 엉망진창 스프와 그걸 나눠 먹었던 사람들의 생각이 났어.

'핀이라고? …이상한 이름이야. 근데 마라만은 나를 다른 이름으로 불렀어, 왜일까?'

마라에게서 굉장히 좋은 향기가 났다는 것까지 기억이 흐렸을 때 나는 아주아주 깊은 잠에 빠져들었어. 외롭고 쓸쓸한 기분이나 걱정, 엄마가 보고 싶다는 마음 같은 것에 채 생각이 닿기도 전에 말이야.

회중시계를 맞추고 달을 향해 뛰어!

그리고.

정말 아침이 오지 않았어.

충분히 푹 자고 일어나서 눈을 떴을 때도 여전히 푸르스름한 달빛이 가득한 밤이었지. 꽤 이상한 기분이었지만 그것보다 훨씬 더 중요하고 긴박한 문제가 있었어. 요리재료가 다 떨어졌거든.

어제 끓인 콩 스프를 데워 마라에게 드리고 우리도 먹고 나니, 점심이랑 저녁은 뭘 먹지? 하는 걱정이 들었어. 알다시피 어제 창고에 있던 걸 거의 다 먹어버렸잖아. 혹시나 싶어 포대를 전부 탈탈 털어봤더니 냄비에 떨어진 건 조그마한 콩 두 알…. 그리고 마른 고추 몇 개와 치즈 반 덩이가 내가 가진 전부였어. 이걸로는 도저히 요리고 뭐고 할 수 없었지.

"아, 어쩐담?"

나는 가벼운 한숨을 쉬며 물었어. 설마 원시인들처럼 그라하를 사냥해서 그 고기를 뜯어 먹자거나 하는 건 아니겠지.

"슬슬 장을 보러 나갈 때가 왔군."

카룬은 당연하다는 듯 대답했지만 난 이해가 가지 않았어.

"장을 본다고? 가게가 어디 있어? 사방을 둘러봐도 집이라고는 이 저택 하나뿐인데? 전부 넓고 넓은 들판뿐이잖아."

"사람들의 세상에 가서 장을 봐 와야 해, 핀. 힘들고 번거롭겠지만 어쩔 수 없어."

엠시콘은 더 알 수 없는 소리를 했어.

"어제 내가 물어봤을 때, 이제 돌아갈 수 없다고 했잖아? 근데 사람들의 세상으로 간다니 그게 무슨 말이야?"

"집으로는 돌아갈 수 없어. 하지만 그 외에는 말이지. 핀, 너는 전 세계 어디로든 갈 수 있어. 네가 원하기만 하면 말이야."

"말도 안 돼. 왜 그런 거야? 어디든 갈 수 있는데 왜 하필 내가 가장 가고 싶은 곳으로만 돌아갈 수 없냐고?"

"그건 네가 핀이기 때문이야."

또 그 소리였어. 어제부터 뭐든지 내가 원하는 대로 도통 안되는데, 그게 다 내가 핀이기 때문이래. 이런 젠장! 그딴 거 내가 알까 보냐? 사실 핀이라는 건 내 이름도 아니라고! 꼭 모두가 미리 입을 맞춰두고 나를 놀리는 것 같아서 약이 오르고 화가 났지만 꾹 참았어. 일단 이곳을 벗어날 수 있다는 뜻밖의 소식을 들었으니까.

"그래, 좋아. 일단 너희들 말이 맞는다고 치자. 그러면 알려줘봐. 사람들의 세상으로 나가려면 어떻게 해야 하는 건데?"

"두 가지 방법이 있어. 하나는 어제 그 호수로 가서 티아마

트의 배 속으로 일단 들어갔다가….〞

〝잠깐! 그다음 방법을 알려 줘.〞

고래인지 뱀인지도 모르겠는 티아마트의 배 속엔 두 번 다시 들어가기 싫었어. 게다가 티아마트를 만나려면 또 그라하에게 쫓겼던 쓸쓸한 벌판을 가로질러 가야 하잖아. 이번에도 무사히 잡아먹히지 않고 달아날 수 있다는 보장도 없으니까.

〝에, 그러면 다락방으로 가서 달을 향해 뛰어야 하는데.〞

…정상적인 방법은 없는 거냐? 어휴 하는 한숨이 절로 났어. 그냥 좀 편하게 가도 좋잖아. 버스나 택시나, 아니, 마녀의 저택이라니까 빗자루를 타고 날아갈 수도 있을 거 아냐. 평ㆍ범ㆍ하ㆍ게. 응?

〝그전에 미리 어디로 갈지 마음을 정해줘야 해.〞

엠시콘이 끼어들어 한마디 보탰어.

〝그리고선 네 회중시계를 꺼내 그곳의 시간을 찾아봐야지. 기껏 장을 보러 나섰는데 모든 가게가 문을 닫아버린 한밤중에 몰아치는 폭풍우를 맞을 수도 있으니까 말이야.〞

〝회중시계? 난 그런 거 없는데?〞

혹시나 싶어 옷 주머니들을 두드려 봤지만 있을 리가 없지. 회중시계를 가지고 다니는 현대인이 어디 있냐고? 발더가 답답하다는 표정으로 내 팔을 두드렸어.

〝어제 마라 님이 주신 상자 안에 있었잖아.〞

〝아, 맞다. 은빛의 긴 사슬고리가 달려 있는 회중시계! 그래.

그런 게 들어 있었어."

소금이랑 후추통, 요리사 모자와 젓가락같이 요리할 때 필요한 물건들을 꺼낸 다음, 마라가 준 상자는 부엌의 큰 탁자위에 놓아둔 채 잊고 있었어. 그래, 맞아. 꽤 여러 가지 물건들이 들어 있었지.

우리는 부엌에 들러 상자를 챙기고 일단 3층의 다락방으로 올라갔어. 어차피 그곳에서 출발해야 하니까. 직접 보면서 설명을 듣는 게 더 빨리 이해가 될 것 같았거든. 카룬들이 나를 안내한 곳은 내 방의 왼편에 있는 조그만 방이었어.

"여기가 다락방이야, 핀. 네 침실 바로 옆에 붙어 있으니까 장을 보러 다니기 편할 거야."

카룬은 그 방의 한가운데 있는 커다란 5각형 모양의 창문을 열고 널찍한 발코니로 나가 달을 가리켰어. 어제 내가 이곳에 처음 왔을 때부터 계속해서 떠 있던 둥근 달이었지.

"봐, 달이 이렇게 손에 닿을 듯 가깝잖아. 바로 여기서 저 달의 한가운데를 향해 뛰는 거야."

하하하- 나 참, 돌아버리겠군. 아마 과학이라는 걸 전혀 모르나 봐? 그리고 보면 머리도 맨들맨들한 민둥머리인게, 안에 뭐가 들어 있는지 가끔 궁금하긴 해. 달걀 같은 게 들어 있나? 아아- 미안해 카룬 그런 생각을 하다니, 난 곧장 잡념을 흔들어 버렸지.

"저기… 그건 달이 커서 그렇게 보이는 것뿐이야. 실제로는 엄청나게 멀리 떨어져 있다고. 네 말대로 했다간 곧바로 땅에 떨어져 버릴 거야. 다리가 부러지는 건 물론이고 죽을지도 몰라."

"인간세상에서라면 그렇겠지."

어느새 내 어깨 위에 날아오른 엠시콘이 아주 진지한 목소리로 말했어.

"이곳은 달라, 핀. 이곳은 어디까지나 요정과 마법, 그리고 무서운 것들의 세계거든. 네가 가고 싶은 곳을 확실히 정하고 시계를 정확하게 사용하기만 하면 달로 뛰어들었다가 떨어지는 일은 없을 거야."

"그래, 맞아. 일단은 먼저 요리재료를 사기 위해 어디로 갈 건지부터 정해, 핀. 그래야 그다음 일을 할 수 있으니까."

"음…."

어느 나라의 어느 도시에서 왔는지를 잊어버린 나에게 그건 꽤 어려운 문제였어. 어디에 가면 무슨 물건을 살 수 있는지도 모르겠고, 게다가 난 외국어라고는 거의 한 마디도 못하는걸. 물론 ABCD 정도는 읽을 줄 알지만 그 정도 실력으로 낯선 도시에서 장보기를 할 수 있을까?

"아 그리고 핀, 혹시 잊어버리고 그냥 떠날지도 모르니까 미리 이걸 착용해 둬. 장 보러 가기 전에 반드시 이 네 가지 준비물은 몸에 지녀야 해."

골똘히 생각에 잠겨 있는데 카룬과 발더가 상자에서 뭔가를 여러 개 꺼내 내밀었어. 가장 먼저 시계가 눈에 들어왔고, 나머지는 검고 흰 두 종류의 진주반지, 붉은 보석이 박힌 목걸이였어. 반지에 목걸이라니, 내가 무슨 여자애냐고요. 부끄러워서 저런 걸 끼고 사람들이 있는 곳을 어떻게 다녀. 난 시계만 받아들고 나머지는 그냥 넣어두라고 했어.

"이건 그냥 멋을 내기 위한 장식품이 아니야, 핀. 전부 다 너에게 큰 도움이 될 물건들이라니까?"

카룬은 목걸이를 살짝 흔들면서 설명을 시작했어.

"가장 먼저 이 목걸이는 지혜의 목걸이라는 거야. 여기 가운데 있는 이 붉은 보석은 마라 님이 연금술로 만들어 내신 소피아(Sophia)라는 건데, 이걸 목에 걸고 있으면 전 세계의 어떤 말이라도 알아들을 수 있고, 너도 그 말을 할 수 있게 돼. 여러 가지 식재료를 사기 위해 이곳저곳을 돌아다니려면 반드시 필요한 물건이지."

그렇게 편리한 물건이 있다고? 난 반가운 마음에 얼른 받아 목에 걸었어. 엠시콘이 엄지손가락을 치켜들며 잘 어울려 핀, 하고 칭찬을 해줬고, 이어서 발더가 반지를 양 손바닥에 올려놓고 입을 열었어.

"지혜만으로는 일이 안 풀릴 때도 있지. 그럴 땐 힘이 필요해. 널 지켜줄 강한 힘. 여기 보이는 두 개의 진주반지는 모두 대단한 마법을 가진 물건들이야. 자아, 놀라지 마시라! 먼저 검은 반지는 음, 에… 엥? 뭐였지, 카룬?"

기억력이 떨어지는 발더를 대신해서 카룬이 설명을 이어받았어.

"검은 반지는 골렘을 불러내는 반지야. 이 반지를 낀 주먹으로, 아무거라도 상관없어. 석상이든, 큰 바위든, 아니면 콘크리트 건물이나 도로라도. 돌로 만들어진 것이기만 하면 돼. 돌로 된 것을 때리면 그곳에서 바위 몸을 가진 커다란 골렘이 나타나."

"그리고 엄청난 힘으로 너를 위해 싸워줄 거야."

발더가 기분 좋게 웃으면서 알통을 만드는 시늉을 했어.

"이게? 오호, 좋은데! 그런데 불러내는 건 그렇다고 쳐도 다시 사라지게 하려면 어떻게 해야 되는데?"

나는 검은 진주반지를 받아 오른손 검지에 끼우면서 물었어. 골렘을 부를 수 있는 반지라는 설명을 듣고 보니 갑자기 그 반지가 엄청나게 탐나더라고. 모양도 굉장히 멋있어 보이는 거 있지, 큭.

"네가 명령한 일을 다 하고 나면 저절로 땅속으로 사라져."

"그럼 그 흰 반지는?"

"이건 바람의 요정들을 불러내는 반지야."

"바람의 요정이란 게 뭔데?"

"그야말로 바람을 부리는 요정들이지. 네가 바람이 해주었으면 하는 일이 있을 때 그 일을 해줄 거야, 예를 들어서 아주 더운 날에 시원한 바람이 불었으면 좋겠다고 생각할 때 있지?

그럴 때도 바람의 요정이 도움을 줄 수 있어. 또, 크기는 작지만 강력한 태풍을 일으켜서 뭐든지 멀리 날려 보내버릴 수도 있고…. 게다가 이 반지의 가장 좋은 점은, 네가 정말로 위급할 때 저절로 바람의 요정들을 불러낸다는 거야."

세상에나 멋져라. 난 흰 반지도 마음에 들어서 왼손 검지에 끼웠어. 그런데 한 편으론 좀 우습기도 하더라고.

"고맙기는 한데, 정말 이런 것들이 필요할 만큼 장보기라는 게 위험해? 그저 시장에 가서 물건을 살 뿐이잖아."

"넌 끊임없이 공격받을 거야, 핀."

엠시콘이 가엾다는 표정을 지으며 말했어.

"지금은 아닐지 몰라도 앞으로 점점 더 많은 괴물들이 네 주변에 나타나게 될 거야. 사람세상에서 그럴 수도 있고, 푸른 빛의 터널에서 그럴지도 몰라. 마라 님의 마법이 지켜주고 있는 이 저택에서 한 발짝을 내딛는 순간부터는 항상 조심해야 해."

"괴물만 무서운 게 아니야. 때론 사람이 괴물보다 더 위협적일 수도 있지. 그리고 우연한 사고도 있어. 지진이나 해일, 높은 곳에 위태롭게 놓아둔 화분, 줄이 풀린 사나운 개, 그리고 거리를 쌩쌩 달리는 자동차들. 그러니 항상 조심, 또 조심해야 해."

카룬이 신중한 얼굴로 영감님 같은 소리를 하는 바람에 난 또 큭! 하고 웃음이 터져버렸어. 뭐야, 누구든 쳐다보기만 해도 기절할 것 같은 모습이면서 세상이 그렇게 무섭다니. 난 바로 그제까지만 해도 그곳에서 아무 사고 없이 잘 살아왔다고.

"하하, 카룬 걱정이 지나친 것 같아. 정 그렇게 신경이 쓰이면 네가 나 대신 장을 봐주면 좋잖아."

"나도 정말 그렇게 해주고 싶어. 하지만 이 일은 네가 직접 하지 않으면 안 돼. 그렇게 정해져 있어."

카룬이 거짓말을 하는 것 같지는 않았기 때문에 난 순순히 고개를 끄덕였어. 알겠어, 알겠어, 조심해서 먹을거리를 사가지고 오면 되는 거지. 이참에 도망가 버리겠다는 속셈 따위 난 이미 잊어먹은 거라고, 이때 벌써.

"자 이제 준비가 거의 끝났으니까, 이제 목적지를 정하면 돼. 어디로 갈 건지 결정했어, 핀?"

엠시콘이 귀엽게 두 손을 모으며 물어봤어.

"저기 이름은 기억이 안 나지만 말이야. 그냥 내가 살던 곳에 가고 싶다고 하면 안 될까? 난, 그게 편한데. 우리 동네 큰 슈퍼에 가면 먹을 게 엄청 많았거든. 이런, 이젠 그 슈퍼 이름도 기억이 안 나네."

"다시 한번 말하지만 네가 살던 곳으로는 갈 수 없어. 그리고 이름을 알아야 해 핀. 정확한 도시 이름을 말하고 그곳에서 무엇을 사고 싶은지도 이야기해야 떠날 수 있어."

음… 역시 안 되는군. 그럼 어디가 좋을까? 난 잠시 턱을 쥐고 고민해 봤어. 그런데 당황하니까 별다른 생각이 나질 않더

라고. 그도 그럴 것이 내가 아무리 똑똑하다고는 해도 6학년
짜리 어린아이잖아, 그러니 내가 살던 동네 주변 말고 다른 나
라와 다른 도시에 대해 뭘 알겠어? 게다가 카룬들이 잔뜩 기
대하는 눈빛으로 내 입이 떨어지기만을 기다리고 있는 것도
무지하게 압박이 되더란 말이지. 아니, 아니야. 침착하게 생각
해 봐. 사회시간에 배웠던 것들이 있잖아.

"아… 알래스카!"

제발! 제발 왜 알래스카였냐고 묻지 말아줘. 그냥 그 이름이
무심코 튀어나왔어. 아는 도시 이름이 그것뿐이었던 게 아니
라고! 게다가 실은 알래스카는 도시 이름도 아니고 미국의 한
주 이름이었어. 아 조금 부끄럽네. 그때 조금만 더 생각했더라
면 하와이나 피지처럼 햇살이 가득하고 따뜻한 나라로 가서
편안하게 시장을 볼 수도 있었는데 말이야.

어쨌거나 알래스카는 아슬아슬하게 세이프였나 봐. 카룬은
'…알래스카라' 하고 혼잣말을 하더니 내 회중시계를 꺼내서
뭔가를 이리저리 돌렸어.

"그건 무슨 스위치야?"

궁금해서 물어보니 카룬은 시계 왼쪽 위에 튀어나온 푸른색
의 스위치를 가리키며 이렇게 말했어.

"이건 나라 이름을 찾아보는 용두야. 이걸 좌우로 돌려서 네
가 가려는 나라를 먼저 찾아야 해."

"용두가 뭔데?"

"시계에 이렇게 튀어나와서 돌릴 수 있는 스위치를 용두라고 불러."

"아아- 난 또 뭐라고, 그 용두 말하는 거였구나?"

난 기죽기 싫어서 이미 알고 있었던 척을 했어. 실은 몰랐지만.

"…응, 푸른색 용두를 돌려서 나라 이름을 찾으면, 자 여기 보이지. 알래스카는 미국이니까."

카룬이 말하는 것처럼 시계의 왼편에 나 있는 조그만 초승달 모양의 창에 어느새 미국이라는 글자가 표시되어 있었어.

"그다음엔 오른편의 붉은 색 용두를 돌려서 도시나 지역 이름을 찾아."

"처음부터 붉은색 용두로 도시부터 찾아도 되잖아, 굳이 그렇게 두 번씩 일을 해야 할 필요가 있어?"

"세계에는 그야말로 별처럼 많은 도시가 있거든. 도시로만 찾으려고 하면 때론 몇 시간 동안이나 계속 용두를 돌려야 할지도 몰라."

음, 그런 거로군. 어쨌든 카룬은 익숙하게 용두를 돌려서 알래스카를 찾았어. 그리고는 그 붉은색 용두를 꾹 눌렀어. 그건 그 도시의 시간을 표시하게 해주는 거야. 시계 바늘이 저절로 빙글빙글 돌더니 3시를 가리키며 멈췄고 오른편 구석에 해님 모양이 나타났어.

"지금 알래스카의 시간은 오후 3시. 딱 좋을 때겠는데. 이렇게 떠나기 전에 그곳의 시간에 시계를 맞춰놓고 출발하면 실수를 줄일 수 있고 장을 보러 간 곳에서 얼마나 머물렀는지도 알 수 있지."

카룬이 내미는 시계를 받아서 바지 주머니에 대충 쑤셔 넣으려 하자 엠시콘이 기절할 듯 놀라며 펄쩍펄쩍 뛰었어.

"안 돼, 안 돼! 핀. 회중시계를 그렇게 소홀히 간수했다간 잃어버릴 수도 있어. 그걸 잃어버리면 이곳으로 돌아올 수 없단 말이야. 자, 이렇게 바지 허리띠에 집게를 꽂아 단단히 고정시킨 다음 웃옷 주머니에 넣고 다녀."

"아, 맞아. 그러고 보니 돌아오려면 어떻게 해야 하는지 물어보질 않았네."

"그건 간단해. 사람들의 눈에 띄지 않는 곳을 찾은 다음, 시계 가운데의 노란 단추를 눌러. 그러면 아주 금방 이곳으로 돌아오게 될 거야."

발더가 주방으로 내려가 아주 튼튼해 보이는 천으로 만들어진 장바구니를 가져오는 동안, 어느새 카룬은 구석의 상자를 열고 뒤적이며 뭐라고 혼잣말을 중얼댔어.

"미국이라, 그럼 달러지. 가만있어 보자 달러를 어디에 뒀더라?"

뭘 하는 건지 궁금해서 어깨너머로 힐끗 봤더니 우와, 상자 속엔 지폐와 동전이 가득 들어 있었고, 카룬은 그중에서 미국에서 쓸 돈을 골라 지갑에 넣는 중이었어. 돈인 건 알겠지만,

뭔가 모양이 서로 다르고 전부 뒤죽박죽인 걸로 봐서는 전 세계 여러 나라의 돈이 모두 섞여 있는 것 같더라고.

"자, 핀. 받아. 이 정도면 여유 있게 시장을 볼 수 있을 거야."

지폐로 통통해진 지갑을 카룬으로부터 받아들면서 '이 녀석 어떻게 이렇게 많은 돈을 가지고 있는 걸까?' 하는 궁금증이 들었지만, 물어보진 않았어. 설마 이것도 마법으로 만든 가짜 돈은 아닐 테지?

모든 준비는 끝났고, 이제 발코니에 서서 달을 향해 뛰어들기만 하면 되는 거였지. 근데 있잖아, 그게 생각보다 훨씬 용기가 필요한 일이더라니까. 머리로는 알겠는데 자꾸 무서운 생각이 드는 거야. 발밑을 힐끗 쳐다보니까 저 아래 바닥이 까마득했어. 3층이라는 게 꽤 높더란 말이지.

"정말 안전한 것 맞아? 떨어지면 더럽게 아플 텐데…."

몇 번을 움찔거리기만 하다가 난 카룬과 엠시콘, 발더를 차례대로 돌아보며 재차 물었어. 발더는 이제 좀 지겹다는 듯 하품을 하고 있었어.

"미안해, 얘들아. 내가 너무 겁쟁이지?"

난 좀 기가 죽어서 고개를 숙였어.

"아냐, 핀. 누구나 처음으로 상식을 깰 때 무섭고 두려워. 이렇게 하면 어떨까? 내가 먼저 날아올라서 요 바로 아래에서 기다리다가 만약, 정말 그럴 일이 없지만 혹시라도 달 안으로 뛰어들지 못하고 아래로 떨어지게 되면 붙잡아 줄게. 봐, 우리 어제도 같이 날았었잖아."

그렇게 말하면서 카룬이 등의 날개를 힘차게 펄럭였어. 난 그게 좋겠다고 했지.

"좋아 그럼, 자 이제 뛰면 돼."

하늘에서 카룬이 기다리고 있겠다. 여차하면 바람의 요정들이 도와준다고도 했겠다. 난 크게 한 번 숨을 들이쉬고 달을 향해 고개를 들었어. 달의 분화구가 하나하나 보일 만큼 엄청나게 크고 또렷한 달이었지. 좋아. 뛸 수 있을 것 같아. 하나, 둘, ….

"셋!"

난 힘차게 땅을 박차고 날아올랐어. 떨어지지는 않을까 하는 두려움도 있었지만, 정말로 내 다리가 달빛 속으로 쑤욱 하고 빨려 들어가는 거야. 우와! 하는 놀랄 사이도 없이 곧 내가 푸른빛이 소용돌이치는 터널 속에서 엄청난 속도로 날아가고 있다는 걸 깨달았지. 카룬이 말해줬던 대로였어.

"와핫! 우하하하! 이거 꽤 멋진걸! 야호!"

난 엉덩이 끝까지 짜릿해져서 마음껏 환호성을 내질렀어. 빛 속을 날아간다는 건 정말 멋졌거든.

60일 동안의 밤

"빵빵! 빵빵! 부릉부릉! 쿵! 쿵! 휘이잉! 휘잉! 웅성웅성. 비융비융비융비융! 삐릿, 삐리릿!"

전쟁이 난 건 아니야. 그저 일상적인 도시에서 늘 들을 수 있는 소음들이었어. 자동차 경적 소리. 엔진 소리. 어디선가 무거운 물건을 싣고 내리는 소리. 거세게 바람이 부는 소리. 사람들이 서로 큰 소리로 이야기를 나누는 소리, 어떤 차의 알람이 울려대는 소리. 전화기 소리… 등등!

난 그 소음들을 도저히 견딜 수가 없어서 잠시 귀를 막고 가만히 서 있었어. 마라의 저택에서 이틀을 보내는 동안 조용함에 익숙해졌던 내게 도시의 소리는 너무 크고 혼란스러웠거든. 그리고 엄청나게 추웠어. 정말이지 귀가 떨어져 나갈 것 같은 바람이 바닥에 쌓인 눈을 휩쓸어다가 내 얼굴에 날려댔지.

"으ㅎㅎㅎ."

난 양팔을 꼭 껴안고 어쩔 줄을 몰라 하며 으슥한 골목 밖으로 걸어나갔어. 푸른빛의 터널을 통과하는 짧은 여행이 끝나자 내가 알래스카 어느 도시의 으슥하고 인적 없는 골목의 그늘 속에 서 있더라고. 주위를 둘러봤어. 마음 같아서는 빨리 아무 가게에라도 좀 들어가서 이 추위를 피하고 싶었는데 이상하게 가게 문이 거의 다 닫혀 있는 거야. 이상하다, 오후 3시밖에 안 됐는데? 이걸 어쩌지.

"얘, 괜찮니? 너 외투는 어쨌어?"

춥고 시끄러워서 도무지 정신을 못 차리고 있던 내게 누군가 소리를 지르는 듯 커다란 목소리로 말을 걸어왔어. 아마 나를 여러 번 불렀는데도 멍해져 있던 통에 전혀 못 알아차렸었나 봐. 목소리가 나는 방향으로 돌아보니 어떤 할머니 한 분이 인도 가까이 자동차를 대고 유리창으로 몸을 내밀어 나를 부르고 있었어.

"으드드. 부, 부르셨어요?"

난 추위를 참느라 얼굴을 잔뜩 찌푸린 채 할머니의 자동차로 다가갔어. 좀 멍청한 아이처럼 보였을지도 몰라.

"어머, 이걸 어째. 너 무슨 일이라도 있었니? 셔츠 차림으로."

"아, 시장을 보러 나왔는데…."

난 아무 생각 없이 곧이곧대로 이야기하다가 당황해서 입을 다물어 버렸어. 어디에서 왔냐고 하면 뭐라고 대답하겠어. 적당한 거짓말을 꾸며내기 위해 난 머리를 빠르게 굴렸지. 그러는 동안에도 여전히 얼어 죽을 것처럼 추웠고 이가 딱딱 부딪히는 통에 도무지 제대로 말을 하기가 어려웠어.

"치, 친구들이랑 내기를 해서 졌어요. 버, 벌칙 게임으로… 덜덜덜, 으으으, 여, 여기까지 외투 없이 거, 걸어왔다가 가는 걸로. 네, 맞아요. 벌칙게임이에요. 이건."

"하나님 맙소사. 자 어서 타렴. 데려다줄게. 도대체 어떤 친구들인지 얼굴을 좀 보고 싶구나."

할머니가 자동차 문을 열어주셨을 때 난 이것저것 재보지 않고 큰 소리로 감사하다고 외친 후 얼른 올라탔어. 그게 어디든 간에 이 차가운 바람을 막아줄 수만 있다면 다 용서가 될 것 같았지. 할머니는 자동차의 히터 온도를 높이고 바람의 방향이 나에게 오도록 조절해 줬어. 아아, 따뜻한 바람이 이렇게 고마울 줄이야.

"어디로 데려다주면 되니?"

할머니는 다정하게 물었지만 난 등에서 식은땀이 흘렀어. 글쎄요? 전 여기가 알래스카의 어딘가라는 것만 알고 있어요, 라고 할 수는 없잖아. 하지만 다행히 난 머리가 좋거든. 곧바로 그럴듯한 대답을 생각해냈어.

"그, 그 왜 아시죠? 큰 슈퍼마켓 있는 곳이요."

영리한 사람은 벌써 알아챘을지도 모르겠네. 그래, 저렇게 말하고 나서 할머니가 아무 이름이나 대면 난 '네 맞아요. 거기요'라고 할 계획이야. 그러면 할머니는 날 그 슈퍼마켓에 태워다 주실 거고 난 거기에서 물건을 사가지고 돌아가는 거지.

"큰 슈퍼마켓이라고? 설마 아크틱(Arctic) 식료품점을 말하는 거니? 피자 가게 맞은편에 있는? 아니면 제임스네 가게인가?"

계획대로 흘러가는군. 좋았어. 난 두 가게 중에 앞의 걸 고르기로 하고 가볍게 미소를 지으며 대답했어.

"네, 아크틱 식료품점이에요."

"세상에, 여덟 블록이나 떨어져 있잖니. 그런 차림으로 용케 오래도 걸었구나. 배로우(Barrow)에서 하기엔 너무 짓궂은 장난이네."

별 의심도 하지 않고 오히려 나를 동정해 주는 할머니를 보고 있자니 배꼽 근처 어딘가가 콕콕 찔리는 것 같았어. 그곳이 양심이 있는 장소일까? 하여튼 좋은 정보를 얻었어. 여기는 배로우라는 곳인가 보군. 밖에는 어느새 눈보라가 일기 시작해서 희뿌연 눈이 세찬 바람 소리와 함께 차 앞 유리를 계속 두드려 댔어.

"봐라, 타길 잘했지. 이런 날씨에 걸어 다니는 건 안 돼. 더군다나 외투도 입지 않고 말이야."

"정말 그래요, 할머니. 덕분에 살았어요."

할머니의 자동차를 얻어 타서 금방 슈퍼에 도착할 줄 알았는데, 우린 좀처럼 속도를 내지 못하고 가만히 서 있는 시간이 많았어. 거리가 온통 차들로 가득해서 길이 무지하게 막혔거든.

"와, 차가 정말 많네요."

"11월 17일이니까. 상점가도 거의 닫혀 있지?"

할머니는 당연한 일이라는 듯 대답했어. 11월 17일이 무슨 날이기에 그런 걸까, 이 도시의 모든 사람들이 가게 문을 닫고 자동차를 운전해야 하는 날일까? 궁금했지만 물어보지는 못했어. 수상해 보이기는 싫었으니 말이야.

"내가 맞춰 볼까?"

라디오에서 나오는 음악을 흥얼거리던 할머니가 나를 돌아보며 말했어.

"네? 뭘요?"

"음, 넌 오늘 하늘을 날아서 이곳을 떠날 거야. 그렇지 않니?"

"어…! 어떻게 아셨어요?"

난 너무 깜짝 놀라서 심장이 입 밖으로 튀어나오는 줄 알았어. 분명히 난 시장을 본 다음 푸른빛의 터널을 타고 날아서 마라의 저택으로 갈 거야. 하지만 그건 비밀스러운 일이잖아. 근데 이 할머니는, 내가 그럴 거라는 걸 어떻게 아시지? 설마 적인가? 나를 공격할 건가? 두근두근해 하고 있는데 할머니는 아주 포근한 미소를 지어줬어.

"그렇구나, 내가 맞았네. 하긴 두 달 동안이나 쭈욱 밤만 계속되니까. 너처럼 기운이 넘치는 어린아이가 있기엔 더 힘든 게 당연해. 나도 작년까지는 글렌이랑 같이 플로리다로 가서 겨울을 났었지."

"두 달 동안이나 밤이라고요?"

이 세상에 그런 곳이 있다니! 난 깜짝 놀랐지만 할머니는 외려 '어머 몰랐다니 의외로구나?' 하는 표정이었어. 그러더니 아- 하고 고개를 끄덕이셨지.

"알겠다, 넌 여기에 놀러 왔나 보구나. 어쩐지 추운 곳에 사는 아이의 피부답지 않게 뺨이 부드러워 보였어. 배로우는 11월 19일부터 1월 23일까지 밤이 계속되는 극야란다. 그동안은 줄곧 밤이지. 이제 저 해를 하루 더 보면 60일이 지난 다음에야 다시 떠오를 거야."

"그건 너무 길잖아요."

"그래, 그래서 많은 사람들은 우울해지지 않으려고 그동안 여길 떠나 있다가 돌아오지. 이렇게 차가 막히는 것도 사람들이 두 달 동안의 긴 극야를 준비하는 막바지라서 그런 거야. 겨울 동안 신경 쓰지 않기 위해 미리 장을 봐두거든. 저 방향으로 가는 사람들은 공항으로 가는 거고, 내일이면 비행기도 한동안 다니지 않을 테니까. 너도 저 공항에서 오늘 밤 비행기를 타고 가겠지?"

아, 난 그제야 할머니가 하늘을 난다고 한 말이 비행기를 탄다는 뜻이란 걸 알았어. 그래서 정말 그런 아이인 척했지.

"네, 그래요. 그런데 할머니, 작년까지는 플로리다로 가셨었다면서요. 올해엔 왜 여기 계세요. 두 달 동안의 밤이라니 생각만 해도 불편할 것 같아요."

"그럴까 생각도 했었는데… 도저히 글렌을 혼자 두고 갈 수가 없더구나."

할머니가 쓸쓸하게 대답했어.

"글렌도 같이 가면 되잖아요."

글렌이 누구인지는 모르지만 그 사람도 길고 긴 겨울밤은 싫을 거라고 생각했어. 그랬더니 할머니가 내 머리를 가볍게 헝클어주면서 슬픈 표정을 짓는 거야.

"그럴 수만 있다면… 얼마나 좋겠니. 그런데 지난여름에 돌아가셨단다. 지금은 배로우 북쪽의 공동묘지에 묻혀 있어. 남편은 외로움을 많이 타는 사람이었거든 그래서 혼자 여기 눈보라 속에 두고 도저히 떠날 수가 없더구나. 아마 내가 함께 있어주길 원할 거라고 생각해."

아, 글렌은 할머니의 돌아가신 남편 이름이었구나. 아직 어린 나로서는 나이를 먹고 죽는다는 게 뭔지 도무지 알 수 없는 일이지만, 그래도 뭔가 표현하기 어려운 쓸쓸함이 느껴졌어. 할머니를 위로해 주고 싶었지만 뭐라고 해야 좋을지도 모르겠어서 난 그냥 핸들을 잡은 그녀의 주름지고 마른 손을 꼭 잡아드렸어. 할머니는 내 마음을 다 안다는 듯 다른 손을 들어 내 손등을 토닥거리셨지.

"즐거운 비행하렴. 착한 아이야."

"할머니도 건강하세요. 정말 감사합니다."

사람들로 북적이는 아크틱 식료품점에 도착해 나를 내려주면서 할머니는 정말 괜찮겠냐고 몇 번이나 물었어. 난 문제 없다고 말하고 그녀와 헤어졌어.

"두 달 동안이나 밤이 계속되는 곳에서 우울해서 어떻게 살지?"

멀어져가는 할머니의 자동차를 향해 손을 흔들면서 걱정이 된 나는 그런 혼잣말을 했어. 그리고선 곧 내가 정말 바보 같은 소리를 한 걸 깨달았지. 어찌 보면 두 달은 긴 것도 아니야. 내가 장을 봐서 이제 곧 돌아가야 할 곳은 언제나 달이 떠 있는 정원이잖아.

영원히 해가 떠오르지 않는… 밤뿐인 곳이라고.

○

아크틱 식료품점은 엄청나게 크더군.

난 뭘 사가야 할지 몰라서 카트 손잡이를 잡고 이리저리 돌아다녔어. 그건 당연한 거였지. 무슨 요리를 할 것인지 미리 정하지 않으면 시장을 본다는 건 필요한 재료를 사는 게 아니라 그저 눈앞의 유혹에 흔들리는 일일 뿐이니까 말이야.

"아, 달걀. 그래 이걸 사갈까?"

처음엔 12개 묶음 달걀 두 팩을 집어 카트에 넣었어. 아무리 나라도 달걀 프라이는 할 수 있을 것 같았거든. 엄마가 해주는 걸 본 적이 있는데 꽤 간단해 보였었어. 기름을 두른 프라이팬에 달걀을 깨서 넣기만 하면 되잖아.

남들은 뭘 살까 하고 흘끗 주변 사람들의 카트를 훔쳐봤더니 다들 우유와 양파, 오렌지빛의 연어고기 정도는 공통적으로 담았더라고. 그래서 나도 그렇게 했어.

"그런데 연어를 어떻게 요리하지? 에이 나중에 생각하자. 어라? 소시지. 이건 그냥 구워 먹으면 되지. 음, 군침 도는걸."

다음엔 소시지가 눈에 들어왔어. 참 소시지 종류가 많기도 하더군. 난 가장 먹음직스러워 보이는 걸로 세 봉지를 골랐지. 그런데 좀 더 가니까 이번엔 빵이 잔뜩 있는 거야. 그것도 막 담았어. 빵과 소시지, 달걀이라. 이 정도면 편리할 거라고 생각했지. 하지만 인스턴트 라면을 찾아다니던 나는 곧 엄청나게 다양한 통조림들이 쫘아악 진열되어 있는 칸을 발견한 거야.

"와! 이건 그냥 뜯어서 먹기만 하면 되는 거 아냐!"

스파게티 통조림, 햄버거 통조림, 조개 스프 통조림, 마카로니 치즈, 참치 샐러드, 쇠고기 스튜, 시럽에 절인 과일까지…. 이 세상에 모든 음식이 다 통조림 속에 들어 있는 것 같았어. 난 먹을 것들의 유혹에 휘말려 눈이 빙글빙글 돌 지경이었지. 어제부터 먹은 거라곤 내가 만든 엉망진창 콩 스프뿐이었잖아.

'맛있겠다….'

난 연신 우와! 우와! 감탄사를 내지르면서 여러 개의 통조림들 들었다 놨다 어쩔 줄을 몰라 했어. 마음 같아서는 여기 보이는 물건들을 싹 다 가져가고 싶었지만, 내 장바구니에 담아 들고 갈 수 있는 무게만큼만 사야 하잖아.

"일단 이만큼만 먼저 가져가 보자. 다음에 장을 보러 왔을 땐 가능한 한 많은 통조림을 사가야지."

나는 아쉬움을 꾹꾹 눌러 달래며 정말 어렵게 고른 열 개의 통조림과 아까 고른 것들을 계산대로 가져갔어.

"자, 얼른 가서 모두와 함께 통조림이랑 빵을 나눠 먹어야지. 연어나 달걀, 양파 따위는 사지도 말 걸 그랬지? 괜히 귀찮고 무겁기만 하잖아."

카룬이 챙겨 준 돈으로 물건값을 치른 후, 난 묵직해진 장바구니를 어깨에 둘러메고 빨리 돌아가 통조림을 뜯을 생각뿐이었어. 그때였지, 그 냄새를 맡은 건.

"킁, 킁, 이게 뭐야."

난 그 고소한 냄새에 홀려서 저절로 고개를 돌릴 수밖에 없었어. 그리고 그 순간 내 눈에 들어오는 광경! 그건 정말 황홀했고 숭고했어. 너무나 아름다운 걸 본 것처럼 제 자리에 얼어붙어 있는 동안, 내 머릿속에서는 베토벤의 교향곡 9번이 쿵쾅쿵쾅 울려대는 것 같았고 감격의 미소를 짓기 위해 저절로 벌어진 내 입에서는 한 줄기 침이 주르륵 흘러내렸어.

"…피자! 햄버거! 치킨!"

난 비명을 지르듯이 외쳤어. 식료품점의 계산대 왼편에 세 개의 패스트푸드 가게가 나란히 늘어서 있었던 거야. 누구나 인정할 수밖에 없을걸. 그건 6학년짜리에겐 너무도 견디기 어려운 유혹이었어. 특히나 배가 고프고 집에 돌아가면 직접 자기가 먹을 걸 만들어야 하는 경우라면 더 그럴 테지. 나한텐 돈도 있어. 지갑이 두둑할 만큼 충분히! 그러니 망설일 이유도, 셋 중에 어떤 걸 사야 할지 고민할 이유도 전혀 없었지.

"햄버거 세트 5개 주세요."

"치킨 10조각 주세요."

"콤비네이션 피자요. 네, 가장 큰 사이즈로 주세요."

세 가게에 각기 주문을 하고 음식이 나오기를 기다리는 동안 난 자꾸 헛웃음이 났어. 왜 진작 이 생각을 못 했을까? 직접 요리를 해야 한다고? 바본가? 우린 현대인이잖아. 뭣 때문에 요리를 하느라 시간을 허비하냔 말이야.

"룰루루~ 자, 슬슬 돌아가 볼까?"

사람의 눈에 띄지 않을 으슥한 구석으로 가서 회중시계의 노란 단추를 누를 때엔 조금 어려웠어. 어깨에 멘 장바구니와, 맛있는 냄새가 솔솔 풍기는 패스트푸드 여러 봉지, 피자 박스를 떨어뜨리지 않기 위해 애를 좀 썼거든. 그래도 추운 것도 잠깐 잊고 아주 기쁜 마음으로 "마라의 저택으로!"를 말할 수 있었어. 내가 가지고 가는 이 음식들을 보면 아마 다들 엄청 놀라고 기뻐하겠지? 후훗!

"아, 핀⋯."

그런데 말이야, 내가 마라의 저택으로 돌아가서 짜잔! 하면서 음식들을 부엌의 탁자 위에 올려놓았을 때, 기다리고 있던 카룬들의 반응은 내 예상과는 아주 달랐어. 모두들 가벼운 한숨을 쉬면서 걱정스런 표정을 짓는 거야.

"왜들 이래? 내가 없는 사이에 무슨 문제라도 있었어?"

이런 어두운 분위기를 도저히 이해할 수 없어서 물어보면서도 난 종이봉투에서 내 몫의 햄버거를 꺼내고 있었어.

"자, 이건 한 사람 앞에 하나씩이야. 무슨 일인지 모르겠지만 이걸 먹고 배가 불러지면 기분이 훨씬 나아질 거야. 이거 햄버거라는 건데 굉장히 맛있어."

"저기⋯."

카룬이 말을 꺼내기가 곤란하다는 듯 이마를 긁적이다가 입을 열었어.

"차라리 먹고 돌아오지 그랬어, 핀."

"뭐어? 야, 너희들이 다 기다리고 있고 마라도 배가 고플 텐데 치사하게 나 혼자서 먹고 오라고? 난 그렇게 의리 없는 사람이 아니란 말이야!"

"하지만 이렇게 하면 공연히 왔다 갔다 고생만 한 거야."

난 카룬이 무슨 소리를 하는 건지 도무지 이해가 안 갔어. 아, 혹시?

"너희들 혹시 햄버거를 안 좋아하니? 그런 거라면 걱정하지

마. 여기 피자랑 치킨도 잔뜩 있으니까 좋아하는 거로 골라서 먹어. 마라는 뭘 좋아하실까?"

조잘조잘 떠들어대면서 난 자랑스러운 전리품들을 더욱 늘어놓았지만 여전히 카룬들의 표정은 어둡더군.

"우리가 미리 이야기를 해줬어야 하는데…."

엠시콘이 아주 미안하다는 표정으로 입을 열었고 곁에 서 있는 발더는 맞아 그래야 했어, 하며 고개를 끄덕이는 거야. 뭐지? 뜸 들이지 말라고. 난 슬슬 짜증스러워졌어.

"이렇게 이미 만들어진 요리는 가져와도 소용없어. 네가 사 와도 되는 건 오직 요리의 재료뿐이야. 재료를 사와서 네가 직접 요리를 해야 해."

"그게 무슨 소리야? 만들어진 거든, 재료만 사와서 여기서 만든 거든 그게 무슨 상관이냐고? 어쨌든 맛있고 배부르게 먹으면 되는 거잖아."

난 이 아이들이 나를 곯리기 위해 말도 안 되는 억지를 부린다고 생각했어. 그래서 보란 듯이 손에 들고 있던 햄버거를 한 입 크게 베어 먹었어. 배도 꽤 고팠거든.

"자! 봐라. 이렇게 맛이 있다고! 맛이 있… 지… 않잖아? 엥? 뭐야, 왜 이래?"

입안 가득 든 햄버거의 맛이 전혀 느껴지지 않는 거야. 난 눈을 동그랗게 뜨고 잠시 상황을 이해해 보려고 노력했어. 그건 단순히 맛이 없다거나 하는 수준의 문제가 아니었거든. 어떤 느낌인가 하면 혹시 휴지를 뭉쳐서 씹어 먹어본 사람 있어? 난 예전에 한번 호기심이 생겨서 먹어본 적이 있는데… 물론 , 하고 금방 뱉긴 했지만. 아, 그거랑 비슷한 맛이냐고? 아니, 완전히 달라. 휴지 쪽이 열 배는 맛있는 편일걸. 이건 그냥 공기랑 똑같아. 뭔가 열심히 씹고는 있는데 아무런 냄새도 맛도 없다는 게 그렇게 기분 나쁜 건지 그때 처음 알았어.

"이럴 리가 없어. 뭐가 잘못된 거야."

난 다른 햄버거를 먹어봤어. 여전히 아무런 맛도 안 났지. 햄버거만 그런 게 아니야. 치킨도 피자도 전혀 맛이 없었어. 게다가 더 이상한 건, 그렇게 계속 먹어대는 데도 여전히 배에서는 꼬르륵 소리가 났고 허기가 져서 견딜 수가 없었다는 거지. 아무것도 먹지 않은 것처럼 말이야.

"이거 뭐냐? 왜 이렇게 먹었는데도 아직 배가 고프냔 말이야!"

마침내 먹다가 지친 나는 성질을 내며 지켜보고 있던 카룬들에게 따졌어. 말이 안 되잖아.

"다른 사람이 만든 요리는 안 돼. 넌 이 저택의 유일한 요리사야, 핀. 요리를 사 먹는 사람이 아니고 말이야. 편한 게 그렇게 좋아?"

카룬은 가볍게 한숨을 쉬며 말했어. 난 그렇다고 했지. 이 세상에 편한 걸 싫어할 사람이 어디 있어?

"이런 거? 아니면 이런 거?"

카룬은 손가락을 뻗어 꼭 총을 쏘는 것처럼 식탁 위를 찍어 댔어. 그러자 그의 손가락이 한 번씩 스칠 때마다 식탁 위에 아주 근사한 요리가 차례로 생겨났어. 뿅! 하면 아주 달콤해 보이는 3층 케이크가 짠! 하고 나타났고, 또 뿅! 하면 이번엔 아주 바삭하고 맛있을 것 같은 커다란 바비큐가 펑! 하고 나타나더란 말이지. 그런 식으로 갈비찜, 과일 파이, 커다란 생선 통구이, 두툼한 피자, 따끈한 스프, 고소한 빵, 살살 녹아내릴 것 같은 아이스크림 따위들이 어디에선가 튀어나와 테이블 위에 턱 하고 자리를 잡는 거야.

마침내 카룬이 마법으로 만들어 낸 요리는 식탁 위를 가득 메웠어. 종류도 많고 빛깔도 좋고, 나는 이름도 다 대지 못할 만큼 고급스럽고 멋진 요리가 몇백 개나 차려졌지. 임금님의 식탁도 그보다 호화롭지는 않을걸?

"야, 너 이런 걸 할 수 있으면서 그동안, 내가 그런 형편없는 콩죽을 먹도록 내버려 뒀던 거야? 장을 보기 위해 알래스카에 셔츠 바람으로 가게 했던 거냐고? 처음부터 이렇게 했으면 서로 편했잖아."

난 놀림을 받은 것 같아서 카룬에게 따졌어. 누구라도 화가 날 상황이잖아. 그러자 카룬이 무표정한 얼굴로 고개를 저으며 말했어.

"먹어봐, 핀. 과연 저게 무슨 맛이 있는지, 혹시라도 배가 불러지는지."

이건 또 무슨 속임수야? 난 의심이 가득한 눈으로 카룬을 보면서 손을 뻗어 가장 가까이에 있는 쇠고기 스테이크를 덩어리째 집었어. 그리고 그걸 한입 가득 깨물었지. 계속 말하지만 배가 고팠단 말이야.

"또 가짜 음식이잖아."

역시 아무 맛이 느껴지질 않았지. 난 힘없이 그 이상한 스테이크를 도로 내려놓았어. 이상해, 분명히 눈으로 보기엔 더할 나위 없이 맛있어 보이는데⋯. 적당하게 잘 구워진 고급 스테이크가 왜 이리 맛이 없는 거냐고?

"아, 알겠다. 너희들 날 놀리고 싶었던 거지? 그래서 마법으로 음식의 맛을 지웠지?"

"그런 게 아니야, 핀. 단지 여기에선 이런 것들이 통하지 않을 뿐이야. 쉽게 얻은 건⋯."

그렇게 말하며 카룬은 조금 전에 만들었던 음식들을 향해 가볍게 손짓을 했고, 휙 하는 소리와 함께 음식들은 마치 연기처럼 스스스슷 흩어지며 사라져 버리는 거야. 마침내 테이블 위는 다시 텅 비게 됐어.

"⋯쉽게 사라지지. 아무도 너에게 요리를 하라고 강요하지는 않아. 하지만 영혼의 허기를 채우고 싶다면 땀을 흘려가며 노력하는 수밖에 없어. 힘이 들더라도 네 손으로 직접 만들어야만 해, 핀."

그 말에 동의한다는 듯 엠시콘과 발더도 같이 고개를 끄덕였어.

젠장! 그만두란 말이야 그렇게 뭔가 심오한 이야기로 교훈을 주려고 하지 말라고! 너무 어렵기도 하고 귀에 잘 들어오지도 않아. 나는 분을 참느라고 주먹을 꽉 쥔 채 잠시 아무 말도 않고 서 있었어. 그리고 장바구니를 거꾸로 들어서 아까 아크틱 식료품점에서 샀던 것들을 테이블 위에 와르르 쏟았어.

"후우, 좋아. 네 말이 맞는다고 하자. 그러면 이 통조림도 안 되겠지? 이건 그냥 뚜껑만 따서 먹으면 되는 거니까. 소시지는 어때? 그것도 안 돼? 그냥 전부 다 갖다 버리면 되겠네?"

이런 갈등을 도저히 견디기 어렵다는 듯 두 손을 깍지 낀 채 어쩔 줄을 몰라 했던 엠시콘이 안타까운 목소리로 끼어들었어.

"핀, 말했잖아. 요리사는 너뿐이야. 어제 네가 해드렸던 스프를 드시고 기뻐했던 마라 님의 얼굴을 떠올려 봐. 어떤 요리라도 되는 거였다면 마라 님이 지금까지 계속 아무것도 입에 대지 않으셨을까? 무엇을 먹는 게 좋을지, 또 무엇은 아무 소용이 없을지 너는 이미 알고 있어. 지금 네게 필요한 건 네 마음에 귀를 기울이는 것뿐이야. 제발 분노에게 지지 마."

그렇게 말하는 엠시콘의 이마에는 송글거리는 땀까지 맺혀 있었어. 그런데 참 이상하지. 그 땀방울을 보고, 또 마라라는 이름을 듣고 나니까 금방이라도 폭발할 것 같던 화가 조금 누그러지는 기분이 드는 거야.

"…."

난 잠시 숨을 고르고 감정을 추슬러야 했지.

"…알겠어. 다행히 사 온 것들 중에 요리재료도 좀 있으니까, 그걸로 뭐든 해볼게."

그렇다고 해서 이 말도 안 되는 불편한 규칙들이 다 납득이 됐던 건 아니었어. 무엇보다도 말이지. 난 요리사가 아니야. 그런 거 되고 싶다는 생각조차 해본 적 없어. 하지만 어떡해? 내 손으로 요리를 하지 않으면 나도, 마라도 굶어야 한다니까, 그러니까 어쩔 수 없이 뭐라도 만들어 봐야 하는 거잖아.

"고마워 핀, 정말 고마워!"

내 부글대는 속도 모르고 카룬과 엠시콘, 발더는 연신 고맙다고 하며 방긋방긋 웃었어.

"필요한 게 있으면 언제라도 말만 해. 화덕에 불을 피우는 것부터, 설거지까지 우리가 다 해줄게."

발더는 어울리지 않게 과장스런 애교를 피면서 아부까지 하더라고.

이대로는 안 돼

"연어랑 달걀, 그리고 양파와 소시지 정도인가…. 빵도 먹을
수 있으려나."

통조림 요리들은 열어서 맛보지도 않고 깨끗하게 포기했어.
그 나머지 재료들을 탁자 위에 늘어놓고 보니 그저 막막할 따
름이더라고. 이걸로 뭘 하면 되는 걸까? 이렇게 될 줄 알았더
라면 야채라든가 고기 종류를 더 사 오는 건데 말이지.

'우리 엄마였다면 이걸로 나에게 뭘 해줬을까?'

요리재료들을 노려보면서 엄마가 해줬던 음식들을 기억해
봤어.

'소시지를 야채와 함께 볶아서 주기도 했었는데….'

하지만 그 요리엔 케첩이 필요한데 생각도 안 했어. 이런!
그것보다도 일단 식용유를 사 오지 않았잖아. 그럼 달걀 프라
이도 못할 텐데. 난감하네. 아, 훈제연어. 그런 걸 먹어봤던 것
같은데. 훈제라는 게 어떻게 하는 거지? 나 자신이 한심했어.
어떻게 십몇 년을 살면서 할 줄 아는 요리가 하나도 없냐고?

결국 궁리 끝에 내가 생각한 건 결국 양파와 소시지를 잘라

넣고 끓인 스프였어. 그리고 거기에 빵과 삶은 달걀, 화덕에 구운 연어를 곁들이면 먹을 만하지 않을까? 말로는 쉽지만 그게 참 번거로운 일이야. 스프, 삶은 달걀, 구운 연어, 이 세 가지 요리 중에 어떤 걸 먼저 시작해야 하는지도 종잡을 수 없었거든.

"일단 물을 끓이자."

난 카룬에게 냄비 두 개에 물을 받아 끓여달라고 했어. 어차피 달걀을 삶든, 스프를 끓이든 간에 뜨거운 물이 있어야 할 것 같아서. 그런데 실은 그렇게 하면 안 되는 거더라고. 막상 펄펄 끓는 물에 달걀을 넣으려니까 뜨거운 물은 튀어대지, '앗 뜨거' 하면서 달걀을 놓치니까 달걀은 냄비 바닥에 부딪혀 깨져버리지, 껍질이 터져서 흘러나온 달걀흰자가 둥둥 떠다니지…. 완전히 엉망진창이 되어버리는 바람에 애꿎은 달걀 두 개만 버렸지 뭐야.

"이렇게 하면 안 되는구나. 달걀은 차가운 물에 넣고 끓이기 시작해야겠다."

새 냄비를 준비하면서 애써 침착한 척했지만 창피하기도 하고 짜증도 났어. 게다가 아까 알래스카에서 찬바람을 맞은 덕에 감기가 걸렸는지 콧물이 줄줄 흐르고 에취! 에취! 재채기가 계속해서 나오는 거야.

'다음은 양파와 소시지 스프인가, 어디 보자. 일단 양파를 다져야지.'

양파 껍질을 까고 도마 위에 올린 다음 반을 자르려는데 칼이 획 하고 옆으로 미끄러지는 바람에 스윽! 난 그만 손을 베고 말았던 거야.

"아얏!"

내가 칼을 놓고 손가락을 싸매 쥐자 모두들 달려와서 걱정 어린 눈빛으로 괜찮으냐고 물어봤어. 괜찮을 리가 없지. 칼에 손가락을 베인 건데 말이야. 얼마나 깊게 베였는지는 몰랐지만 피가 뚝뚝 떨어지는 걸 보니, 난 놀라고 무섭고, 게다가 화가 나서 울음을 터뜨리고 말았어.

"이걸 어째? 아, 핀 많이 아프지. 잠시만 기다려 약을 가지고 올게."

엠시콘은 재빨리 날아가서 약통과 붕대 같은 것들이 든 작은 나무상자를 가져왔어. 그런데 말이야. 그 약통은 우리가 약국에서 사는 그런 물건이 아니었어. 마라가 만들었다는 이상한 빛깔의 고약이 뼈로 만들어진 작은 항아리 안에 들어 있는 거야. 카룬이 회색빛 손가락으로 그걸 찍어서 내 상처에 바르려고 다가왔을 때, 난 갑자기 이제껏 참아왔던 모든 짜증이 쾅 하고 폭발해서 버럭 소리를 질러버렸어.

"저리 꺼지지 못해. 이 괴물아? 어디다가 그런 징그러운 손가락을 들이밀어? 그리고 뭐야, 그 괴상한 약? 마녀가 만든 약 따위 바르지 않을 거야! 비키란 말이야! 그런 걸 발라서 나도 너희처럼 괴물로 변하게 만들려고?"

내가 핏대를 세우며 악을 쓰자, 카룬은 움찔 놀라 잠시 뒤로 물러섰어. 난 그러고도 분이 풀리지 않아서 더 소리를 질렀지.

"애초에 이게 다 너희 때문이야! 내가 이렇게 손가락을 다친 것도! 그리고 이 지겨운 요리사 흉내도! 너희들이 나를 이곳에 끌고 왔지? 너희 같은 것들 다 죽어버려! 이 징그러운 괴물들아!"

카룬과 엠시콘, 발더는 침울한 얼굴이 되어서 아무 말도 않고 가만히 서 있었어. 내가 엉엉 울면서 주저앉아 있으려니까, 엠시콘이 슬며시 내 어깨 위로 날아와서 나를 달랬어.

"무슨 말을 해도 좋으니까, 약을 바르자, 핀. 상처가 덧나면 안 되잖아."

난 고개를 무릎에 파묻고서 대답하지 않았어. 그러고 보니 상처가 처음보다 더 욱신거리고 쑤시는 것도 같았어. 잠시 뒤에 누군가가 다가와서 상처가 난 내 손을 꼭 잡고 살살 약을 발라줬어. 아마 카룬이었을 거야. 처음엔 뿌리치려고 했지만, 팔목을 쥐고 있는 손의 워낙 힘이 세서 내 마음대로 되지 않더라고. 그래서 어쩔 수 없이 그냥 내버려 뒀지. 그 손은 정성들여 약을 바르고, 붕대로 잘 감싸준 뒤에야 나를 놓아주었고 난 그새 깜빡 잠이 들어버렸어. 우느라고 너무 힘을 빼서 진이 빠졌었나 봐.

"응?"

아주 잠깐이었겠지만 졸다가 깨어나서 눈을 떠보니, 내 앞에는 여전히 카룬들이 걱정스러운 표정을 하며 나를 보고 있더라고. 흥! 난 금방 그 애들을 외면하고 붕대에 감긴 다친 손가락을 쳐다봤어. 어? 신기하리만큼 통증이 줄어 있는 거야.

물론 칼에 베였으니까 순식간에 도로 살이 달라붙거나, 상처가 씻은 듯이 사라지거나 하지는 않았어. 아무리 마법의 세계라고 해도 그런 일은 일어나지 않는 법이거든. 하지만 정말로 많이 나았다는 느낌이 들 만큼, 욱신거리는 깊은 아픔이 사라지고 그저 조금 쓰라리기만 했어. 마라의 고약을 바른 덕분이었겠지.

"방에 가서 좀 누워, 핀. 많이 놀랐을 거야."

카룬은 걱정스럽다는 얼굴로 나를 위로해 줬어. 난 잠깐 동안 그 애의 얼굴을 보고 있다가 내 손가락에 감긴 붕대를 봤어. 그러자 내가 맨 처음 마라의 저택에 왔던 때의 일들이 떠오르는 거야. 카룬이 서둘러서 태워다 주지 않았다면 난 분명히 그날 평원 한구석에서 그라하의 먹이가 되어 버렸었겠지. 그런데도 난 내 생명의 은인인 카룬에게 아직 고맙다는 인사도 제대로 하지 않았더라고. 그야말로 뻔뻔스러운 태도였지 뭐야. 달을 향해 뛰어들 때도 그랬어. 내가 겁을 내니까 하늘에서 받아주겠다고 했었지.

엠시콘과 발더도 마찬가지야. 생명의 은인까지는 아니더라도 내가 힘들 때마다 열심히 위로를 해주고, 모르는 일들을 친절히 일러주었었어. 그랬는데 난 이 애들에게 감사를 하기는

커녕, 괴물들이라고 부르고 죽어버리라며 저주를 퍼붓기까지 했던 거야.

"아!"

생각이 거기에 미치자, 난 견딜 수 없이 부끄러워졌어.

그저 겉모습이 나와 다르다고 해서, 내게 잘해주려는 친구들을 무시하고 미워했다니…. 그게 얼마나 못된 마음이야. 게다가 나도 잘 알고 있어. 내가 손가락을 다친 건 실은 얘네들 때문이 아니야. 난 그저 누군가의 탓을 하면서 너 때문에 내가 불행한 거라고 큰소리로 원망을 하고 싶었던 것뿐이야. 그렇게라도 해야 이 짜증이 좀 풀릴 것 같았거든. 어쩌면 진짜 괴물은 카룬이나 발더가 아니라 비뚤어진 마음을 가진 나였는지도 몰라.

내가 신음 소리를 내니까 카룬들은 그게 아파서 낸 소리인 줄 알고 깜짝 놀라서 어쩔 줄을 몰라 했어. 하지만 그때 정말 아팠던 건 칼에 벤 손가락이 아니라, 잘못을 깨달은 내 마음이야. 그런데 카룬들에게 사과를 해야 한다는 걸 알고는 있으면서도 너무 부끄럽고 쑥스러워서 입이 잘 떨어지지 않더라고. 그러나 나는 용기를 냈지.

"…미안해."

이 한마디를 하는 데 정말 힘이 들었어. 몇 번이나 대충 넘어가 볼까 하는 유혹도 있었지만, 난 나 자신을 다그쳐서 모두에게 사과를 했어. 그렇게 해두지 않으면 언젠가 또다시 같은 잘못을 저지를 것 같아서.

"너희를 괴물이라고 불러서 미안해. …잘못했어. 다신 그러지 않을게."

이번에는 카룬들이 부끄러워 어쩔 줄을 몰라 했어. 아마 내가 정색을 하며 사과하는 모습이 낯설었나 봐. 난 눈물을 닦고 자리에서 일어나서 두 팔을 뻗어 카룬과 엠시콘, 발더를 모두 한꺼번에 껴안았어. 그리고 마음속으로 내 사과를 받아들여 준 친구들에게 감사를 했어.

"다시 요리를 시작할게. 카룬, 화덕에 불을 피워줘. 이 연어를 구울 거야."

"응, 응. 알겠습니다, 핀 대장!"

카룬과 발더, 엠시콘이 앞다투어 냄비들을 치우고 화덕에 불을 붙이는 동안, 난 눈물과 콧물을 조금씩 섞어 훌쩍거리면서 얼굴을 닦고 도마를 정리하고 칼을 고쳐 잡았어. 아 맞아, TV에서 본 적 있어. 요리사들은 칼질할 때 재료를 잡는 손을 이렇게 옹크려 쥐었었지. 그게 다 손을 다치지 않기 위한 방법이었구나. 난 손톱이 보이지 않게 내 왼손을 모아서 재료를 잡는 연습을 해봤어.

"되게 어색하네…."

좀처럼 익숙해지지 않았지만 난 그 방법으로 연어를 꾹 누르고 아주 느리게 조심해서 칼질을 했어. 덕분에 오늘 저녁식사는 좀 늦어질 것 같아. 어쩌겠어, 요리사가 아직 완전히 햇

병아리인걸. 하지만 말이야, 정말 맛있게 만들 거야. 카룬들에 대한 미안한 마음을 가득 담아서!

◯

완전히 꽝인 만찬이었다고 할까.

온도 조절이라는 것도 몰라 그저 불을 활활 세게만 지펴둔 화덕에 넣었다가 타는 냄새가 나서 황급하게 꺼낸 연어는 겉은 숯처럼 타고 안쪽은 날생선이었고, 스프는 너무 덜 끓이는 바람에 감칠맛이라곤 없는 데다가, 심지어는 삶은 달걀도 한쪽이 터져 나와서 울퉁불퉁. 그러니까 냉정히 말하자면 메뉴는 연어로 만든 숯과 맹탕과 흉측하게 터진 달걀이야. 이런! 그냥 순수하게 맛으로만 보자면 있는 대로 아무거나 집어넣고 푹푹 끓였던 어제의 콩 스프가 더 나을 정도였어.

하지만 그중에서 그래도 가장 상태가 좋은 것들만 골라 마라에게 가져갔을 때, 마라는 조금도 싫어하는 기색이 없이 가벼운 미소와 함께 내가 만든 요리들을 맛보아 주었어. 그리고 조금 전에 다친 내 손의 상처를 보면서 가벼운 탄식을 하더라고.

"아, 괜찮아요. 크게 다치진 않았어요. 그리고 카룬과 다른 친구들이 약을 발라주어서 이제 훨씬 덜 아파요."

"뢰브…."

마라는 민망해하는 내 손을 잡고 슬픈 눈빛으로 잠시 가만히 보고 있더니, 희고 긴 손가락으로 붕대를 고쳐 매주었어. 요리를 하는 동안 재료가 닿고 물이 묻어 좀 흐트러져 있었거든. 마라가 매준 붕대는 아주 단단하면서도 내 손에 꼭 맞았고 은은한 장미 향기가 났어.

그런데 마라의 손은 부드럽지만 굉장히 차가웠어. 아주 추운 겨울날 밖에서 막 돌아온 사람의 뺨처럼 도무지 온기라고는 없는 거야.

'이렇게 차가운데, 손이 시려서 어떻게 견디지?'

마라가 붕대를 감아주는 동안 계속 그 생각이 들더라고. 식사가 끝난 다음, 고맙다는 말을 서로 주고받으며 나는 접시를 가지고 1층으로 돌아왔어. 물론 어제나 아침과 마찬가지로 마라는 절대 많이 먹지는 않았어. 그래도 망친 요리를 먹어줘서 기쁘기도 했고, 이왕이면 조금 더 나은 걸 대접했으면 좋았을 텐데 하는 아쉬움도 있었지.

유난스럽게 구는 건 오히려 주방에서 기다리고 있던 카룬과 엠시콘, 발더였어. 이 녀석들 뻔히 보이는 꾀를 쓰면서 내가 만든 요리를 먹지 않으려고 빼는 거야.

"어, 어, 그렇게 많이 주면….”

"하… 하하, 핀, 난 조금만 먹을게.”

"왠지 배가 고프지 않은걸? 아침에 먹은 콩 스프가 든든해서일까?”

난 걔들이 그러거나 말거나 커다란 접시에 듬뿍듬뿍 연어와 달걀을 담고, 내가 고맙다고 느끼는 마음만큼 스프를 가득 퍼 줬어. 여러 가지 우여곡절을 겪고 나서 완성된 요리니까 비록 엉망이긴 해도 버리고 싶진 않았거든.

"뭔가 영 아니라는 건 나도 잘 알아. 하지만 꾹 참고 먹어줘. 봐, 나도 이만큼이나 먹을 거라고. 안 돼, 카룬! 발더에게 네 몫을 덜어주지 마. 영혼의 허기를 채우기 위해선 직접 땀을 흘려야 한다면서? 엠시콘, 다른 곳에 가서 먹는 건 안 되니까 접시 내려놓고 자리에 앉아."

모두 함께 둘러앉아 맛없는 요리를 나눠 먹는 저녁식사, 난 탄 냄새가 가득한 연어 스테이크를 씹고, 달걀이 퍽퍽해 목이 메면 스프를 마셨어. 맛은 그닥이었지만 생각했던 것보다는 훨씬 먹을 만했어. 하루 종일 모험을 하고 돌아다닌 뒤였으니까 배가 엄청 고픈 덕도 있었을 거야.

"앙은 어떼루 우그으승 앙어그꺼아. 어떼루!"

발더가 먹는 내내 음식을 입안 가득히 넣고 계속 저 말을 되풀이하는 통에 우리는 모두 킥킥댈 수밖에 없었어. 하지만 발더 본인은 굉장히 필사적이더라고.

"그래 알았어. 한 그릇만 다 먹어. 절대로 두 그릇은 주지 않을게, 절대로. 후후후."

내가 고개를 끄덕이며 그렇게 말해준 뒤에야 발더는 조금 안심이 되는지 후우- 하고 가벼운 한숨을 쉬며 씹기 시작했어.

그렇게 식사를 하는 동안 난, 처음으로 시장을 보고 돌아온 다음 얻은 몇 가지 소중한 교훈을 머릿속으로 정리해 봤어.

첫째, 이건 정말 중요한 건데. 준비도 하지 않고 그냥 머리에 떠오르는 대로 아무 곳으로나 떠나서는 절대 안 돼. 죽을 수도 있어. 알래스카의 경우만 해도 그랬잖아. 만약 할머니가 날 태워주지 않았으면 난 어쩔 줄 몰라 하다가 눈보라만 왕창 두들겨 맞고 빈손으로 돌아왔을 거야. 가려는 도시가 어떤 기후인지, 얼마나 큰지, 이런 것들을 미리 알고 출발해야 해.

그리고 두 번째, 이것도 꽤 중요한데 뭘 요리할 건지 정해서 필요한 재료들을 적어가야 해. 그렇지 않으면 오늘 달걀 프라이를 할 거면서 식용유는 안 샀던 것처럼, 중요하지만 눈에 띄지 않는 한두 가지를 빼먹게 될 테고 그러면 제대로 된 요리를 못해.

세 번째, 이건 진짜 엄청 중요한 건데 나는 그냥 호칭만 요리사잖아. 요리를 만들기 위해서 공부를 해야 해! 아무리 좋은 재료가 있어도 그저 재료를 한데 넣고 푹푹 삶는다고 해서 요리가 만들어지는 게 아니더란 말이지. 편하게 먹기만 했던 요리들이 어떤 재료로 어떻게 만들어지는 건지 나는 정말로 아무것도 모르고 있었어.

"요리를 배워야겠어!"

식사를 끝내고 나서 나는 아이들을 한데 모아놓고 선언을 했지. 이대로는 도저히 안 되겠어. 두 번째 한 요리가 처음 한 것만도 못했단 말이야, 세 번째엔 어떤 맛없는 게 나올는지 누가 알겠어. 근데 그 말에 부엌탁자 주변에 옹기종기 모여 앉은 카룬과 엠시콘, 발더는 아무 생각 없이 짤깍짤깍 손뼉을 치는 거야.

"아니, 박수를 치라는 게 아니고…. 내가 어떻게 하면 요리를 배울 수 있을지 생각해 보란 말이야. 너희들 조금 전 먹었던 것 같은 요리를 또 먹고 싶어?"

모두 겁에 질린 얼굴로 도리도리를 했어.

"그렇지? 몇 번이나 말했듯이 난 요리라고는 해본 적이 없어. 그러니까 아무리 오므라이스를 해주고 싶어도 뭐가 필요한지, 어떻게 만드는지 전혀 모르겠단 말이야."

발더가 손을 번쩍 들었어.

"응, 발더."

"오므라이스는 맛있어. 나는 찬성."

"아니, 내일 그걸 하겠다는 게 아니야. 그건 그냥 예를 든 거였어, 요컨대 난 요리를 배울 필요가 있다고. 하지만 누구한테 어떻게 배우지? 여긴 우리들뿐이잖아. 그리고 장을 보러 가는 문제도 생각을 해봐야 해. 세계 아무 나라나 갈 수 있다고는 해도 오늘처럼 고생을 하는 건 싫어."

"장을 보러 사람들의 세상으로 나갔을 때 요리사에게 가서 물어보면 되잖아."

엠시콘이 순진한 얼굴로 대답했지만 난 고개를 저었어.

"요리사들도 바빠. 나처럼 생판 모르는 아이가 갑자기 나타나서 '이건 어떻게 만들어요?'라고 물어봤자 상대도 안 해줄 거라고."

잠시 생각에 잠겨있던 카룬이 의견을 냈어.

"서재에 가보면 어떨까? 거긴 책이 아주 많거든. 세계 여러 나라에서 가져온 여러 가지 책들이 가득해."

"책?"

책이라는 말에 저절로 얼굴이 찡그려졌어. 아… 만화책이라면 몰라도 책은 질색인데. 남의 속도 모르는 엠시콘은 책이야기가 나오자 굉장히 기뻐했어. 자기가 읽을 것도 아니면서.

"그래, 핀. 서재에 가보자. 책 중에는 세계 여러 나라의 지리와 문화가 나온 것도 있을 거야. 그걸로 공부하면 뭘 입고 어디로 가서 어떤 걸 살 건지 도움을 얻을 수 있겠네."

책 다음에는 공부냐. 내가 별로 안 좋아하는 단어가 잇달아 두 개나 나오는군. 하지만 기껏 힘들게 만든 요리가 맛없는 것도 싫고, 그걸 먹어야 하는 건 더 싫으니까 말이지. 으, 어쩔까. 책이라도 봐야 하는 걸까. 하긴 장 보는 것만 해도 문제이긴 해. 한동안은 알래스카 배로우에 또 갈 수도 없어. 이제 거긴 앞으로 두 달 동안 해가 뜨지 않는 겨울밤일 거라고 했으니까. 그러니 새로운 장 보기용 도시를 물색해야 할 텐데 미리 조사를 해볼 필요가 있지. 오늘처럼 추운 데서 고생을 하느니 차라리 책을 보는 편이 낫잖아.

"좋아. 서재에 가보자."

카룬들의 안내를 받아 도착한 저택 뒤편의 서재는 내가 상상했던 것보다는 꽤 맘에 드는 장소였어. 여러 줄로 늘어선 높은 책꽂이에 책이 엄청 많이 꽂혀 있었는데, 일단 오래 묵은 책들에서 은은하게 풍기는 종이 냄새를 맡으니 의외로 편안한 기분이 들더라고. 또 커다란 스테인드글라스 채광창을 통해 들어온 달빛과 노란색 조명이 만드는 절묘한 조합이 좋았어. 하지만 그 많은 양의 책들을 보면서 한숨이 나오는 건 어쩔 수 없었지.

"어휴, 이걸 다 언제 읽어 봐. 이 중에 어떤 게 내가 필요한 책인 줄 어떻게 알겠어?"

그렇게 막막해하며 책꽂이 사이를 걸어 다니고 있을 때였어. 머리 위에서 커다란 칠판이 천천히 내려오는 거야. 하늘에 둥둥 떠 있는 짙은 녹색 칠판에는 다음과 같은 글자가 쓰여 있었어.

<서재는 책을 읽는 공간입니다. 조용히 해주세요.>

알아들었다는 의미로 고개를 끄덕였더니 칠판에 새로운 글씨가 나타났어.

<어떤 책을 찾아드릴까요?>

반가운 일이잖아? 여기 있는 모든 책을 다 꺼내보지 않아도 될 것 같으니 말이야.

"요리책을 찾고 있어. 아, 그리고 세계여행을 위한 책도."

내가 대답을 하자. 칠판에는 또 **<서재는 책을 읽는 공간입니다. 조용히 해주세요>**라는 글씨가 떠올랐어. 뭐하자는 거야. 물어봐 놓고 조용히 하라는 게 이해가 가지 않아서 갸웃거리고 있으니까, 엠시콘이 한 손으로 자기 입을 막고 다른 손으로 칠판 한구석을 가리켰어. 그곳엔 허공에 살짝 뜬 분필이 달그락거리고 있었지.

'아, 목소리를 내지 말고 이걸로 쓰라는 이야긴가?'

난 귀찮은 마음을 누르고 분필을 집어 이렇게 썼어.

<요리책은 어디에 있어? 또 세계여행책은?>

그러자 내가 쓴 글씨가 희미하게 지워지면서 대답이 나오더라고.

<요리 서적은 Ω 책꽂이 앞면에 진열되어 있습니다. 여행 서적은 Σ 책꽂이와 θ 책꽂이, 두 군데에 있습니다.>

"아, 고마워!"

난 나도 모르게 또 목소리를 냈어. 그러자 칠판은 또 조용히 하라는 글자를 써댔지. 쳇, 잔소리 대장 같으니라고. 어차피 여기엔 나밖에 없잖아. 그러거나 말거나 난 일단 빠른 걸음으로 Ω라는 표시가 된 책꽂이를 찾아다녔어.

'여기구나.'

그런데 말이지. 이게 웬일? 거기에 꽂혀 있는 두껍고 오래된 책들의 표지는 온통 전혀 알 수 없는 낯선 글자뿐이었어. 제멋대로 꼬불거리는 글자, 이상하게 꺾인 글자, 뭐라고 표현하기도 어려운 모양의 글자까지…. 내가 읽을 수 있는 건 하나도 없었지. 혹시 겉표지만 그런 건가 싶어 아무거나 한 권을 뽑아 휘리릭 책장을 넘겨봐도 마찬가지였어. 글자가 맞긴 하는가? 난 당황스러워서 책을 가리키며 카룬들을 보고 고개를 저었지. 나더러 이걸 읽으라고? 어떻게? 엠시콘이 웃으면서 내 귓가로 날아와 귀엣말을 했어.

"지혜의 목걸이가 있잖아."

아! 내 정신 좀 봐. 그거! 난 호주머니 속에 넣어뒀던 목걸이를 꺼내 걸었어. 그리고 다시 책꽂이를 봤더니, 우와! 신기해. 글자들이 모두 언제 꼬부라졌었고, 언제 꺾였었냐는 듯이 내가 읽을 수 있게 바뀌어 있는 거야. 많기도 한 요리책들이 얌전히 내가 읽어주기만을 기다리고 있었어. 내가 들고 있던 책은 『더 맛있는 케이크를 위한 비법』이라는 거였더라고.

'케이크라…. 정말 이것만 보면 맛있는 케이크를 만들 수 있을까?'

나는 흥미가 생겨서 책장을 대충 넘겨봤어. 조금은 기대가 돼서 두근대는 마음으로 말이야. 이 세상에 케이크를 싫어하는 어린이는 단 한 명도 없을걸? 안 그래? 근데 거기엔 순 이해가 안 가는 말투성이였어. 머랭이 어쨌다는 둥, 제누아즈가 뭐라는 둥, 파다봄브, 앙글레즈…. 분명히 읽을 수는 있는데 무슨 말인지는 전혀 모르겠는 거야. 아, 안 되겠어. 눈이 빙빙

도는 것 같아. 이건 아직 그냥 덮어두기로 하자. '더 맛있는' 케이크는 '더 나중에' 먹지 뭐.

나는 그 책을 원래 있던 자리에 다시 꽂아 두고, 이번엔 초보자를 위한 케이크 만드는 법을 찾기 위해 천천히 책꽂이를 훑기 시작했어. 그냥 초콜릿케이크면 충분하다고. 그렇지 않아? 조금 안다고 잘난척하면서 어려운 말을 늘어놓다니 그런 사람들 딱 질색이야.

○

"베이징의 인구는 말이야. 천오백이십만 사천 명이나 돼. 재미있지? 그곳의 명물 요리 베이징 덕은 오리를 잘 구워서 캐러멜처럼 된 표면을 바삭바삭하게 만든 건데, 이걸 얇게 썰어서 소스를 찍어 바오빙에 싸 먹는 거야. 아, 너희들은 바오빙이 뭔지 잘 모르겠구나? 바오빙은 밀가루 반죽으로 만든 전병인데…."

내가 줄기차게 떠들어대는 동안 카룬과 엠시콘, 발더는 수저를 아예 내려놓고 지친 표정으로 내 입만 보고 있었어.

"그 이야기 많이 남았어?"

엠시콘이 눈을 찡그리며 묻기에 난 아니라고 고개를 저었고 다들 안심하는 듯했어. 하지만 난 베이징 요리만 아는 게 아니지.

"베이징에 큰 관심이 없는 것 같아 보이니 이번엔 런던으로 가볼까? 빨간 이층버스가 명물인 곳이지. 축구 종가 영국의 수도답게 런던에는 축구의 성지라 불리는 웸블리 스타디움이 있어. 여기에서 축구를 보면서 뭘 먹느냐고? 그게 바로 내가 막 이야기하려던 거야. 영국 전통의 요리인 피시엔 칩스는…."

안색이 안 좋아진 카룬이 두 손을 흔들면서 내 말을 가로막았어.

"저기, 핀. 요 며칠 책을 열심히 읽는 건 좋은데, 식사시간마다 네가 읽었던 걸 일일이 다 설명해 주지 않아도 돼. 우린 너처럼 머리가 좋지 않아서 네가 애써 알려줘 봤자 다 기억하지도 못해."

발더는 좀 더 노골적으로 이야기했어.

"핀 때문에 머리가 터질 것 같아."

"걱정 마 발더, 머리가 터져버리면 거기에 네가 좋아하는 꿀물을 가득 넣어줄게. 됐지?"

"하하하."

"헤헤호호."

"까르르."

평소 얌전하던 엠시콘이 발더를 놀리는 통에 갑자기 내 진지한 대화의 식탁에 웃음보가 터져버렸지 뭐야.

나 참, 답답하긴. 이래서 말이지. 책을 안 읽는 사람들하고는 대화가 안 돼. 나는 더 이야기하고 싶은 게 많았지만 이 아이들을 위해 그만 입을 다물어 주기로 했어. 그래 맞아, 난 좀 재수 없어졌어. 그렇게 보인다는 거 나도 알아. 하지만 어쩌겠어. 요리를 배우려고 책을 읽다 보니 유식해진 게 무슨 잘못은 아니잖아. 내가 가진 지식을 얘들과 나누고 싶었을 뿐이라고.

"근데, 핀. 왜 이 케이크는 이렇게 딱딱하게 만든 거야? 이 것도 책에서 배운 방법이야?"

"케이크일까, 이거? 난 떡의 한 종류라고 생각해. 내 말이 맞지, 핀?"

발더와 엠시콘이 케이크를 힘주어 자르면서 물어보는 바람에 내 잘난 척은 기세가 확 꺾였어. 끄응, 얘들이 아픈 곳을 찌르네. 확실히 우리가 먹고 있는 그 음식은 케이크라고 보기 어려운 점이 많았어.

책을 보고 더듬대가며 요리를 하기 시작한 지 일주일 째, 열심히 따라 하고는 있는데 요리 실력은 도무지 쉽게 나아지지 않았어. 한두 가지씩 빼먹는 게 있어서 그렇기도 하고, 아직 익숙하지 않아서이기도 해. 그리고….

"이 요리책을 쓴 사람들 말이야, 정말 이대로 하면 맛있는 요리가 되긴 하는 걸까 하는 의심이 들어. 뭔가 정말 중요한 건 자기만 알고 있으려고 쏙 빼놓은 건 아닐까?"

내가 편을 들어주었으면 하는 마음에 의혹을 제기하자 카룬과 엠시콘은 어이없어하면서 고개를 저었어.

"그럴 리가 있겠어? 이 케이크만 해도 핀, 네가 화덕의 예열을 제대로 시키지 않아서 이렇게 된 거잖아."

쳇, 역시 변명은 안 통하는군. 이 녀석들 의외로 예리한 면이 있단 말이야. 뭐, 요리책의 사진에 나와 있던 것처럼 포슬포슬하면서도 탄력이 있게 부드럽지는 않았지만 어쨌든 케이크를 먹고 있는 거잖아. 이건 큰 발전이야. 있는 대로 아무거나 몽땅 한 냄비에 넣고 끓인 거라도, 맛있다고 하며 나눠 먹었던 게 불과 얼마 전이라고.

"마라 님은 좀 어떠셔? 케이크는 좀 드셨어?"

엠시콘이 물어보기에 난 마라가 식사를 마친, 반 정도가 남은 케이크 접시를 들어 보여줬어. 여전히 마라는 많이 먹지 않아. 또 그렇다고 해서 요리 타박을 하는 것도 아니야. 내가 아무리 형편없는 음식을 만들어서 올라가도 마라는 아름다운 얼굴로 늘 나를 웃으며 반겨줘. 그리고 아주 차가운 손으로 내 머리나 볼을 쓰다듬어 준 다음 은 식기를 들어 천천히 한입, 한입, 음미하듯이 먹는 거야. 그런 마라를 볼 때마다 난 내 요리 솜씨가 빨리 좋아졌으면 하고 바라게 돼.

마라는 피곤하대.

카룬에게 들었는데 뭔가 슬픈 일을 겪고 나서부터 기운이 없어 보인다는 거야. 게다가 요즘 도통 제대로 먹지 못하기도 했고, 그렇게 피곤하면서도 이 저택과 나를 괴물들로부터 지키기 위해서는 계속 강한 마법을 사용해야 한다고 그랬어. 그라하를 무찔러 줬던 뾰족한 창살문 같은 것도 모두 마라의 마법을 받아 살아 움직이는 거 라더라고.

근데 난 그것보다도 운동부족이 원인이 아닐까 싶어. 마라는 걷지도 않고 운동도 안 해. 아예 신발조차 없는걸. 그녀가 맨발인 걸 알게 된 건 그제부터였어. 언제나처럼 마라가 안락의자에 앉아 식사를 하는 동안 기다리는데 긴 검은 드레스 사이로 하얀 발이 보이는 거야. 마라의 얼굴만큼이나 예쁜 발이었지. 하지만 저렇게 대리석에 닿아 있으면 발이 시릴 거 아냐. 워낙에 마라는 손이 차가우니까 발도 차가울 것 텐데…. 처음에 난 신발이 벗겨진 건 줄 알고 얼른 허리를 숙여 신발을 찾았어. 그런데 없는 거야.

"왜 그러느냐, 뢰브?"

내가 허둥지둥하니까 마라는 식사를 멈췄어. 좀 이상해 보였을 테지. 난 어려워서 말이 잘 떨어지지 않았지만 사실대로 물어보기로 했어.

"저, 마라. 발이요. 시리지 않아요? 그렇게 맨발로 차가운 대리석 바닥에….”

마라는 무슨 말인지 이해가 안 간다는 듯 잠시 나를 보고 있다가 고개를 숙여 자기 발을 내려다보며 무표정한 얼굴로 이렇게 말했어.

"그러고 보니 너무도 차갑구나. 마치 발끝에 얼음이 달려 있는 것 같아."

그러면서 드레스 속으로 발을 숨기는데, 그 모습이 왜 그렇게 애처롭게 보였는지! 순간, 예전에 내가 아프거나 체했을 때면 엄마가 내 손과 발을 주물러 주던 게 기억이 났어. 그렇게 해주면 아픈 게 좀 덜해져서 잠이 들곤 했었지. 난 무릎을 꿇고 앉아서 마라의 발을 두 손으로 꽉 잡았어. 예의고 매너고 그런 건 아무 상관도 없었어. 그 순간엔 그저 마라의 추위를 조금이라도 덜어주고 싶다는 마음뿐이었거든.

'차가워.'

그럴 거라고 예상은 했었지만, 막상 양 손바닥에 마라의 발이 닿았을 때 그 서늘함에 난 새삼 놀랐어. 하지만 그래서 더 필사적인 마음이 되었지. 나는 열심히 마라의 발을 주무르고 내 손을 호호 불어 덥힌 다음 또 주물렀어. 뭣 때문에 그렇게 필사적이었는지는 설명할 수 없지만 조금 시간이 흐른 뒤 마라의 발에 약간이나마 온기가 도는 것 같았을 때, 난 정말 기뻤고 보람을 느꼈어.

마라는 그저 내가 하는 대로 내버려 둔 채 가만히 보고 있었어. 의외라고 하면 의외지. 갑자기 내가 다짜고짜 발에 달려들어 주무르는데도 마라가 별로 놀라지도 않았고 그만두라는 말을 하지도 않았다는 거 말이야. 물론 마라가 나를 보고 잘 생겼다고 하고 귀여워 해주기는 했어도 우리는 그렇게 친한 사이가 아니잖아.

"고맙구나. 착한 아이 뢰브."

내가 슬슬 팔이 아프다고 느낄 때쯤, 마라가 손을 뻗어 내 이마에 맺힌 땀을 쓸어주었어.

"이제 괜찮단다. 그만하렴."

나는 그녀의 발에서 손을 떼기 전에 두 손으로 대강이나마 그 크기를 쟀어.

'아, 이만하구나. 알겠어. 내 한 뼘보다 더 크게.'

그게 이틀 전의 일이야. 그리고 지금 마라는 뭔가 드레스와 잘 어울리지 않는 새 녹색 벨벳 구두를 가지고 있어. 내가 시장을 본다는 핑계를 대고 어제 밀라노에 가서 사 온 신발이지. 서재에 가서 책들을 뒤져보니 그곳이 구두로 유명하다고 해서 일부러 찾아간 거였어.

근데 말이야, 가게에서 고를 땐 꽤 그럴듯해 보였는데 막상 마라가 신으니까 별로 예쁘지 않더라고. 뭐, 6학년짜리가 물건 고르는 수준이 다 그렇지. 사이즈가 커서 신자마자 훌렁 벗겨지는 촌스러운 모양의 구두를 선물 받고도 마라는 웃으며 고맙다고 했지만, 사실 내가 기대했던 것만큼 달라진 건 없어.

여전히 그녀의 손과 발은 아주 차갑고, 난 이틀에 한 번 정도 저녁식사가 끝난 다음에 그런 마라의 곁에 앉아서 손과 발을 주물러 줘. 왜 굳이 그런 일을 하느냐고? 그렇게 하는 10분 남짓 동안 마라와 얼굴을 마주하고 이야기를 나누는 게 내게는 아주 큰 기쁨이거든. 카룬도 엠시콘도 발도도 심지어 에코조차 진저리를 치는 내 잘난 척을, 마라는 조금도 귀찮아하는 기색 없이 아름다운 미소를 지으며 들어준단 말이야.

혼돈의 우물

마라의 저택에서 해야 하는 일 중에 가장 질색인 건, 이상한 우물을 찾아 어둡고 쓸쓸한 평원을 헤매고 다녀야 하는 거였어. 그건 낯선 나라에 가서 모르는 사람들을 만나는 것과는 정반대로 끔찍하게 싫은 일이지. 저 밖엔 괴물들이 판을 치고 있잖아. 난 첫날부터 잡아먹힐 뻔했다고. 그래서 뾰족한 철창문 밖으로 발을 내디디면 바로 그 순간부터 등에 끼친 소름이 좀처럼 가시지 않아, 그 오싹함에 비하면 알래스카의 추위도 그리 대단하지 않다고 느껴질 만큼. 하지만 내 선호와는 전혀 무관하게도 나는 며칠 혹은 몇 주에 한 번씩 저 기분 나쁜 곳으로 모험을 떠나야 해. 다 그 혼돈의 우물이라는 것 때문이야.

"열렸어, 핀."

정원에서 꽃을 돌보고 있던 발더가 주방으로 들어와 스물일곱 번째 창문이 열렸다는 걸 알려줬어.

"아, 싫다. 또?"

카룬과 함께 감자 껍질을 벗기고 있던 내 입에서는 저절로 한숨이 나왔어. 이번엔 열흘 만에 또 그러는 거야.

"어쩔까, 핀? 지금 출발할 거야?"

카룬이 걱정스런 표정으로 묻기에 난 앞치마를 벗으며 고개를 끄덕이고 모두에게 준비를 하라고 했어. 아무래도 빨리 해치우는 편이 홀가분하겠지.

마라의 저택 2층에 있는 스물일곱 번째 창문은 일종의 경고등 같은 거야. 그게 열리면 저 밖 어딘가에 있는 혼돈의 우물을 막아둔 뚜껑에 균열이 생겼다는 의미고, 균열이 생긴 뚜껑을 24시간 동안 방치하면 뚜껑은 완전히 부서져 버려. 그럼 그때부터 어느 차원에 있었는지도 모르는 모든 괴물들이 내 냄새를 맡고 우물을 통해 이곳 평원으로 몰려들어 오는 거지.

거기에 더해서 우물이 활짝 열려버리면 마라의 저택과 사람 세상을 잇는 통로인 푸른빛의 터널도, 티아마트도 모두 사라지게 돼. 마법세계의 길이란 길이 전부 다 우물과 섞여버리기 때문에 어떤 길이 어디로 이어지는지 아무도 모르게 되는 거야. 그야말로 대혼돈이라고. 어쩌면 그게 가장 무서운 일일 수도 있어. 그럼 난 더 이상 시장을 볼 수 없게 될 테고 그로부터 머지않아 계속 굶어야 하니까.

"진액은 준비 완료야, 핀."

발더가 정원의 버드나무에서 채취한 진액을 담은 통을 들어 보였어. 저걸 발라서 균열이 생긴 틈을 메워줘야 하거든. 난 칭찬의 의미로 손가락으로 동그라미를 그려 보였어.

"그럼 가자. 문을 열어줘."

뾰족한 철창문이 끼잉 하는 소리와 함께 조금 열린 틈으로 카룬과 엠시콘, 발더 그리고 나, 이렇게 4명은 마라의 저택 밖으로 나왔어. 이제 여기서부터는 안전하지 않아. 정신을 바짝 차려야 해.

저택 밖에 나와서 내가 맨 처음 해야 하는 일은 사방을 둘러보며 우물의 위치를 찾는 거야. 혼돈의 우물은 하루에 한 번 이슬이 풀잎에 맺힐 때마다 새로 생겨나기 때문에 균열을 막기 위해서는 매번 그 위치를 찾아야 하거든. 바로 그 점이 이 일을 까다롭게 만드는 것이기도 해. 어찌 된 영문인지 이 우물의 위치라는 게 저택 바깥에서만, 게다가 인간인 내 눈에만 보인단 말이야. 우물 뚜껑에서는 주황색을 띤 빛의 기둥이 하늘 끝까지 닿을 만큼 솟아올라오는데 카룬을 포함해서 다른 애들은 이게 전혀 안 보인대.

"이해가 안 돼. 저렇게 선명한데. 저게 안 보인다고?"

맨 처음 그 우물이 나에게만 보인다는 소리를 들었을 때 난 믿지 않았어. 하지만 내가 아무리 그곳을 가리켜도 얘들은 고개만 젓더라고. 우물 자체가 안 보이는데 하물며 그 뚜껑에 생긴 균열을 어떻게 막겠어. 그러니 아무리 하기 싫어도 이 일 역시 내가 직접 하지 않으면 안 되는 거야. 처음 이 일을 내가 직접 해야 한다는 걸 알고 나서 투덜댔을 때 카룬은 이렇게 대답했어.

"우리 같이 마법의 세계에 속한 존재들에게도 저 우물이 보이는 때는 그걸 막고 있는 뚜껑이 완전히 부서졌을 때뿐이야. 하지만 핀, 그건 다행이기도 해. 만약 우리가 볼 수 있었다면 저 밖의 괴물들도 볼 수 있다는 뜻이고, 그랬다면 벌써 오우거나 그라하처럼 힘센 녀석들이 달려들어서 우물의 뚜껑을 박살냈을 거니까.”

그 말을 듣고 보니 그럴듯한 이야기여서 난 이 일을 할 때 더 이상 투덜거리지 않기로 했어. 하지만 또 궁금한 점이 있었지.

“내가 아니면 우물을 찾을 수 없는데, 예전에는 어떻게 균열을 막았었어?”

그 대답은 엠시콘이 해줬어.

“27번째 창문이 열리기 위해서는 26번째 창문이 먼저 열려 있어야 해. 하지만 핀, 네가 오기 전까지는 26번째 창문이 열렸던 적이 없어.”

그 말인즉슨 내가 이 모든 문제의 원인이고 발단이라는 거잖아. 도대체 내가 뭐 대단한 존재기에 이렇게 많은 이들이 골치 아픈 일에 휘말리도록 만든 걸까? 그리고 괴물들은 왜 나처럼 조그만 아이를 못 잡아먹어서 그리 안달들이람? 혹시 나는 전 세계에서 가장 맛있는 인간인 걸까?

“저기다!”

이번에 우물이 생긴 곳은 저택 왼편의 풀숲 한가운데였어. 빛기둥의 크기로 미루어 짐작해 보면 우리가 있는 곳에서 적어도 30분 이상은 걸릴 거리였지. 우리는 주변을 경계하며 천천히 걸었어. 평원의 어떤 지역은 허리에 닿을 만큼 길게 자란 수풀이 무성한 곳이라 자전거를 타고 가지도 못해.

마라가 함께 갈 수 없는 거라서 난 이 우물 찾기 모험이 더 싫어. 만약 마라만 곁에 있어준다면 별로 무섭지 않을 텐데. 하지만 그녀가 저택을 비우게 되면 그동안은 초대받지 않은 괴물들이 저택 안으로 쳐들어오는 걸 막을 수가 없거든. 안전하다고만 믿었던 저택의 모퉁이에서 몰래 숨어 있던 괴물을 맞닥뜨리는 상황은 상상만으로도 끔찍해. 그러니까 덜덜 떨며 평원을 헤매는 편이 더 낫지.

"얀(Yan), 그렇게 빨리 달리지 마. 네 임무는 우리를 지키는 거잖아."

나는 얀이 지나치게 흥분해서 혼자 너무 멀리 가 버릴까 봐 좀 진정을 시켰어. 마라는 나와 함께 오지 못하는 대신에 녀석을 딸려 보내줬는데, 처음 봤을 땐 기겁할 만큼 무서웠지. 2미터가 넘는 큰 개인 데다가, 머리가 두 개라서 그 불타오르는 것 같은 눈이며 긴 송곳니가 주는 위압감이 두 배였다고 할까. 공격력도 그랬으면 좋겠다고 기대하는 중이야.

"헥, 헥."

얀이 다시 내 곁으로 돌아와서 머리를 쓰다듬어 줬더니 녀석의 다른 머리가 손등을 핥았어.

"그래, 그래. 어디인지도 모르고 그렇게 뛰어가지 좀 마라.

널 찾아다니다가 괴물들을 맞닥뜨리고 싶진 않다고."

우리는 무릎까지 오는 무성한 수풀을 헤치며 천천히 걸었어. 사방이 컴컴하기 때문에 엠시콘에게서 뿜어져 나오는 빛의 반경만큼만 환하게 볼 수 있었어. 그 외에는 모두 어둠에 섞여버려 또렷하질 않았지. 어디서 뭐가 튀어나올지 모르는 만큼 조심, 또 조심해야 해. 특히 무서운 건 라미아와 릴리스 이 둘이야. 여자 악마라고 할까, 사악한 마녀라고 할까. 하여간 엄청나게 사악하고, 잔인하고, 강한, 우두머리 격의 마귀들 이래. 만약 둘 중 하나라도 만나게 되면 무조건 달아나라고 카룬은 몇 번이고 충고를 했어.

"발더, 라미아는 어떻게 생겼어?"

아무도 말을 하지 않고 경계하며 걷기만 하는 게 싫어서 내가 물었어. 침묵이 부담스러워서 깨고 싶었거든.

"징그러워! 해골 말이 끄는 전차에서 소름 끼치게 생긴 마녀가 채찍을 휘두르고 있으면 그게 라미아나 릴리스 둘 중의 하나야."

발더가 몸서리를 치며 설명을 해줬어.

"그 마녀들이 그라하보다 강해?"

"그라하 같은 건 그냥 심부름꾼 수준이지."

"그럼 마라보다도 강해?"

"핀, 너는 정말 아무것도 모르는구나."

발더는 어이없다는 듯 고개를 젓더니 갑자기 진지해져서 이렇게 대답했어.

"마라 님이 정말 화가 나시면 라미아 따위는 얼마든지 불태워 버릴 수 있어. 하지만 그렇게 하시지 않는 것뿐이야."

"왜 안 해? 둘 다 처치해 버리면 내가 균열을 막으러 나올 때마다 훨씬 안전해지는 거잖아."

이 질문에는 카룬이 답을 해줬어.

"세상에는 조화라는 게 있어, 핀. 아주 오랜 기간이 걸려서 만들어진 거지. 그리고 그 조화를 이루는 건 균형이야."

"나쁜 마녀를 죽여버리라는데 웬 조화니 균형이니 하는 이야기가 나와야 해?"

"마라 님이 일부러 라미아나 릴리스를 찾아가 지옥불 속에 봉인해 버린다고 해도 그걸로 모든 게 끝나지 않는다는 말이야. 사악한 마녀들은 얼마든지 있어. 만약 그 둘이 사라지고 나면 그 자리를 다른 괴물이나 마귀가 대신 차지하게 될 거고, 그 새로운 우두머리들을 또 해치운대도 마찬가지지. 하지만 그다음에 올 것들이 더 사악하고 잔인한 것들이 아니라는 법은 없다고."

"그럼 전부 다 해치우면 되잖아."

"그건 불가능해, 핀. 균형이라고 했잖아. 네가 말하는 건 한쪽에만 사람이 앉은 시소 같은 거야. 움직이질 않아. 세계는 그런 식으로 만들어져 있진 않으니까."

"나는 가만히 앉아 있더라도 안전한 시소가 좋은데…."

이런저런 대화를 하는 동안 우리는 마침내 혼돈의 우물에 도착했어. 우물을 막아놓은 둥근 뚜껑은 내가 두 팔을 벌린 것보다 조금 더 큰데, 윤이 거의 나지 않는 구릿빛 금속으로 만들어져 있지.

"여기다."

내가 우물을 가리키자, 발더가 진액을 담은 유리병과 버드나무 가지를 건네줬어. 뚜껑에는 아주 가는 금이 두 줄 가 있더라고. 균열이 생긴 곳에서는 빛이 솟아오르지 않기 때문에 어디가 갈라진 건지는 쉽게 알 수 있어. 나는 유리병의 뚜껑을 열고 버드나무 가지를 넣어 진액을 묻힌 다음 그걸 갈라진 틈에 꼼꼼하게 발랐어. 그리고 빛기둥의 모양이 완벽해졌는지를 보면 되는 거야. 그러면 균열이 제대로 메워졌다는 뜻이니까.

내가 진액을 바르는 동안 카룬들은 내 주변에서 사방을 경계해 줘. 하지만 아무리 애들이 곁에 있어준다고는 해도 진액을 바르는 동안 식은땀이 흐르는 건 막을 수 없어. 풀잎이 바람에 흔들리는 작은 소리만 들어도 흠칫흠칫 놀라게 되고 말이야. 또 하나 날 두렵게 하는 건 내가 이렇게 하고 있는 동안, 뚜껑이 갑자기 벌컥 열리면서 아래쪽에서 엄청난 괴물들이 튀어나오지는 않을까 하는 막연한 불안감이야. 그런 일은 정말 없었으면 좋겠어. 이 뚜껑 튼튼한 거겠지?

"아직 멀었어, 핀?"

엠시콘이 여전히 먼 곳을 경계하면서 물어볼 때 그 목소리는 약간 떨렸어. 아마 얘도 불안하긴 마찬가지인가 봐.

"다 됐어, 한 번씩만 더 바르면 끝나."

이미 균열은 다 메워졌지만 나는 보험 삼아 한 번 더 진액을 발랐어. 이왕 이렇게 고생을 하는 건데 확실하게 마무리를 지어야지.

'잘 부탁해.'

일어나기 전에 나는 뚜껑의 귀퉁이를 살짝 두드리며 조금 더 오래 버텨주기를 빌었어. 일주일이나 열흘에 한 번씩 이렇게 하는 건 너무 힘들어. 적어도 한 달 정도는 버텨줘. 갈, 라, 하, 드(Galahad)…. 나는 뚜껑 한쪽에 새겨진 글자를 천천히 따라 읽었어. 갈라하드, 뭐지? 마법세계의 우물 뚜껑에도 상표가 있는 걸까? 아니면 저걸 만든 기술자나 마법사의 이름인가? 어쨌건 나는 갈라하드 표 뚜껑이 오래도록 균열이 생기지 않기를 바라며 장비를 챙겨 친구들과 그곳을 떠났어.

똑같은 거리를 걷는 것인데도 우물을 찾으러 갈 때보다 돌아올 때의 발걸음이 훨씬 가벼워. 그리고 무사히 일을 마쳤다는 기쁨도 있을 테고 마라의 저택을 보면서 걷는 거라 그렇기도 하겠지. 다들 비슷한 마음인 건지, 엠시콘은 춤을 추듯이 좌우로 흔들면서 날았고, 발더는 나뭇가지로 수풀을 헤치며 콧노래까지 흥얼거렸어.

"으흠흠, 나는야. 룰루룰루 영원한 생명의 발더. 내 어머니는 으흠흠 위대한 대지의 여신. 룰루룰루 모두가 으흠흠 나에게 뚜루루루 라라라….”

누가 만든 건지는 모르겠지만 곡조가 엉망인 데다가, 발더는 자기가 주인공인 노래를 부르면서도 군데군데 가사를 잊어버려 콧소리로 대신하고 있었어. 근데 생각해 보면 난 잊어버린다는 걸로는 누굴 놀릴 처지가 아니었지. 이름만 해도 기억을 못 하잖아. 이름 생각이 난 김에 난 호칭의 문제를 정리하고 싶어졌어.

“그런데 얘들아, 왜 마라는 혼자서만 날 뢰브라고 부르는 걸까?”

그건 정말 이해가 안 되는 일이었어. 웃기는 건, 그 두 이름을 섞어 쓰면서도 마라와 카룬들이 전혀 어색해하지 않는다는 점이야.

“우리가 볼 때 넌 핀이지만, 마라 님에겐 네가 뢰브거든.”

카룬은 아주 당연하다는 듯 말했지만, 그건 절대 이해할 만한 대답이 아니었어. 부르는 사람에 따라 이름이 바뀌는 건 불편하다고.

“너희가 마라처럼 나를 뢰브라고 부르든지 아니면 마라에게도 나를 핀이라고….”

“쉿, 잠깐. 조용히 해봐.”

갑자기 카룬이 손을 들어 모두를 멈추게 했기 때문에 난 하던 이야기를 멈추고 입을 다물었어. 안 그래도 뾰족한 카룬의 귀가 더 바짝 서서 좌우로 팔랑거리며 소리를 쫓고 있었어. 이거 뭔가 안 좋아 보이는데? 아, 그냥 무사히 돌아가면 좋을 텐데 말이야.

"뭐야, 카룬 왜 그래?"

엠시콘이 목소리를 죽여서 물었어.

"뭔가에 밟혀서 풀이 꺾이는 소리가 들려. 발이 상당히 커. 그리고…."

카룬은 눈을 가늘게 뜨고 주위를 한번 둘러보더니 말을 이었어.

"세 방향에서 다가오고 있어. 앞쪽, 오른쪽, 그리고 뒤쪽."

"오우거네!"

엠시콘의 떨리는 목소리를 덮으며 발더도 한마디 거들었지.

"그 녀석들은 몰려다니는 걸 좋아하지."

어떡하지? 오우거라는 괴물이 다가오나 봐. 그것도 동시에 세 마리나. 난 눈앞이 캄캄해지면서 갑자기 오줌이 마려워졌어. 겁을 잔뜩 먹으면 그렇게 되더라고.

"준비!"

카룬의 말이 떨어지는 것과 동시에 다들 싸울 자세를 취했어. 카룬은 언제라도 던질 수 있게 양 손바닥에 불덩어리들을 띄워두었고, 발더는 나뭇가지처럼 생긴 양팔 위를 굵은 넝쿨들로 뒤덮어 더 튼튼하게 만들었어.

"으르르릉, 컹! 컹!"

얀이 어둠을 향해 무섭게 짖어대기 시작했고 풀을 밟고 달려오는 발자국 소리가 내 귀에도 들릴 만큼 가까워졌어. 와삭! 와삭! 쿵! 쿵! 어디지? 어디지? 난 커다래진 눈을 빠르게 돌려가며 소리를 쫓았어.

"왔다!"

맨 처음 모습을 드러낸 건 뒤쪽에서부터 달려온 오우거였어. 5미터는 가뿐히 넘는 이 괴물은 털이 성성한 머리도, 주먹도, 발도 다 컸어.

"쿠에에엑!"

놈은 팔을 뻗어 나를 잡아채려 했지만 발더가 더 빨랐지.

"이 녀석! 어딜!"

발더의 나뭇가지처럼 생긴 팔이 쭉 늘어나면서 달려들던 오우거의 얼굴을 후려쳤고, 오우거는 중심을 잃고 비틀거리면서도 발더의 팔을 붙잡아 당겼어.

"오냐, 맛 좀 봐라. 이삐 클라로!"

발더는 자신의 왼 주먹을 엄청나게 단단한 쇠나무 절굿공이로 변화시켜서 오우거의 얼굴을 내리쳤어.

"키에엑!"

발더가 붙잡고 늘어지는 오우거를 마음껏 두드리고 있는 동안, 이번엔 양쪽에서 다른 오우거들이 덮쳐왔어. 카룬은 그 녀석들을 향해 불덩어리를 날렸지. 근데 하나는 정확하게 머리에 명중했지만, 다른 하나의 불덩어리는 오우거의 귀 옆을 스치며 빗나가 버린 거야.

"이런, 피해, 핀!

오우거는 조금도 속도를 줄이지 않고 내게로 곧바로 돌진해 오는데 나는 꼼짝도 하지 못하고 으으- 하는 신음 소리만 냈어. 카룬이 피하라고 소리를 치는 것도 아주 먼 메아리처럼 아득하기만 했고.

"으르릉! 으릉!"

이번엔 얀이 날 도와줬어. 오우거가 내 허리를 움켜쥐기 직전, 아 끝장이다 하는 순간에 얀이 달려들어 그 녀석을 물어 넘어뜨린 거야.

"으릉! 그르르!"

얀은 분이 풀리지 않는다는 듯 두 개의 주둥이로 오우거를 마구 물어뜯는 동안에도 나는 꼼짝도 하지 못하고 덜덜 떨며 그 자리에 서 있었어. 눈을 뜨고는 있었지만 머릿속이 하얘져서 아무런 생각도 할 수 없었어, 심지어는 조금 더 안전한 곳을 찾겠다는 생각조차 할 수 없을 만큼. 주변은 오우거들이 울부짖는 비명 소리와 발더가 휘두르는 나무 몽둥이 소리, 얀이 으르렁대는 소리 같은 것들이 가득해서 마치 지옥에 온 것 같았지.

"핀, 핀! 괜찮아? 이제 걱정 없어. 오우거 놈들 전부 달아나 버렸으니까."

얼마 동안의 전투가 끝나고 카룬이 내 어깨를 잡고 흔든 다음에야 난 정신을 차렸어. 꼭 무서운 꿈에서 깬 기분이었어.

하지만 그건 생생한 현실이었고 난 조금 전 아주 위험한 싸움의 한가운데에 서 있었던 거야.

"무서웠지, 핀. 이런 게 처음이었으니까."

"이 발더가 함께 있는 동안에는 마음 푹 놔도 되는데."

모두들 나를 둘러싸고 걱정스레 한마디씩을 해 줬고, 그 덕에 나도 차츰 정신을 차렸어. 아니, 차렸다고 생각했었는데 그때까지도 엄청 긴장을 했었나 봐.

"어, 핀. 너 다쳤잖아."

카룬이 가리키는 옆구리를 돌아보니 찢어진 셔츠 사이로 피가 배어 나오고 있었어. 난 내가 피를 흘리고 있는 줄도 몰랐던 거야.

"윽! 정말이네. 아프다."

아아, 맞다. 그러고 보니 아까 세 번째 오우거가 나를 움켜쥐려 했을 때 거기가 뜨거웠던 것도 같아. 걱정이 가득한 카룬들의 시선을 받으며 조심조심 셔츠를 들췄어.

"아, 다행이야, 내장 안 보여. 그냥 찢어진 거다."

신중하게 상처를 살펴본 발더가 안도하는 표정으로 웃으며 말했어.

"뭐가 다행이야? 살이 찢어져서 이렇게 피가 나는데?"

"이만한 발톱이 할퀴었는데 상처가 이 정도로 얕다면 다행인 거지."

그렇게 말한 카룬은 싱긋 웃으며 부러진 오우거의 발톱조각을 내 손바닥에 놓아줬어. 길이는 15센티미터쯤 되고 굵기는 내 손가락 세 개 정도였는데, 갈아놓은 칼처럼 엄청나게 날카로웠지. 이게 스친 건가? 생각만 해도 오싹했어.

다행히 죽거나 할 정도의 부상은 아니었지만 오우거의 발톱이 할퀴고 간 자리에서는 계속 조금씩 피가 흘렀고 그걸 본 얀이 걱정스러운지 끙끙대며 다가왔어. 아, 이 녀석도 오늘 날 한번 구해줬지.

"고마워, 모두들. 보답으로 오늘 저녁에 특제 스테이크를 대접해 줄게. 그래, 얀. 너도."

얀의 머리를 쓰다듬어 주고 있는데 카룬이 겁나는 소리를 했어.

"빨리 돌아가서 치료해야겠다. 오우거의 발톱에는 독이 있었던가?"

"아, 있다고 생각해. 그러니까 핀. 고약을 바르고 오늘은 푹 쉬어야 할 거야."

"오우거 따위가 독은 무슨, 걱정하지 마, 핀. 그 정도는 그냥 얀이 핥아주기만 해도 나을 테니까."

카룬과 엠시콘, 발더가 제멋대로 떠들어대는 통에 나는 더 불안해졌어. 그래서 돌아가는 길을 서두르자고 재촉했지. 옆구리를 움켜쥐고 마라의 저택까지 걸어오면서 난 가끔 고개를 돌리고 눈물을 몰래 닦았어. 갑자기 울음이 터져버렸거든.

모두가 싸우고 있는 동안 난 겁쟁이처럼 아무것도 못 했어.

내가 이런 생활을 과연 얼마나 버텨낼 수 있을까?

⬤

아무리 마라가 아름답고, 이 저택이 편안하고, 카룬, 엠시콘, 발더처럼 좋은 친구들이 있어도, 밤에 혼자서 침대에 누워 있자면 우울해지는 건 어쩔 수 없어. 그리고 오늘처럼 무시무시한 경험을 하고 나면 더 슬프지. 그럴 때면 저절로 이 지겨운 질문을 던지게 돼.

'나는 도대체 왜 여기에 와 있는 거지?'

여러 번 생각을 해봤지만 아직 아무런 단서도 얻지 못했어. 왜 나는 이름이란 이름은 죄다 까먹은 채 티아마트의 배 속에서 깨어나야 했던 걸까. 황당해. 자기 인생이 언젠가 이렇게 될 수도 있다고 생각해 본 사람이 있겠어? 적어도 나는 그런 적이 없었단 말이야.

커튼 틈으로 비치는 늘 보던 달빛도 어딘가 더 쓸쓸하게 느껴지고, 그저 우울해서 울고만 싶어졌어. 그건 단순히 무서워서 그런 게 아니라서 더 힘들었지. 돌아가고 싶은 곳이 있는데 그럴 수가 없잖아. 이럴 거면 차라리 예전에 관한 기억이 하나도 없는 편이 더 나은 건 아닐까? 그러면 적어도 이렇게 그립지는 않을 거 아냐. 그냥 아무것도 모르면 마라와 카룬과 엠시콘과 발더가 나랑 제일 가깝고 내가 제일 좋아하는 친구들인 줄 알고 살 수도 있을 테니까.

'…하지만 그래도 잊고 싶지 않아.'

그래, 잊으면 안 돼. 만약 내일 마라가 나에게 '뢰브, 괴롭니? 여기 오기 전의 일들을 모두 기억에서 지워줄까?'라고 한다면 난 아니라고 할 거야. 그렇게 한다면 난 더 이상 내가 아닐 것 같거든. 엄마도 아빠도, 밉살맞은 여동생까지도 내가 기억하는 동안은 나랑 함께 있는 거잖아. 흑.

난 실컷 궁상맞게 울고 나서 내가 앞으로 이룰 목표를 정했어. 그리고 그걸 종이에 적어두었지. 신기하게도 그렇게 하는 것만으로 꽤 기분이 나아지더라고.

감사하자.

강해지자.

반드시 돌아가자.

그리고 많은 시간이 지났어. 매일 책을 읽고, 시장을 보고, 요리를 하고, 그걸 모두와 나눠 먹은 날들 말이야. 손의 물집이나 상처와 함께 내 요리 실력은 조금씩, 조금씩 늘어갔고, 마침내 어느 날부터인가는 정말 요리사가 될 수 있었지.

마라에게 자랑스럽게 내놓을 만한 진짜 요리를 만들어 내는 요리사가.

II

—

앙트레

만 번의 연습을 하라.
우연을 지배하게 될 것이다.
천 권의 책을 읽어라.
혼돈의 유혹은 힘을 잃을 것이다.
백 개의 도시에서 삶의 노래를 들으면
너는 낯선 곳에서도 네 자신을 놓치지 않으리니.
열 번의 시련과 실패를
하나의 굳은 믿음으로 이겨내고
마녀의 요리사는 원래의 자리를 찾는다.

새콤달콤한 일곱 가지 과일 잼

"핀, 과일에서 슬슬 물이 배어 나오고 있어! 이제 어떻게 하면 돼?"

"어어, 이거 제대로 되어가고 있는 것 맞아, 핀? 딸기 색깔이 어째 희게 변한 것 같은데?"

"이봐, 핀. 아무리 찾아봐도 없는 것 같아! 정말로 창고 안에 살구가 있단 말이야?"

아아, 굉장히 떠들썩하지. 이해를 좀 해줘. 오늘은 잼을 만드는 날이라서 주방이 좀 정신없이 바빠. 이왕 하는 김에 일곱 가지 과일 잼을 한 번에 다 만들어 놓으려니까 이것저것 일이 많더라고. 게다가 보조를 하기 위해 주방에 선 카룬들이 워낙에 서툴러서, 하나부터 열까지 다 요리사인 내가 관여하지 않으면 안 되거든. 흠. 흠.

"이제 설탕에 절여둔 블루베리와 우러난 과즙을 거기에 넣으면 돼. 한 번에 다 쏟아 넣으면 모양이 뭉그러질 테니까 조금씩 차례로 넣어. 아, 그리고 주걱으로 누르지 말고 살살 저어야 해!"

나는 요리사용 모자를 고쳐 쓴 뒤, 먼저 블루베리를 담은 그릇 앞에서 어쩔 줄 몰라 하고 있는 카룬에게 지시를 했어. 카룬은 장난스럽게 "넵, 요리사님"이라고 대답하고서 블루베리를 조금씩 덜어 냄비 안에 넣었어. 그다음에 난, 엠시콘이 젓고 있는 딸기 잼 냄비를 들여다봤어. 과연 딸기가 하얀색으로 변해 있더라고.

"아, 이거 어쩌면 좋아. 내가 다 망친 거 아니야, 핀?"

엠시콘이 나무주걱을 양손에 쥐고 설사 똥 지려놓은 표정을 하기에 내가 안심을 시켜줬지.

"아니야, 엠시콘. 지금 잘하고 있는 것 맞아. 이제 조금 더 졸이면 본래대로 붉게 변할 거야. 딸기 잼은 원래 그래."

와, 다행이야. 하며 안도의 한숨을 쉬는 엠시콘을 뒤로 하고 나는 창고 안으로 머리를 밀어 넣었어. 내 예상대로 발더는 과일선반을 온통 헤집어 놓고 있더라고.

"발더, 아까 이야기해 줬잖아. 살구는 과일선반이 아니라, 달콤한 재료선반의 흑설탕 포대 옆에 놓아두었다고. 그래. 그래. 거기! 됐지? 찾았지?"

"웅! 금방 가져갈게." 발더가 고개를 끄덕이면서 길고 가는 나무 손가락으로 동그라미를 그렸어.

"그래, 고마워. 그럼 난 오렌지 마멀레이드를 만들고 있을 테니까."

그렇게 말하고서 난 서둘러 조리대로 돌아와서 손을 한 번 더 씻고 새 행주에 물기를 닦았어. 그리고는 깨끗이 씻어 둔 커다란 오렌지를 아주 잘게 잘랐지. 마멀레이드라는 건, 껍질도 넣어서 만드는 잼이거든. 부드러운 오렌지 과육과 아삭거리는 껍질이 함께 어우러져서 씹는 맛이 두 배인 잼이지. 단 이걸 만들 때에는 조금 귀찮더라도 아주 정성 들여 오렌지를 닦아줘야 해. 혹시라도 농약이 묻어 있으면 안 되거든.

오렌지 껍질을 잘게 다지는 건 꽤 공이 드는 일이야. 하지만, 나는 이제 어엿한 요리사가 되었기 때문에 그리 어렵지는 않아. 도마에 오렌지를 올려놓고 노란 껍질을 벗겨낸 다음, 리듬 있게 탁타닥! 탁타닥! 톡톡톡톡! 칼질을 하는 거지. 다른 아이들도 쉽게 할 수 있느냐고? 글쎄 그건 좀 무리 아닐까? 무엇보다도 칼은 날카로우니까 조심스레 다뤄야 하는 거잖아. 나도 이만큼 능숙해지기 전에는 수도 없이 크고 작은 상처를 입었고, 그럴 때마다 눈물을 펑펑 흘렸었단 말이야.

어쨌건 나는 커다란 오렌지 10개를 모두 잘게 썰어서 그걸 커다란 냄비에 담았지. 그리고 거기에 커다란 계량컵으로 한가득 설탕을 퍼서 부었어. 이제 뭉긋하게 되도록 끓이기만 하면 돼. 그러면 아주 맛좋은 오렌지 마멀레이드가 되는 거지. 난 기분이 좋아져서 콧노래를 흥얼거리며 눈지 않도록 가끔 냄비를 저어줬어. 갓 잘라 낸 최고급 오렌지와 설탕의 향기가 어우러져서 냄새가 기가 막히게 달콤하고 싱그러웠거든.

"핀, 살구를 다 씻었어. 다음엔 뭘 해야 하는지 알려줘!"

개수대 앞에서 발더가 기운차게 소리치기에, 난 그 곁으로 가서 그와 함께 살구를 담은 바구니를 들어 조리대로 옮겼어.

"이건 이제 반으로 갈라 씨를 빼내야 하는 거야. 아냐, 아냐, 그냥 내가 할게."

발더가 씨 빼는 걸 도와주겠다고 나섰지만, 난 좀 쉬라고 하며 말렸어. 발더는 힘이 세서 늘 과일을 다 짓뭉개놓거든.

"저기… 스콘이 다 구워질 때가 된 것 같아요, 핀."

살구 잼 만드는 일이 거의 끝났을 때, 언제나처럼 모습을 보이지 않는 에코가 내 귀에 대고 속삭였어. 아, 맞아. 반죽을 화덕에 넣어놓은 지 벌써 꽤 되었지? 나는 한쪽 벽면을 차지하고 있는 화덕 앞으로 가서 문을 연 다음, 먼저 흐음 하고 냄새를 맡아봤어. 고소하게 버터냄새가 풍겨 나오는 거로 봐서 정말 지금쯤이면 아주 바삭하게 스콘이 익었을 것 같더라고.

"정말이야. 지금 아주 맛있게 구워진 것 같아. 알려줘서 고마워, 에코."

나는 두툼한 주방용 장갑을 끼고 화덕 옆에 세워 둔 긴 나무 장대를 집어 들었어. 마라의 주방에 있는 화덕은 굉장히 크기 때문에, 끝에 고리가 달린 이 장대가 없이는 안쪽에 넣어둔 음식을 꺼내기가 어려워. 장대를 밀어 넣은 다음 고리를 철판에 걸어서 천천히 꺼냈어. 화덕을 다루는 일도 상당히 조심해야 하는 건데, 내가 맨 처음 여기다 빵을 구웠을 때에는 너무 뜨겁게 해둔 것도 모르고서, 무작정 문을 열고 안쪽을 들여다보다가 눈썹과 앞머리를 홀랑 태워 먹은 적도 있었어. 뜨거운 열기에 내 앞머리가 다 오그라들며 타는 건지도 모르고 '어, 어디서 고소한 고기 굽는 냄새가 난다' 하고 좋아했었다니까. 후후, 다 미숙했을 때의 이야기지.

지금은 물론 그럴 일은 없어. 화덕을 사용해서 여러 번 쿠키나 빵, 고기를 굽고, 또 태워 먹기도 하면서 배웠으니까 말이야. 역시 경험이 제일 훌륭한 스승이랄까, 흠흠.

"우와 먹음직스런 냄새가 난다!"

카룬들이 내 곁으로 다가와서 다들 코를 킁킁거리면서 냄새를 맡고, 군침을 흘렸어. 그 애들의 말처럼 스콘이 아주 잘 구워져서 좋은 향기를 풍겼지. 스콘은 건포도나 호두, 치즈 같은 걸 넣어서 구워도 맛이 있지만 오늘은 여러 가지 잼을 곁들일 거라서 그냥 버터만 듬뿍 넣은 플레인이야. 음, 이 고소한 버터의 향.

"카룬, 이제 화덕의 불을 꺼줘. 지금까지 달궈진 것만으로도 충분히 보온이 될 거야."

난 그렇게 부탁을 하고서 스콘을 화덕 입구 부근에 다시 넣고 나무문을 닫았어.

"자, 이쯤에 넣어두면 온기만 쐬고, 타거나 하지는 않을 거야."

저건 말이지. 약간 퍼석한 느낌이 매력인 빵이라서 따끈할 때 잼과 버터를 발라 먹으면 제일 맛이 좋거든. 아 물론 고기와 함께 먹어도 괜찮지.

"어? 지금 먹는 거 아니야? 핀." 카룬이 손가락을 빨면서 안타까워했어.

"그러게! 지금 먹고 싶다." 발더는 발을 둥둥 굴렸고, 그 곁에 떠 있는 엠시콘도 말은 안 했지만 침을 꼴딱 삼키면서 고개를 끄덕였어. 내 이럴 줄 알았지.

"저런 상태인 잼을 발라서 말이야? 마라가 입을 데면 너희도 속상할걸?"

나는 왼손을 허리에 짚으면서 오른손으로 아직도 뜨거운 김이 나는 잼 냄비들을 가리켰어.

"아차차!"

카룬들은 깜빡했다는 듯 자기 머리를 통통 두들기고서 각자가 맡은 잼 냄비 앞으로 서둘러 돌아갔어. 그리고 차가운 물이 든 커다란 나무통 안에 냄비를 담가서 잼을 식혔지. 열 때문에 미지근해지는 물을 계속 차갑게 만드는 건 카룬의 몫이었어. 물통 안에 손가락을 담그고 있다가 조금 따뜻해졌다 싶으면 마법을 써서 다시 얼음장처럼 차가운 물로 변화시키는 거야. 그렇게 카룬이 몇 차례나 반복해 준 덕분에 우리는 그리 오래 기다리지 않고도 잼을 식힐 수가 있었어.

"이제 다 식은 것 같지?"

모든 잼에서 윤기가 자르르 흐르고 어느 정도 찐득하게 굳은 것 같아서 나는 커다란 숟가락으로 블루베리 잼을 듬뿍 떠 냈어.

"자, 맛볼 사람?"

내가 묻자, 모두들 손을 번쩍 들었어. 하하하, 나는 유쾌하게 웃고 작은 찻숟가락을 하나씩 나누어 준 다음, 큰 수저에 담긴 잼을 떠먹어 보라고 했어. 물론 내 말이 끝나기 전에 손가락으로 벌써들 휘저어 놓고 있었지만.

"맛있어! 최고의 잼이야!"

친구들은 감격한 것 같은 표정을 지으며 입을 모아 칭찬하고 좋아했어. 나도 한입 맛을 봤더니 아주 새콤하고 달콤한 블루베리 잼이 만들어졌더라고. 특히 향기가 살아 있어서 좋았어. 음, 이 정도라면 괜찮을 것 같아. 마라도 맛있게 먹는다면 좋겠는데.

난 손뼉을 한 번 쫙 치며 말했어.

"좋았어. 이제 잼을 병에 나누어 담자."

이 과정은 엠시콘이 제일 좋아하는 거야. 엠시콘은 여러 가지 과일 잼의 향기를 듬뿍 맡으면서 꼼꼼히 수저로 잼을 떠서 유리병에 담았어. 반짝반짝 빛나는 조그만 손으로 그렇게 하고 있는 걸 보면, 보고 있는 사람까지도 기분이 좋아지지.

미리 이름을 써둔 병뚜껑을 닫는 건 카룬의 몫이야. 발더에게 그걸 시키면 덤벙거려서 내용과 다른 뚜껑을 닫아놓기 일쑤거든. '복숭아'라고 적힌 뚜껑을 열고 맛을 봤는데 오렌지 마멀레이드라든가 하면 곤란하잖아. 하긴 내가 만든 잼은 어떤 것이든 다 맛있으니까 별문제가 없긴 하지만….

"자, 그럼 너희들 뒷정리를 부탁해. 난 마라에게 식사를 가져다 드리고 올게."

난 화덕에서 따끈한 스콘을 세 개 꺼내어 예쁜 접시에 담고, 또 다른 접시에는 일곱 가지 잼을 한 덩이씩 담았어. 이미 오늘 오전에 만들어 둔 사과 잼이랑 복숭아 잼, 지금 막 만들어서 식힌 블루베리 잼과 딸기 잼, 살구 잼과 마멀레이드를 떠담고 찬장에서 포도 젤리 병을 꺼냈어. 이건 아직 충분히 있는 것 같아서 오늘 만들지 않았거든.

"아, 이거 포도 젤리가 왜 요만큼 밖에 없지? 바로 며칠 전 해놓았는데…"

내가 3분의 1 정도밖에 남지 않은 포도 젤리 병을 들어 보이자, 얌전한 엠시콘이 갑자기 허둥거리며 개수대로 날아가더라고. 손 씻는 척을 했지만 눈동자가 내내 이 쪽을 힐끔거리는 걸 난 대범하게 모른 척해줬지 뭐. 제일 아쉬워한 건 발더인데, 그건 발더가 가장 좋아하는 잼이었거든. 발더의 몸 이곳저곳에 달린 잎사귀들이 힘없이 축 처지는 걸 보고 내가 위로를 해줬어.

"알았어. 그런 표정 하지 마, 발더. 식사를 마치고 가서 포도를 새로 사 올게."

금방 다시 기운을 되찾아 활개를 치는 발더와 카룬들을 뒤로 하고서, 나는 마라의 식사를 쟁반에 담아 2층으로 난 계단을 올라갔어. 마라의 방을 가리는 장막은 활짝 열려 있었고, 마라는 늘 그랬듯이 아름답고 여전히 도도한 모습으로 나를 기다리고 있었어. 아마 에코가 나보다 먼저 와서 식사준비가 다 되었다는 걸 마라에게 일러준 모양이야.

"식사시간입니다, 마라."

나는 쾌활하게 웃으며 쟁반을 마라 곁의 금빛 탁자 위에 올려놓았어. 마라는 가볍게 미소를 지으며 내가 그녀를 위해 식사준비를 하는 걸 지켜보고 있었어.

"오늘의 메뉴는 스콘과 일곱 가지 과일 잼이에요. 여기 있는 버터를 곁들여서 드셔도 좋아요. 그리고 곁들일 음료로는 다즐링 홍차를 준비했어요. 쌉쌀한 맛이 식욕을 돋울 거예요."

찻주전자에서 잘 우러난 홍차를 한 잔 따라준 후에, 나는 한 손을 뒤로 한 채 하나씩, 하나씩 메뉴를 설명했어. 그리고 마지막으로 뒷주머니에 숨겨두었던 검은 장미 한 송이를 꺼내어 쟁반 위의 조그만 화병에 꽂았어.

마라가 꽃을 좋아하는 걸 알고부터 난 식사시간이면 늘 이렇게 꽃으로 그녀의 테이블을 장식해. 마라의 정원에서 가지가 상하지 않게 꽃을 꺾어 오는 건 발더가 담당하고 있어. 식물에 관해서라면 그 애가 최고 전문가거든.

"뢰브가 만든 스콘은 언제나 맛이 있지. 음, 이 차도 아주 잘 끓였는걸. 장미 향이 나는구나."

마라는 홍차를 한 모금 마시고 긴 속눈썹이 가지런한 눈을 가늘게 뜨고 웃었어. 그리고 스콘을 손으로 조그맣게 잘라서 먼저 버터와 살구잼을 발라 입에 넣었어. 요리를 많이 해왔어도 이 순간이 늘 두근거려. 과연 맛있다고 해줄는지 어떨지 기대와 불안이 가슴을 뛰게 하거든. 하긴 마라는 내가 만든 요리에 대해서 한 번도 불평을 한 적은 없긴 하지만.

음식 만들기에 영 서툴렀던 예전에 다 타버린 연어를 어쩔 수 없이 들고 왔어도 '잘 먹었다'고 하며 미소를 지어주었었지. 하지만 그래도 역시 '맛있다'와 '잘 먹었다'는 다르니까, 난 '맛있다'는 소리를 듣는 편이 좋아. 그리고 또 하나 평소보다 한 숟갈이라도 더 먹어주는 것만큼 요리사를 기분 좋게 해주는 건 없어.

"오, 아주 맛있는 잼을 만들었구나, 뢰브."

마라는 첫 한입부터 칭찬을 해줬어. 난 어깨를 으쓱하면서 웃었지.

"방금 만든 거라서 신선한 맛이 날 거예요. 다른 잼들도 드셔보세요."

"그럴까? 어디 이번엔 마멀레이드를 발라 먹어볼까."

마라는 홍차를 가끔 마셔가며 내가 만들어 준 식사를 맛있게 먹었어. 하지만 여전히 그리 많이 먹지는 않았지. 몇 달째 마라는 아주 조금씩밖에는 안 먹어. 몸도 아주 가냘프기 때문에 좀 더 많이 먹어야 기운을 차릴 텐데 하고 계속 걱정하는 중이야.

나도 예전에는 좀 마른 편이었는데, 이곳에 와서 요리를 하고 또 그걸 맛있게 먹고, 멀리까지 시장에 다니며 물건을 사나르고 하다 보니까 알통도 생기고 기운이 세졌거든.

"한 입만 더 드세요, 마라."

그래서 지금처럼 마라가 식사를 마치고 냅킨으로 입을 닦으면, 아쉬운 마음에 늘 '한 입만 더 먹으라'는 부탁을 하게 돼. 난 전에 엄마가 나한테 그런 말을 할 때 '저런 잔소리는 왜 하지?' 하고 짜증을 부렸었거든. 그래서 후회가 많이 돼. 그게 다 날 위해서 해주던 말이었는데, 게다가 이제는 언제 또 엄마와 함께 밥을 먹게 되는지도 모르겠고….

"더 먹기는 힘이 드는구나. 잘 먹었다, 뢰브."

마라는 내 머리를 쓸어주면서 미소를 지었어. 내 자랑 같긴 하지만, 내가 이곳에 와서 요리를 해주고 나서부터 마라는 많이 밝고 부드러워졌어. 물론 아직도 엄해 보이는 구석이 있기는 하지만, 예전에 비해 훨씬 자주 웃거든.

"맛있게 드셔서 고마워요, 마라. 혹시 특별히 드시고 싶은 건 없나요?"

마라는 고개를 저으면서 없다고 했어. 애초부터 마라는 나에게 '네가 먹고 싶은 걸 하면 된다'고 했었어. 그래서 마라의 저택 메뉴는 언제나 요리사인 내가 정해.

친구, 스콘과 홍차처럼
부드럽고 향기로운 것

"휴우."

주방으로 돌아온 나는 일단 의자에 걸터앉아 요리사 모자부터 벗고 이마의 땀을 닦았어. 이제나저제나 내가 오길 기다리고 있었는지, 카룬들은 내 얼굴을 보자마자 서둘러서 식탁 위에 접시와 식기를 놓고, 오븐에 든 스콘을 꺼내고, 잼을 접시에 퍼 옮겼어.

"아, 고마워. 모두들 도와주는 거야?"

"응, 핀. 넌 좀 쉬고 있어. 요리도 하고 마라 님의 식사 시중도 드느라 피곤하잖아."

카룬이 집게로 스콘을 집어서 모두의 접시에 차례로 올려주며 말했어. 전에도 말했듯이 얘들은 우리와 달라서 음식을 먹지 않아도 배고픈 걸 모르고, 사는 데에도 지장은 없어. 하지만 맛있는 요리를 먹는 것은 굉장히들 좋아해. 그래서 이렇게 모두 모여 식사를 할 때면 다들 얼굴에 웃음꽃이 피지.

"하지만, 홍차를 끓이는 건 핀이 해주면 좋겠는데. 핀이 끓여준 게 제일 맛있어."

엠시콘이 홍차통과 찻주전자를 가져와서 부탁하듯 말했어. "아, 그까짓 홍차! 내가 팔팔 끓여주지" 하고 발더가 손을 내밀어도 엠시콘은 주전자를 건네지 않았어.

"안 돼, 발더. 네가 끓인 홍차는 그저 쓰기만 할 뿐이라고."

엠시콘이 새침하게 말했어.

"그냥 쓴 게 아니라 입에 댈 수도 없을 만큼 지독하게 쓰지. 기껏 핀이 런던에까지 가서 최고급 홍차를 구해왔는데 말이야."

카룬도 고개를 끄덕였어.

카룬과 엠시콘이 한목소리로 발더의 홍차 맛을 나무라자, 발더는 흥! 하고 삐친 척을 했어. 저래 봐야 금방 풀어져서 또 헛! 헛! 하는 쇳소리를 내며 웃을 거야. 난 다시 요리사 모자를 반듯하게 쓰고 일어나서 찻잎을 주전자에 담고 뜨거운 물을 부었어. 차를 우려내어 모두의 잔에 따라주었고 다들 잼을 바른 스콘과 홍차를 나누어 먹었지. 아 참, 홍차에는 설탕과 우유를 듬뿍 넣어 달콤하고 부드러운 밀크티를 만들어 먹어도 좋아.

"얘들아, 마멀레이드와 복숭아 잼을 섞어서 발라 먹어봐. 그렇게 하면 더 맛있는 것 같아."

"아니, 그래도 역시 포도 젤리가 제일이야! 핀, 이따가 포도 사러 간다고 약속했었다?"

"그래, 알았어. 누구 홍차 더 마시고 싶은 사람?"

우리는 신나게 수다를 떨고 웃고, 맛있게 먹었지. 이 정도의 친구들을 가진 사람은 아마 그리 많지 않을 거라고 자신할 수 있어. 친구가 되기 위해서 꼭 나와 비슷한 모습이어야 할 필요는 없더라고. 중요한 건 마음이니까. 무, 물론 가끔 카룬이 졸고 있는 나를 깨울 때에 그 회색빛 얼굴과 뱀처럼 세로로 길게 생긴 초록색 눈동자 때문에, '으헛!' 하면서 흠칫 놀라는 때도 있지만, 그건 결코 내가 그 애를 싫어해서는 아니야. 아직 그 모습에 익숙해지지 못했기 때문인 거라고.

◠

마라의 저택에서 장을 보러 나가기 전에 반드시 여러 가지 준비를 해야 하는 것도 이젠 적응이 됐어. 예전에 사람들의 세상에서 살 때 학교를 가기 위해 책가방을 챙기던 것처럼 아주 자연스러워. 뭐 물론 그렇게 되기까지 여러 번 실수도 하고 덕분에 고생도 많이 했었지만, 다행히 아직 괴물들에게 잡아먹히지도 않았고 마라의 요리사로 무사하게 지내고 있지.

"어디 보자. 지금 낭트의 시간은?"

다락방의 발코니에 선 나는 웃옷의 호주머니에서 회중시계를 꺼내어 뚜껑을 열었어. 주의가 깊은 사람이라면 기억하고 있겠지. 마라가 선물한 이 회중시계. 사람세상을 가기 전에 이걸로 몇 가지를 준비해야 하는 거야.

나는 먼저 왼쪽 위에 조그맣게 튀어나와 있는 푸른색의 용두를 돌렸어. 내가 지금 가고 싶은 곳은 프랑스의 '낭트'라는 지방이니까 먼저 프랑스가 나올 때까지 용두를 돌려야겠지. 그다음엔 오른편의 붉은색 용두를 돌려서 도시를 찾아야 해. 도시 이름은 오른편의 초승달 모양 창에 나타나. 그리고 원하는 나라의 도시를 찾으면, 붉은색 용두를 꾹- 하고 눌러 주면 돼. 그렇게 하면 시곗바늘이 저절로 움직여서 현재 그 도시의 시간을 보여줘. 만약 낮이라면 시계의 아래에 해님 모양이 보이고, 밤이라면 달님이 떠 있지.

낭트의 시간은 오후 두 시였어. 우와, 운이 좋은 걸. 이 정도면 가장 편안하게 장을 볼 수 있는 시간이야. 포도를 사러 간다면서 프랑스는 뭐고, 낭트는 또 뭐냐고? 아, 그건 말이지. 내가 무스카데 포도를 사러 가려고 해서야. 낭트에는 루아르 강이라는 강이 흐르는데 그 남쪽에는 좋은 무스카데 포도를 키우는 농장이 많이 있거든.

무스카데는 백포도의 한 종류인데, 꽃향기와 과일 향이 짙게 풍겨서 포도주 재료로도 인기가 높지. 소비뇽에 못지않다고 하니까 꽤 좋은 품질인가 봐. 그래서 나도 이번에는 그 무스카데 포도로 포도 젤리를 만들어 보려고 하는 거야.

시간 확인을 했으니까, 이번에는 준비물을 챙겨야 해. 나는 검고 흰 두 종류의 반지를 양손에 하나씩 끼고, 지혜의 목걸이를 둘렀어. 특히 목걸이는 여러 가지 식재료를 사기 위해서 전 세계 이곳저곳을 돌아다니는 나에게 반드시 필요한 물건이지.

"핀. 발더가 자꾸 이 큰 장바구니를 가져가야 한대. 포도를 많이 사 오려면 이 정도는 있어야 한다나? 괜찮겠어?"

"아, 그래. 그 정도가 좋겠네."

카룬이 다가와 장바구니와 지갑을 건넸어. 카룬은 언제나 지갑 속에 내가 시장을 보러 갈 지역의 화폐를 두둑하게 넣어 줘. 가끔 너무 오래된 옛날 돈을 꺼내는 바람에 놀라는 사람들도 있곤 하지만, 뭐 물건을 사는 데에는 문제가 없더라고. 이번에도 역시 지갑엔 프랑스 화폐인 프랑이 잔뜩 들어 있었는데, 난 그게 새삼 신기해서 카룬에게 물었어.

"그런데 카룬, 넌 도대체 어떻게 전 세계 모든 나라의 돈을 가지고 있는 거야? 그것도 이렇게나 많이?"

늘 궁금했거든. 카룬은 별거 아니라는 듯 대답했어.

"아, 예전에 뱃사공을 했을 때 뱃삯을 받은 걸 모아둔 거야. 적은 돈이 점점 쌓여 그 정도가 되더라고. 하긴 꽤나 오랫동안 했었으니까 말이지."

난 깜짝 놀라서 되물었어.

"뱃사공이었다고, 네가? 도대체 어디서?"

"응, 스틱스(Styx)강에서."

스틱스강이라니, 응? 그런 이름의 강이 있었던가? 들어본 적 없어. 나는 고개를 갸웃거렸어. 꽤 많은 나라의 여러 도시를 가봤다고 생각하는데 완전히 생소해. 그리고 그 나라엔 자기 화폐가 따로 없는 걸까? 배를 탄 여러 나라의 사람들이 각자 자기 나라 돈을 건넸다고 하니 말이야.

하지만 그것보다 더 이해가 안 되는 게 있었지. 알다시피 카룬은 인간과 생김새가 꽤 다르잖아, 피부색부터 눈이며 귀, 송곳니, 긴 팔과 다리, 심지어는 날개까지 달려 있단 말이야. 그런 모습으로 뱃사공을 했다가는 모두 깜짝 놀랄 텐데….

"하지만…?"

이런 것들을 물어보려다가 나는 그냥 입을 다물고 말끝을 흐려버렸어. 외모에 대해 이야기하고 싶지 않아서 말이야. 내가 입을 열었다가 뻐끔거리기만 하고 닫는 걸 본 카룬은 무슨 말을 하려는지 알겠다는 듯 이렇게 알려줬어.

"물론 이 모습 그대로 했던 게 아니야. 그때는 지금과 달라 보였어. 인자하고 지혜로운 할아버지 같은 얼굴이었지. 내 모습이 이렇게 굳은 건 말이야, 에트루리아(Etruria)에서… 아니다. 그런 이야기까지 다 하다간 너무 길어지겠다. 자, 핀. 자세한 건 다음에 알려줄게. 지금은 시장을 보러 가야 하잖아."

난 알겠다며 고개를 끄덕였어. 하긴 강둑에서 날 처음 만났을 때에도 카룬은 소년 같은 모습이었잖아. 근데 그럼 얘 나이가 어떻다는 거야. 뱃사공을 하던 예전에 이미 할아버지였다니…. 그래서 가끔 그렇게 애늙은이 같은 소리를 했던 걸까?

그리고 마지막으로 해야 할 것은 저택 바깥에서 2층의 창문이 몇 개나 열렸는가를 확인하는 일이야. 알다시피 스물일곱 번째 창문이 열리면 귀찮아지잖아. 그런 때에 시장을 보러 가서 한가히 시간을 보낼 수는 없으니까.

"발더! 어때?"

난 발코니 아래로 고개를 내밀고 정원에 서서 2층을 보고 있는 발더에게 물었어. 창문을 감시하는 건 주로 발더의 몫이지.

"닫혀 있어! 핀. 핫핫."

발더가 밝게 웃으며 머리 위로 두 손을 모아 동그라미를 만들어 보였어.

"그래 다행이야. 발더. 아주 맛있는 포도를 사와서 네가 좋아하는 포도 젤리를 잔뜩 만들어 줄게."

좋아, 이것으로 준비 완료! 나는 발더에게 손을 흔들어 주고 창틀에 서서 마음속으로 목적지의 이름을 생각했어.

'루아르 강 남쪽의 무스카데 포도농장'

그리곤 힘차게 발을 굴러 달을 향해 뛰어들었어. 간단하게는 보여도 이거 말이지, 꽤나 용기가 필요한 거야. 처음에 몇 번은 덜덜 떨었었거든. 물론 지금이야, 아주 능숙하고 멋지게 날아오르지만 말이야. 아, 설마 사람의 세상에서 살면서 이걸 따라 해보겠다는 멍청이는 없을 테지? 부탁이니까 참아줘. 만약 그랬다간 저승 가기 딱 좋은 행동이니까, 달과 지구는 무려 38만 킬로미터나 떨어져 있다고.

달의 뒤편 푸른빛의 터널을 통과해서 나는 목적지에 도착했어. 터널 속에서 날아가는 건 굉장히 빨라서 조금 어지럽기는 해도 정말 재미난 일이지. 답답함이 뻥 뚫릴 만큼 짜릿하게 날다 보면 빛의 터널이 끝나고, 거기서 내 몸이 통 하고 튕겨져 나가는 거야.

목적지로 바랐던 곳은 늘 그랬듯이 이 도시에서 가장 인적이 드문 뒷골목이었어. 사람의 왕래가 잦은 데는 피하는 게 좋거든. 왜냐하면 누군가 지나가다가, 좁은 그늘 사이에서 갑자기 사람이 튀어나오는 걸 보면 혼이 나갈 만큼 놀랄 테니까.

"어엇, 사람이 땅속에서 튀어 올랐어! 넌 뭐야?"

내가 루아르 강 주변에 두 발을 딛자 그걸 본 프랑스 농부 아저씨 한 분이 악마라도 본 것처럼 깜짝 놀라 소리치고는 재빨리 성호를 그어댔어.

'이런! 이번에는 아무도 없는 곳이 아니었네….'

예전의 나였다면 이런 돌발 상황을 어찌할 줄 몰라서 그저 후다닥 달아나기 바빴을 테지. 하지만 지금처럼 우연히 누군가에게 내 여행을 들켜도 그리 당황할 필요는 없어. 그럴 때에는 미리 가져갔던 '긍정의 가루'를 꺼내서 살짝 뿌려주면 돼. 그리고 뭔가 그 사람이 안심할 만한 이야기를 해주는 거지.

"안녕하세요, 아저씨. 놀라실 것 없어요. 좋은 포도를 사러 온 거니까."

그러면 그 사람은 잠깐 동안이긴 하지만 곧 안심을 하지. 지금 잔뜩 겁에 질려서 '자애로우신 마리아님!'을 연신 외치는 이 농부 아저씨처럼 말이야.

"아, 그렇구나. 나는 그런 것도 모르고 깜짝 놀랐지 뭐냐?"

긍정의 힘을 얻은 아저씨는 순식간에 기분이 좋아져서 나와 이야기를 나눴고, 우리는 웃는 낯으로 서로 손을 흔들며 헤어졌어. 꽤나 친절하신 분이어서 어디쯤 가면 좋은 무스카데 포도가 나는지, 그중에서도 누가 제일 싸게 파는지 같은 것도 일러주시더라고.

"자, 그럼 포도를 사러 가볼까!"

나는 며칠 만에 보는, 햇살이 가득한 풍경에 기분이 한껏 좋아져서 기지개를 쭉 켰어. 음, 이 따뜻함. 정말 마음까지 포근하게 해주는 것 같아. 그리고 두 팔을 크게 휘두르며 완만한 구릉을 따라 끝없이 펼쳐진 것 같은 초록빛의 포도밭 사이를 씩씩하게 걸어갔어.

루아르 강의
무스카데 백포도와 바닐라 마카롱

"정말 좋은 포도인데요."

나는 팔짱을 낀 채 두 발을 약간 벌리고 서서, 넓게 펼쳐진 미셸 아저씨의 포도밭을 바라보면서 고개를 끄덕였어. 내 바로 곁에서 나와 완전히 똑같은 자세를 하고 선 미셸 아저씨도 입술을 약간 끌어내려서 근엄한 표정을 지으면서 음! 하는 소리를 냈지. 미셸이라고 자신을 소개한 아저씨는 혈색이 좋은 피부에 근사한 콧수염을 기르고 있었어.

"내 자랑은 아니다만."

미셸 아저씨는 뽐을 잔뜩 내는 얼굴로 나를 보면서 말했어.

"이 세상 어디를 가도 이보다 더 좋은 무스카데 포도는 구경하지 못할 거다. 우리 할아버지의 이름을 걸고 맹세할 수 있지."

그건 정말인 듯했어. 내가 지금 서 있는 언덕은 아까 만났던 농부 아저씨가 일러준 '좋은 포도를 싸게 파는' 농장이 아니거든. 우연히 너무 탐스러운 청포도들이 눈에 띄어 홀린 듯 걷다 보니 도착한 곳이 바로 여기였지.

"그래서 말인데요."

나는 머리를 약간 긁적이면서 거래를 시작했어.

"아저씨네 무스카데 포도를 좀 사고 싶어요. 얼마나 사면 좋을까요. 음, 한 4킬로그램 정도?"

미셸 아저씨는 잠시 어처구니가 없다는 듯 내 얼굴을 보고 있다가 고개를 저었어.

"그건 안 되겠는데. 내 포도들은 와인을 만들기 위해서 특별히 관리를 하는 중이란다."

"하지만 이렇게나 많이 있는데, 저한테 조금 파신다고 해도 별 상관이 없을 거예요."

아저씨는 무지한 사람을 동정하는 눈으로 나를 보면서 핫핫하고 웃었어.

"저 포도나무들을 잘 보렴. 한 그루의 나무에 몇 송이씩만을 남겨놓고 모두 솎아버렸지. 왜 그런지 아니?"

나는 잘 모르겠다고 대답했어. 사실을 말하자면 대충의 이유는 알고는 있었지만, 어린아이가 뭐든지 다 안다는 듯이 굴면 어른들이 별로 좋아하지 않거든. 난 지금 포도를 사기 위해 이른바 '협상'을 하는 중이니까, 미셸 아저씨의 기분을 맞춰가며 대화를 원활하게 이끌어가야 할 필요가 있지.

"포도를 솎은 건, 당도를 높이고 보다 맛있는 포도를 만들기 위해서 그렇게 한 거다. 바로 이 지역 포도의 값어치를 높이기 위해서지. 지금 네가 보고 있는 모든 포도밭들은 말이다. 전부 최고등급을 받은 포도밭들이란다. 너, 포도밭의 등급은 알지?"

"네."

나는 고개를 끄덕였어. 프랑스의 포도밭에는 모두 몇 단계로 나누어진 엄격한 등급이 있어. 그래서 어느 지역, 어떤 밭의 포도를 원료로 하는가에 따라 포도주 가격은 굉장히 큰 차이가 나. 이 등급의 기준이 얼마나 엄격한가 하면, 때로는 길을 바로 마주하고 위치한 두 포도밭에서 난 포도주의 가격이 100배의 차이를 보일 때도 있다니까.

"좋은 포도주를 만들기 위해서는 밭의 흙도 좋아야 하지만, 사람들의 노력도 필요하지. 저기 저 나무들은 모두 아주 오래 나이를 먹은 포도나무들이거든. 너무 어린 포도나무들은 뿌리를 깊이 내리지 못해서 똑같은 밭에 심어도, 저만큼 양분을 빨아들이지 못해."

"그래서 아저씨네 포도가 더 좋아진 거군요."

이 부분은 정말 진심이었어. 아까 미셸 아저씨네 포도밭에 들어오면서 슬쩍 한 알을 따먹어 보았는데 아주 달면서도 향기가 가득하더라고. 포도 칭찬에 미셸 아저씨의 기분은 조금 더 좋아졌어.

"그래 맞아. 좋은 흙에서 여러 해 동안 정성 들여 기른 나무에, 특별히 솎아 준 포도가 아니면 포도주로 만들어도 그리 맛이 없지. 적어도 몇십 년을 기르지 않고서는 좋은 포도주를 기대할 수가 없단다. 저기 아까 네가 포도 한 알을 따먹은 밭은 특별히 오래된 곳이지. 저건 우리 할아버지가 심은 포도나무들이거든. 어떻더냐? 맛이 아주 기가 막혔지?"

으헉, 아저씨는 다 보고 계셨나 봐. 나는 조금 머쓱해져서 쑥스러운 웃음을 지으면서 고개를 끄덕였어.

"네, 맛있었어요. 엄청!"

"그건 심은 지 60년이 지난 나무들이지. 전쟁이 있었을 때에도 살아남아 줬고, 농약을 치지 않고 있지만 고맙게도 지금까지 저렇게 건강하게 열매를 맺어준단다. 저 포도밭은 나의 자존심이야. 예전에는 내 할아버지의 자랑이었고, 그다음엔 내 아버지의 자랑. 그리고 이제 내 차례가 온 거란다."

60년이라니, 내 아버지와 내 나이를 합친 것보다도 오래 살아온 포도나무들이잖아. 나는 새삼 경이로운 눈으로 미셸 아저씨가 자랑하는 포도밭을 봤어. 하아, 이 세상에 쉽게 만들어지는 건 정말 아무것도 없나 봐. 맛있는 포도 한 송이조차도 그렇게 긴 세월에 걸쳐 여러 사람이 정성을 들여 가꾸어야지만 얻을 수 있는 거잖아.

"그런데 미셸 아저씨."

난 궁금증이 생겨서 물었어.

"그렇게 귀한 포도라도 사람이 먹어야 하는 거잖아요. 그런데 왜 안 파시는 거예요?"

"그건, 이 포도밭을 지키는 사람들의 자존심이나 보람 같은 거지."

"네? 그게 무슨 말씀이세요?"

내가 이해를 못 하자 미셸 아저씨는 허리에 두 손을 짚고서 가볍게 한숨을 쉬고서 대답을 해줬어.

"잘 생각해 보렴. 포도를 그냥 과일로 쓴다면 그 해를 넘기지 못하지. 아무리 보관을 잘해도 며칠이면 다 상해버릴 거다. 그건 너무 허무하잖니. 그러나 포도주로 만들면 이야기가 달라지지. 솜씨 있는 양조가가 정성 들여 만든 포도주는 수백 년이 지나도 마실 수 있을 만큼 오래 보존이 되는 거다. 아, 물론 나이를 먹으면서 더 맛이 좋아지기도 하고 말이야. 한해, 한해, 매년 그해의 연도를 적은 포도주를 만드는 건, 포도와 함께 추억을 병 속에 채우는 거란다. 언젠가 먼 미래에 내가 그 해에 겪었던 일들과 흘렸던 땀의 결실을 다시 확인하고 싶을 때, 창고에 들어가서 한 병의 포도주를 꺼내오는 거지."

우와 이 아저씨, 뭔가 멋진 말을 하잖아. 난 좀 감동을 받아서 눈동자가 커졌어.

"알겠니? 우리 지역에서 포도주란 그런 거란다. 그런데 만약 내가 이 포도들을 다른 지역에 사는 누군가에게 팔아서 그 사람이 아주 좋은 포도주를 만든다면 말이야. 그러면 어떻겠니?"

"그야, 맛있는 포도주가 나오겠죠. 사람들이 아주 좋아할 만한."

미셸 아저씨는 바로 그거야 하는 표정으로 이야기를 계속했어.

"하지만 그 사람이 포도주의 라벨에 슬쩍 거짓말을 하면 어떤 일이 생길까? 내 밭에서 사 왔다는 건 비밀로 하고, 자기 밭의 이름을 적어놓는다든가 말이야. 또 반대로 누군가 내 포도밭에서 사 온 포도를 망치면서 형편없는 포도주를 만드는 수도 있겠지."

아하! 그러면 정성 들여 포도를 가꾼 보람이 없어지는구나. 나는 그때서야 미셸 아저씨의 말뜻을 깨닫고 손바닥을 탁 마주쳤어. 미셸 아저씨는 이제 알겠니? 하면서 말을 이었어.

"그래서 난, 내 포도밭의 포도를 아무에게도 주지 않는단다. 지금처럼 가을이 오면 나는 매일 한 시간도 쉬지 않고 이렇게 여기에 서서 포도들을 보고 있지. 그리고 가장 적당한 때가 왔다 싶으면 포도들을 수확해서 내 양조장으로 가져가 포도주를 만들지. 지금까지도 그렇게 해왔고, 앞으로도 그렇게 할 거다. 언젠가 내 아이들이 자라서 이 포도밭을 제대로 가꿀 수 있을 때까지 말이야."

그 이야기를 할 때에 미셸 아저씨의 얼굴은 비장할 만큼 굳은 결의와 뿌듯한 자부심이 가득한 표정이었어. 일찌감치 노을이 지기 시작한 때라서 장밋빛으로 물든 하늘을 등지고 서 있었기 때문에 신성해 보이기까지 했지. 아, 정말 좋은 포도인데 이건 사가기 어려울지도 모르겠어. 안타깝네. 발더도 발더지만, 저만큼 좋은 포도라면 마라에게 꼭 맛보이고 싶었거든.

"아저씨 말씀을 듣고 나니까, 저 포도들이 새롭게 보여요. 과연 외지인이 찾아와서 함부로 사갈 수 있는 건 아니네요."

그건 내 진심이었어. 다른 사람의 노력을 가벼이 봐서는 안 되는 법이거든. 미셸 아저씨는 미안하다는 듯 말했어.

"C급 포도밭 중에도 꽤 괜찮은 포도를 가진 곳이 많단다. 그런 곳이라면 네가 포도를 살 수 있을 게다. 조금 멀기는 하지만… 원하면 태워다 주고 소개도 해주마."

그렇게 말하며 온화한 표정으로 나를 내려다보고 있던 미셸 아저씨는 문득 생각이 났다는 듯 자기 이마를 탁탁 두들겼어.

"이런 내 정신 좀 봐. 포도 자랑을 하느라고, 내 농장을 찾은 손님에게 물 한잔도 주지 않고 있었구나."

그리고는 내 팔을 잡아끌었어. 괜찮다고 하는데도 막무가내지 뭐야. 결국 난 미셸 아저씨의 집에까지 따라가서 마당에 놓인 오래된 나무탁자 앞에 앉게 되었어. 마라의 저택에는 미치지 못해도 아저씨네 집도 꽤 그럴듯했어. 튼튼해 보이는 돌로 지은 예쁜 이층집이었지.

"자, 이걸 좀 마셔라. 우리 밭에서 난 포도주를 대접하면 좋겠다만, 넌 아직 너무 어린 것 같구나."

미셸 아저씨는 차가운 우유를 한잔 내게 건넸어. 그리고 자신을 위해서는 역시 와인을 한잔 따르더군. 고운 황금색으로 빛나는 아주 근사한 백포도주였어.

"아 맞다. 저에게 간식거리가 있어요, 미셸 아저씨도 같이 드세요."

난 혹시 배가 고파지면 먹으려고 가져온 과자상자를 장바구니에서 꺼내어 탁자 위에 올려놓았어. 어제 구웠던 건데 모두에게서 꽤나 좋은 평가를 받았었지.

"음, 이건 마카롱이구나. 어렸을 땐 정말 좋아했었는데."

미셸 아저씨는 반가운 표정을 지으며 바닐라 마카롱을 집어 한입 베어 먹고는 미묘한 표정을 지었어.

"호, 역시 달구나. 하지만 정말 맛이 좋아. 바삭하게 부서지는 순간에는 달콤하지만 금방 고소한 아몬드 향만 남기고 깔끔하게 녹아서 전혀 부담스럽지가 않아. 이 정도의 마카롱을 파는 가게를 이 근처에서 본 적이 없는데…. 혹시 파리에서 사온 거냐? 그렇군, 역시 세련된 대도시에선 이런 걸 먹는구먼."

난 아니라고 했어.

"이건 어젯밤에 제가 만든 거예요."

미셸 아저씨는 깜짝 놀라더라고.

"정말? 이렇게 맛있는 마카롱을 네가 직접 구웠단 말이냐? 큼, 이건 비밀인데… 내 마누라가 만든 것보다 몇 배나 맛이 좋아."

"뭐라고요? 미셸, 아주 용기가 대단하시네요?"

이 세상에 비밀이 어디 있어? 미셸 아저씨의 뒤에는 어느새 그 부인이 나타나 떡하니 팔짱을 끼고 서 있었어. 미셸 아저씨는 어쩔 줄 몰라 하면서 벌벌 떨었지만 이미 늦었지, 뭐.

"다시 한번 말해보시죠? 뭐가 어째요? '이건 비밀이지만 내 마누라가 만든 것보다 몇 배나 맛이 좋아'라고요?"

미셸 부인이 팔을 걷어붙이고 미셸 아저씨의 코에다 삿대질을 해대기 시작했어. 그래 봤자 아저씨는 꿀 먹은 벙어리처럼 한 마디도 제대로 대꾸하지 못하더라고. '아, 아니 그게, 그게 진심이 아니라-' 이러면서 말이지.

"흥! 어디 나도 한번 먹어봅시다. 그 마카롱이 얼마나 대단한지 말이우."

미셸 부인은 그렇게 말하고 아저씨가 먹고 있던 마카롱을 빼앗아 한입에 덥석 삼켜버렸어. 그리고는 갑자기 감전된 사람처럼 몸을 부르르 떨고 나서 내게 달려와 내 두 손을 꼭 잡았어. 난 영문을 몰라서 가만히 있었지.

"세상에, 어쩜, 이럴 수가. 몇 배가 아니야. 몇십 배는 맛있어. 게다가 이 빛깔을 좀 봐. 반짝거리는 조약돌보다도 매끄러워. 귀여운 아가야. 도대체 비밀이 뭐니? 아아, 너무나 달콤하고 향기롭구나."

하하, 뭐 내 인기가 이 정도야. 미셸 부인은 연달아서 온갖 찬사를 퍼부으면서 내게 비결을 알려달라고 했어. 글쎄 비결이랄 게 뭐 있을까? 타고난 천재성?

어찌어찌 하다 보니 우리는 바가지를 긁힐까 봐 잔뜩 겁을 먹은 미셸 아저씨를 내버려 두고 주방으로 들어가서 함께 마카롱을 만들게 됐지 뭐야.

"미셸 부인께서는 아몬드가루와 슈거 파우더를 어느 정도 비율로 맞추세요?"

"그야, 다들 하는 것처럼 1 대 1.5 정도지."

"전 1 대 1.63의 비율로 만들었어요. 그리고 평소 하시던 것처럼 머랭을 만들어 보시겠어요? 머랭을 단단하게 만들기 위해 쓰는 저만의 비법이 있는데 다들 잘 모르시더라고요. 아, 샌드 할 때 어떤 크림들을 어떻게 섞어 사용하시는지에 따라서도 설탕의 비율이 또 달라지겠네요."

"잠깐만 기다려다오. 써둬야겠다. 종이가 어디 갔지?"

이런 식으로 재미있게 말이야.

마카롱을 굽는 건 15분 정도면 되지만, 반죽을 꾸덕꾸덕하게 말리는 시간과, 그걸 잘 떼어내어 식힌 다음 크림을 발라주는 시간이 필요하기 때문에 이래저래 세 시간 이상은 걸렸던 것 같아. 그 사이에 미셸 부인은 쉴 새 없이 나에게 질문하고, 감탄하고, 손뼉을 치고, 뺨에 입을 맞췄어.

"자 이제 어디 먹어볼까요?"

마지막 마카롱에 버터크림을 바르고 두 개를 맞붙이자마자 미셸 부인은 두 손을 비비면서 입맛을 다셨어. 풀이 죽은 미셸 아저씨는 잘 보일 수 있는 기회다 싶어 얼른 커피를 타다 주거나 그녀의 어깨를 주무르는 등 대단히 바쁘더라고. 난 오랜만에 보는 가족적인 풍경에 슬프기도 하고, 흐뭇하기도 해서 조금 눈물이 날 것 같았지만 꾹 참았어. 미셸 부인은 무슨 실험이라도 하는 사람처럼 나와 함께 만든 마카롱을 조심스럽게 한 입 베물었어.

"아삭!"

응, 저 소리면 성공한 거야. 잘 구워진 꼬끄의 겉면, 부풀어 생긴 공기층, 삐에의 쫀득함, 크림의 부드러움이 모두 어우러진 마카롱을 깨물었을 때만 나는 바로 그 소리였지. 미셸 부인은 도저히 믿을 수 없다는 듯 잠깐 아무 소리 없이 눈만 좌우로 굴리다가 이내 격하게 손뼉을 쳤어.

"맛있어졌어! 역시 비결은 저 아가가 말해준 것처럼 슈거파우더와 아몬드가루의 비율과 반죽의 점도였구나! 아, 고맙다. 아가야."

내 볼과 내 비법이 적힌 종이에 번갈아 입을 맞추고 두 팔을 번쩍 들어 올리기도 하면서 말이지.

"여보, 이제 당신은 루아르 강 부근에서 최고로 맛있고 예쁜 마카롱을 굽는 여자가 된 거야!"

만족한 미셸 부부는 각자 기뻐서 어쩔 줄을 몰라 하며 손을 마주 잡고 춤까지 추었어. 구경을 하던 나도 하하하 하고 유쾌하게 웃었지. 작은 과자 하나가 사람을 이렇게까지 기분 좋게 해주다니 참 신기해. 그렇지 않니?

"그런데 이 귀여운 아가에게 당신이 포도를 팔지 않았다니 그게 사실이에요?"

깔깔거리던 미셸 부인이 갑자기 화를 내는 척하며 아저씨에게 물었어. 아까 요리를 하면서 그녀가 내게 이곳에 온 이유를 물었었거든. 난 포도를 사고 싶었는데 아저씨가 도무지 안 파시더라고 대답했었지. 아저씨는 다 용서를 받은 줄 알고 맘을 놓고 있다가 갑자기 죄인 취급을 받게 되자 바짝 굳어서는 땀을 뻘뻘 흘리면서 또 말을 더듬었어.

"어, 그, 그게 그 할아버지의 포도밭… 포도주…."

"당장 가장 좋은 포도를 따오는 게 좋을 걸요? 저녁에 헛간에서 자고 싶지 않다면 말이에요!"

미셸 부인은 기세 좋게 일어나서 포도밭을 가리키며 아저씨를 협박했어. 아저씨는 벽에 걸린 바구니를 꺼내서 '그렇지 않아도 막 따러 가려던 참이었어'라는 말을 남기고 집 밖으로 사라졌어. 미셸 부인은 아저씨의 뒤통수에 대고 '가장 좋은 포도예요. 잊지 말아요!'라고 외친 후, 금방 웃는 얼굴이 되어 나를 보고 속삭이더군.

"이 정도 해뒀으니까 이젠 걱정 없단다, 아가."

"고맙습니다. 미셸 부인."

내가 감사의 인사를 하자 그녀는 손사래를 치며 또 웃었어.

"어머, 예의가 바르기도 하지. 호호호. 근데 누굴 주려고 그렇게 열심히 포도를 사러 다녔니?"

난 이런 경우 늘 좀 뭉뚱그려서 말해. '아 네, 제가 마라라는 마녀의 저택에서 요리사로 일하고 있는데요. 제 이름도 까먹어서 집에는 못 돌아가요-'라고 말할 수는 없는 노릇이잖아.

"이 세상에서 가장 아름다운 여인에게 드릴 거예요. 이렇게 맛있는 포도라면 드시고 반드시 더 기운 내실 것 같아서….."

이번에는 좀 낭만적으로 대답해 봤어. 마라가 아름다운 건 사실이기도 하고, 여기는 예술의 나라 프랑스니까 말이야. 과연 내 예상대로 미셸 부인은 아주 감명 깊은 얼굴이 되어 내 손을 두드리면서 몇 번이나 '장하다'고 칭찬을 해줬어.

30분쯤 지나서 미셸 아저씨가 포도를 잔뜩 매고 돌아왔어. 그의 표정은 꼭 강도를 당한 것 같았는데, 그도 그럴 것이 그건 아저씨가 가장 아끼는 포도밭에서 따온 최고의 포도들이었거든. 아저씨는 바구니에 담긴 포도들을 보며 "품평회에 내보낼 것들이었다고. 일등감이었는데…" 하고 힘없이 혼잣말을 하기도 했어. 과연 좋은 포도들이더라고.

"감사합니다. 미셸 아저씨, 그리고 미셸 부인. 정말 잘 먹을게요."

돈을 받지 않겠다는 두 분에게 억지로 포도 값을 듬뿍 쥐어드리고 문을 나서며 인사를 하는데, 미셸 부인은 내 뺨에 입을 맞추고 잘 가라면서 이렇게 속삭였어.

"조심해서 가렴, 아가야. 어머니가 우리 포도를 좋아하셨으면 좋겠구나."

○

최고의 포도를 잔뜩 짊어지고 콧노래를 흥얼거리며 마라의 저택에 돌아오자, 카룬과 엠시콘, 발더가 초조한 표정으로 나를 기다리고 있었어. 얘들은 항상 내가 저택을 벗어나면 저렇게 걱정을 해. 혹시라도 어디선가 뭐 이상한 것들에게 습격을 당하는 건 아닌지 하는 불안함 때문이야. 상대가 인간이라면 별로 문제 될 게 없어. 너희도 알다시피 웬만한 불량배들 따위는 골렘을 불러내어 겁만 조금 줘도 벌벌 떨며 달아나거든.

문제는 말이지, 나로서는 이름조차 다 외우기 어려운 이상한 괴물들이야. 믿기지 않겠지만 가끔 그런 녀석들이 나타난다니까. 사람의 세상에서 마라의 저택에 떠 있는 달까지 이르는 그 짧은 빛의 소용돌이 동안에도 그런 것들이 휙 하고 나타나서 발톱을 휘두르며 나를 낚아채려고 덤빈단 말이지. 그럴 때마다 내 왼손의 흰 진주반지가 빛을 내고, 바람의 요정들이 잔뜩 날아와 나를 보호하기는 하지만, 등에 식은땀이 흘러내리는 건 사실이야. 무지하게 무섭다고, 그런 경험.

다행히 오늘은 기분 나쁜 일들을 겪지 않았지만, 언젠가 한 번은 정말로 죽는구나 싶을 만큼 아슬아슬했던 적도 있어. 괴물이 휘두른 발톱에 허리띠가 걸려서 어디인지도 모르는 캄캄한 나락 속으로 계속 끌려갔었다니까. 그때는 살려주세요 하는 소리도 나오지 않았어. 너무나 무섭고 두려워서 입이 떨어지지 않더라고. 그런데 어떻게 살아났냐고? 그거야 당연히 마라의 덕분이지. 마라가 아니었다면 나는 아마 예전에 저 깊고 컴컴한 나락 속에서 그 괴물이 오도독, 오도독 깨물어 먹는 식사감이 되고 말았을 거야.

나를 지키려다가 실패한 바람의 요정들이 마라에게 재빠르게 날아가서 "핀이 잡혀갔어요!"라고 울부짖었을 때, 마라는 두 눈썹이 바짝 치켜 올라가서 오른손을 뻗으며 이렇게 외쳤대.

"티쉬트리야! 아파오샤!"

이건 마라가 타고 다니는 전차를 끄는 두 페르시아 말의 이름이야. 흰 녀석이 티쉬트리야이고, 검은 쪽이 아파오샤. 듣기로는 원래 둘의 사이가 좋지 않았다고들 하는데 어쨌든 지금은 모두 마라의 충실한 부하들이지.

마라가 부르는 소리를 들은 두 말들은 '히히힝' 하는 울음소리를 내며 빛보다 빠른 속도로 뒤뜰의 마구간에서 날아와 그녀의 앞에 멈춰 섰고, 마라가 전차에 올라타자마자 또 번개처럼 하늘을 날아서 정원의 달 속으로 뛰어들었대. 그렇게 하기까지 걸린 시간은 모두 합쳐서 1초도 되지 않았다는 거야. 엠시콘이 이야기해 준 것에 따르면 하여간 눈 깜짝할 사이였다고 했어.

"끼에엣! 캬악!"

나를 끌고 가던 괴물은 마라가 자신의 뒤를 쫓아오는 걸 보고, 괴성을 내지르며 그쪽으로 달려들었어. 나 같은 건 이제 안중에도 없다는 듯 휙 집어던지고 말이야.

"으아아악!"

나락 속으로 떨어지면서 나는 분명히 비명을 질렀는데, 그 소리는 내 귀에 들리지가 않았어. 왜냐하면 마라의 공격을 받은 괴물이 쓰러지면서 토해내는 고통의 소리가 너무 컸기 때문이지. 마라는 그리 힘도 들이지 않고, 괴물을 피투성이로 만들어 내동댕이치고 빠르게 하강해서 나를 붙잡아 전차에 태웠어.

"아아, 뢰브. 다친 곳은 없느냐?"

마라는 나를 두 팔로 꼭 안으면서 물었어. 아마 마라에게 안겨본 건, 그때가 처음이었던 것 같아. 마라의 품속은 너무나 편안하고 부드러웠어. 그리고 안심이 됐지. 나는 네, 라고 대답하고 마라를 껴안았어. 하마터면 나도 모르게 '네, 엄마'라고 할 뻔했지만 엄마라는 말은 입 밖에 나오기 직전에 꿀꺽 삼켜버렸어.

"무서웠을 텐데 울지도 않았구나, 강한 아이인걸?"

마라는 전차를 돌려 깊은 나락으로부터 벗어나면서 내 얼굴을 보고는 싱긋 웃어줬어. 어, 그런가? 울 정신도 없었던 건 아닐까 하는 의심이 들긴 했지만 나도 마라에게 미소를 지어주면서 이렇게 말했어.

"그럼요. 전 이제 어엿한 마라의 요리사이니까요."

그리고 그 후부터는 내가 마라의 식사에 훨씬 더 정성을 쏟았다는 건 누구나 예상할 수 있겠지? 당연하지. 그렇게 강하고, 멋지고, 내 편이 되어주는 마라의 식사를 어떻게 대충 만들 수 있겠어. 언제나 내가 할 수 있는 최고의 요리를 만들어주려고 갖은 힘을 썼어. 정성 들여 테린느를 만들고, 가장 향기로운 빵을 굽고, 파스타를 삶고….

이야기가 길어졌는데, 어쨌든 걱정하며 기다리던 카룬들은 내가 포도가 가득 든 장바구니를 보여주면서 환호성을 지르자 자기들도 전부 폴짝폴짝 뛰며 좋아했어.

"정말 좋은 포도야, 핀. 게다가 아주 신선해. 난 전문가라서 한눈에 알 수 있어."

발더가 잎사귀들을 으쓱거리며 소리쳤어. 카룬과 엠시콘도 장바구니에 코를 가까이 대고서 그 향기를 깊이 들이마시며 좋아했어. 눈치를 보아하니 다들 한번 먹어봤으면 싶은가 보더라고.

"좋아. 잼을 만들기도 해야 하지만, 이렇게나 많으니까 한두 송이쯤 먹는다고 해도 괜찮겠지."

내 말에 모두들 야! 하고 두 팔을 치켜올렸어.

"하지만 마라에게 먼저 드리고 나서!"

난 손을 뻗으려는 발더를 제지하고는 분명하게 말했어. 요리사의 권위를 이용해서 말이지. 그러자 모두들 알았다며 고개를 끄덕였어.

"그럼, 주방에 들고 가는 건 내가 할 거야. 그건 괜찮은 거잖아."

발더가 도와주겠다고 나서서 난 장바구니를 그 애에게 넘겼어. 발더는 '우와 이거 꽤 무거운데? 용케 짊어지고 왔구나, 핀' 하면서 서둘러서 주방으로 걸어갔어.

식사시간이 아니었지만 마라도 내가 은쟁반 위에 담아 간 포도를 맛있게 먹어줬어. 원래 좋은 포도이기도 하지만 내가 한 알, 한 알 아주 정성 들여 잘 닦았기 때문에 더 맛이 좋았을 거라고 확신해.

"루아르 강이 눈에 보이는 듯하구나. 그곳의 바람과 흙냄새가 느껴져."

포도를 입에 머금은 마라는 즐기는 것처럼 눈을 감고서 그 감상을 이야기했어. 역시 마라는 대단해. 난 그저 '포도를 좀 드세요'라고 말했을 뿐, 어디에서 사 온 것인지는 말하지도 않았었거든. 그런데도 이렇게 몇 알만 먹어보고서 대번에 알아채는 거야.

"아주 좋은 포도를 구해왔구나, 뢰브. 너도 좀 맛을 보렴."

이렇게 말하면서 마라는 제일 굵은 포도알을 떼어내어 내 입에 넣어줬어. 그런데 이상하지? 마라가 뭔가를 먹여주는 건 이번이 처음인데도, 하나도 어색하지가 않았어. 마치 오래전부터 그래왔던 것처럼 너무 익숙한 느낌이더라고.

"멀리까지 다녀오느라 피곤할 테지. 오늘은 이만 물러가도 좋다, 뢰브. 잠들기 전에 너도 카룬들과 포도를 좀 나누어 먹으렴."

마라는 내게 미소를 지어주며 저녁 인사를 했어.

"네. 그럼 안녕히 주무세요, 마라."

왠지 부엌의 상황이 걱정돼서 난 굳이 괜찮다고 하지 않고 정중히 인사를 한 후에 물러났어. 아마 마라가 식사를 마치면 바람의 요정들이 주방으로 빈 그릇을 가져다줄 거야.

"어서 와, 핀. 우리가 포도를 깨끗하게 씻어놨어! 마라 님도 포도가 맛있다고 하시지?"

주방의 테이블에는 모두들 둘러앉아서 밝은 표정으로 나를 기다리고 있더라고. 내가 고개를 끄덕이며 자리에 앉자 엠시콘이 커다란 접시에 담은 포도 한 송이를 들고 내 앞으로 날아와 의젓하게 말했어.

"자, 핀이 제일 먼저 먹어. 이렇게 포도를 구해오느라고 애를 썼으니까 말이야."

귀여운 엠시콘. 자신의 입 주변에 포도 씨가 몇 개나 붙어 있는 것도 까맣게 몰랐나 봐. 그러고 보니 시치미를 떼고 있는 카룬과 발더의 입술도 포도즙 때문에 반짝거리더라고. 후후, 난 그냥 이 친구들에게 속아주기로 했어.

"그럴까? 아니야, 우리 있잖아. 모두 동시에 포도를 먹기로 하자. 하나, 둘, 셋 하면 말이야. 카룬, 발더, 엠시콘, 준비됐어? 하나…."

그 후는 더 이야기해 주지 않아도 상상할 수 있겠지? 우리는 주방이 떠나가게 함께 큰소리로 함께 입을 맞춰 숫자를 세고, 동시에 포도에 손을 뻗어서 미셸 아저씨가 정성 들여 키운 그 맛있는 무스카데 포도를 아주아주 맛있게 먹었어. 포도즙이 줄줄 흐르고 꽃처럼 달콤한 향기가 흐르는 기분 좋은 파티였지.

흉터는 고통을 이긴 흔적

"좋은 아침!"

난 정원으로 나가 기지개를 켜며 발더에게 인사를 했어. 늘 달이 떠 있는 정원에서 아침이라고 하는 건 좀 우습긴 하지만, 잠에서 깨어나 하루를 시작하는 시간을 달리 뭐라고 부르겠어. 마라의 저택에서 아침과 밤을 구분하는 건, 마법으로 켜고 끄는 실내조명이야. 천정에 달린 화려하고 커다란 샹들리에라든가, 여러 조명들이 환하게 빛을 내뿜으면 그게 활동할 시간, 즉 아침이고, 반대로 적당히 밝기를 줄여서 약간 어둑어둑해지면 그게 밤이지. 물론 정원과 저택 밖의 평원은 늘 푸르스름한 달빛을 받고 있지.

"어, 핀, 잘 잤니?"

미리 정원에 나와 있던 발더는 팔을 뻗어 반갑게 나를 맞았어. 발더는 아마 마라의 저택 전체에서 가장 일찍 일어날 거야. 아침에 문을 두드리며 우리들을 깨우는 건 에코가 담당하는데, 깨어나서 창밖을 보면 언제나 발더가 정원에서 나무들을 돌보고 있어.

"음, 오늘은 뭘 먹을까?"

나는 요리사답게 제일 먼저 그것부터 고민했어. 내가 부지런히 움직이지 않으면 이 저택의 모두가 굶어야 하거든.

"어제 구운 스콘과 잼이 남아 있잖아."

발더는 별걱정이 없다는 투이지만, 그리 간단한 문제는 아니야. 마라에게 몇 끼나 계속해서 똑같은 음식을 대접하고 싶진 않거든. 가뜩이나 조금밖에 먹지 않는데, 그렇게 했다가는 아예 입에 대지도 않을지 몰라. 그리고 나도 계속 스콘만 먹고 싶지는 않았고.

"아, 오늘은 조금 매콤한 음식이 좋을 것 같아. 매콤하면서도 감칠맛이 나는… 그러면서도 뒷맛은 깔끔한 요리. 그런 게 뭐가 있을까?"

"고추가 들어간 스콘?"

이래서 발더는 메뉴 상담 역할로는 꽝이야. 도무지 깊이 생각하려 들지를 않더라고. 반대로 생각하면 요리사에게 발더만큼 편한 손님도 없지. 뭐든지, 몇 번을 연속해서 같은 요리를 주더라도 아무 불평 없이 만족하면서 먹어주니까.

"전에 핀이 해주었던 파에야. 그거 맛있었어. 매콤하면서도 말이지."

어느새 날아와서 내 곁을 맴돌던 엠시콘이 얌전히 말했어. 나도 이거다 싶더라고.

"오, 그거 괜찮을 것 같아. 좋아, 오늘 저녁은 해산물이 잔뜩 들어간 파에야다."

조금 전에 일어났는데 왜 저녁 메뉴라고 하느냐고? 그건 마라의 저택에서는 언제나 아침을 과일과 우유, 그리고 따끈한 수프와 오믈렛으로 먹기 때문이지. 거기에 한두 조각 정도 치즈와 빵을 곁들이기도 하고. 가끔 밥이나 파스타 같은 다른 메뉴일 때도 있는데 그건 내가 먹고 싶을 때 그렇게 해.

아, 파에야라는 건 말이야, 서양식 볶음밥 비슷한 건데, 뭔가 특별한 점이라고 하면 먼저 생쌀을 볶다가 물을 부어서 끓인다는 점이지. 거기에 갖은 재료와 여러 가지 향신료, 매콤한 고추 같은 것들을 넣는 거야.

파에야 준비를 위해 내가 장을 보러 간 데는 일본의 아카시(明石)라는 곳이야. 아카시는 고베 부근의 작은 항구도시인데 문어가 특산물이라고 해서 한번 구경을 와봤어. 요리재료를 보관하는 얼음 창고를 열어보니까 해산물 파에야 재료가 거의 다 준비되어 있었는데 문어는 없더라고. 아, 바닷가재와 새우는 있어. 그건 나흘 전쯤에 날짜 변경선이 있는 피지의 섬에서 사다 놓았었거든. 특히 바닷가재는 자랑하고 싶을 만큼 싱싱한 최고급품이야. 어부 아저씨가 아무런 장비도 없이 작살만 가지고 물속으로 들어가서 직접 잡아다 준 거니까.

이곳에 어떻게 도착했는지는 다들 알겠지? 그래 맞아, 마라의 저택 다락방에서 달을 향해 휙 하고 뛰어들었어. 그리고 이곳의 한적한 뒷골목에서 쑤욱 하고 튀어나온 거지.

"여긴 어디쯤일까?"

처음 가보는 도시에서는 늘 그렇게 주위를 둘러보게 돼. 내가 서 있는 곳은 일본철도 아카시역 주변이었어. 자, 이제 시장을 찾아야겠지. 내가 여행을 하는 방식은 택시를 타는 것과는 다르니까, 정확한 주소에 날 데려다주진 않아. 그저 어떤 도시를 지정해서 갈 수 있을 뿐이어서 가끔은 가려고 했던 시장으로부터 꽤 먼 곳에 도착해 버리는 경우도 있어. 뭐, 물론 그건 내가 그곳에 대한 정보를 충분히 몰랐기 때문에 생기는 실수지만.

"어서 오세요. 전통 일본과자 전문점 가메이도입니다."

"원조 타코야키, 아카시야키를 맛보세요."

"개업 기념 30% 할인 쿠폰 받아가세요. 슈크림 전문점 프티슈입니다."

상점가에서 나온 직원들이 지나는 사람들에게 깍듯하게 인사를 하며 자기 가게를 홍보하는 소리가 간간이 들렸어. 일본 기차역 주변 상점가는 귀가하는 직장인들이 좋아할 만한 간식을 파는 가게가 대부분이야. 내가 찾는 문어를 살만한 곳은 아니었지. 난 헤매는 시간을 줄이고 싶어서 길거리에서 주차단속을 하고 있던 경찰 누나에게 문어를 파는 전문시장이 어디인지 물어봤어.

"똑바로 걸어가다가 신호등 두 개를 건넌 다음 오른편을 보면 시장의 입구가 보여. 문어와 다랑어 그림이 그려진 큰 파란

간판이 입구 위쪽에 걸려있으니까 쉽게 찾을 수 있을 거야."

경찰 누나가 일러준 곳은 다행히도 역에서 멀지 않았어. 난 감사하다고 인사를 한 다음 시장을 향해 걸었어.

'경찰에게 물어서 우리 집도 찾아갈 수 있다면 좋을 텐데.'

하지만 그건 도저히 기대할 수 없는 일이었지. 상상해 봐, 내가 만약에 경찰관 아저씨를 붙잡고 '아저씨. 저, 집으로 가는 길을 잃었어요'라고 했을 때 가장 먼저 무슨 질문이 던져질지를 말이야. 그건 분명히 '그래, 네 이름이 뭐니?'겠지? 그러면 그때부터 영 곤란해지는 거야. 내가 무슨 대답을 할 수 있겠어?

'이름을 몰라요. 까먹었어요.'

그래, 네 이름을 잊어먹었다 이거지? 그럼 좋다 애야, 부모님 성함은? 뭐 그것도 생각이 안 난다고? 그러면 네가 살던 곳은 어디니? 이 도시가 맞긴 하니? 뭐? 어느 나라인지도 몰라? 음, 잠깐만 기다리렴. 여보세요, 정신병원이죠? 여기에 환자가 하나 있는데요…. 이런 식이 될 거란 말이야. 그러니 엄마 아빠가 사는 우리 집으로 돌아가는 길은 순전히 내 힘으로 찾아야 해. 아무에게도 물어볼 수 없고, 누구도 대답해 줄 수 없는 일이니까.

공연히 우울해지기 싫어서 난 고개를 한 번 세차게 저어서 다른 생각들을 날려버리고 열심히 걸었어. 그리고 10분 정도만에 문어 그림 간판이 반겨주는 아카시 시장에 도착했지.

"역에서 꽤 가까웠구나."

일본의 시장은 대부분 건물들 사이를 투명한 천장으로 연결해 만들어 놓은 긴 통로형태야. 그렇게 하면 비나 눈, 바람을 막아줄 수 있어서 사람들이 일 년 내내 편안하게 아무 때고 장을 볼 수 있지. 그리고 꽤 청결해. 가게의 내부는 물론이고, 사람들이 다니는 통로까지도.

아카시의 시장도 그랬어. 항구도시의 시장답게 해산물을 파는 곳이 많았고 반찬가게들까지 즐비한데 비린내나 기분 나쁜 냄새라곤 전혀 없었어. 아마 이 시장 안의 모든 가게가 문을 열기 전과 끝마친 후에 정말로 열심히 청소를 하고 있기 때문이라고 생각해.

'이곳 사람들은 무엇을 먹고 사는지 좀 볼까?'

나는 천천히 통로를 걸으며 가게의 진열대들을 구경했어. 여러 나라의 도시에 갔을 때 그곳 음식들을 보고, 어떻게 만들어졌을까 궁리하는 건 요리사인 내게 꽤 도움이 돼.

'저건 절임음식인가? 음 일본 절임음식은 아마 겨된장이라는 걸 사용해서 만든다고 했었지. 오, 저건 돼지고기 차슈다. 양념은 맛있어 보이긴 하지만 난 비계를 싫어하는데…. 달걀말이구나. 우리 엄마가 해주던 것과는 조금 다르네.'

반찬가게만 있는 건 아니었어. 여러 가지 생선, 특히 오늘의 쇼핑 목록인 문어가 많이 눈에 띄더라고.

'어떤 녀석을 고를까. 어떤 게 제일 맛있을까.'

난 날카로운 매의 눈을 번뜩이면서 빨갛게 삶아진 문어들을 훑었어. 좋은 요리재료를 고르는 건 꽤 까다로운 일이야. 하지만 나처럼 훌륭한 요리사가 되기 위해선 반드시 갖춰야 할 조건이기도 하지, 후후.

"와! 좋다!"

내가 감탄해서 걸음을 멈추도록 만든 건, 한 가게의 유리 진열장 안에 들어 있던 문어였어. 크기며 모양, 통통하면서도 탄력 있어 보이는 다리, 삶아진 빛깔까지 모두 나무랄 데 없었어. 한 마디로 최상품이었지.

"물건을 볼 줄 아시는군, 어린 손님."

진열장 유리를 짚고 서서 감탄하고 있는데 납품받은 물건을 부리고 있던 인상 좋은 아저씨의 얼굴이 쑥 끼어들었어.

"언제나 최고의 문어가 있는 타코호시 수산품점에 어서 옵쇼! 우리 가게 문어는 2대째 내려오는 비법으로 삶기 때문에, 쫄깃하면서도 부드러워서 어린아이부터 100세 노인까지 누구나 맛있게 먹을 수 있지."

머리에 수건을 질끈 동여맨 아저씨는 자랑스럽게 말하며 곁에 있던 말린 문어 봉지를 집어 들었어.

"삶은 문어의 맛에 절대 뒤지지 않는 말린 문어 다리도 있단다. 쉽게 상하지 않으니까 언제라도 생각 날 때 한두 조각씩 집어먹으면 간식으로 그만이지. 편을 썰어놓은 이 절묘한 두께, 이런 건 다른 가게에선 보기 힘들걸?"

말을 재미나게 하는 아저씨였어. 난 문어도 아저씨도 다 마음에 들어서 삶은 것과 말린 것 두 종류를 다 사기로 했지.

"이거 근데 꽤 무거운데, 어린 손님이 들고 갈 수 있을까? 집이 어디니?"

투명한 비닐봉지에 삶은 문어를 가지런히 담아 주둥이를 꼭 묶으며 아저씨가 물었어. '푸른빛의 터널을 비행해 달을 통과하면 그게 제가 사는 곳이에요.' 만약 내가 돌아갈 길이 어떤지 사실대로 이야기한다면 이 아저씨는 어떤 표정을 지을까.

"아카시는 아니에요. 하지만 괜찮아요. 충분히 들고 갈 수 있는 거리거든요."

난 빙긋 웃으면서 에둘러 대답했어.

"그래? 그래도 장한걸, 혼자서 장도 보고. 조심해서 돌아가거라."

내 장바구니에 물건을 넣어주려고 아저씨가 팔을 쭉 뻗었어. 그런데 소매 사이로 드러난 팔에 커다란 흉터가 무수하게 나 있는 거야. 또 군데군데 화상의 흔적도 있었지. 빤히 보고 있는 내 시선을 눈치채고서 아저씨는 멋쩍게 웃으며 서둘러 소매를 내려 팔을 가렸어.

"아, 미안. 미안. 이거 손님을 놀라게 해드렸네. 징그러웠지? 불쾌했다면 사과하마."

물론 그건 분명 보기 좋다고는 할 수 없는 팔이었지. 하지만 불쾌하지도 않았어. 아마 예전의 나였다면 무서워했을지도 몰

라. 그러나 난 지금 다른 사람들이 보면 괴물이라 부를 외모의
친구들과 함께 살고 있고, 가끔씩은 정말로 끔찍한 괴물들에
게 쫓기기도 하니까. 아저씨의 팔이 그저 내 팔과 겉보기에 좀
다를 뿐이라는 걸 알 수 있을 만큼은 됐다고. 그리고 저렇게
흉터가 난 팔 때문에 가장 괴로운 사람은 이 아저씨잖아. 그런
데 왜 사과까지 해야겠어?

"징그럽지 않아요, 아저씨. 그저 상처가 커서 많이 아팠겠다
고 생각했어요."

내 대답에 아저씨는 조금 놀랐다는 표정을 지었어.

"허, 손님. 대범한데? 어리지만 진짜 사나이네. 어떤 사람들
은 이쪽 팔을 보고 나면 기분이 상해서 물건을 사려다가도 서
둘러 나가버리기도 하는데. 허허허."

"왜요?"

"아무래도 말이다. 사람들은 결함이 있는 인간에게서 무언
가를 건네받으면 그 결함까지 함께 옮아온다고 생각하는 경향
이 있단다. 한마디로 자기까지 덩달아 재수가 없어질까 봐 두
려운 거지."

"그렇게 될 리가 없잖아요."

"하지만 사람의 기분은 예민한 거라서, 그런 생각이 드는 순
간부터 정말로 불안해지기도 하니까. 그건 어쩔 수 없어. 내
팔이 아니었다면 나 역시 그렇게 했을지도 몰라."

아저씨는 아무렇지도 않다는 듯 웃으며 잘게 찢은 마른오징

어 한 봉지를 덤으로 넣어줬어. 덤을 받았으니 나도 덤을 드려야겠지. 나는 은근히 잘난척하는 표정으로 한쪽 웃옷을 척 들어 왼쪽 옆구리의 세 줄기 상처를 보여드리고 씩 웃었어. 예전에 오우거의 발톱에 할퀴어진 자국 있잖아, 그거. 내 상처를 본 아저씨는 자기 이마를 탁 치며 껄껄 웃었어.

"어이쿠, 그건 또 대단한 상처인데. 와일드하구만. 어린 손님 꽤 하시는구려? 그러고 보니 나도 딱 너만 할 때였나 보군. 그게 벌써 19년 전인가? 세월 한 번 빠르네."

"무슨 사고였나요?"

"지진이었는데. 왜 알잖니? 아와지시마(淡路島) 한신(阪神) 대지진."

내가 잘 모른다는 표정을 짓고 있으니까 아저씨가 설명을 해줬어.

"하긴 네 또래는 아직 태어나기도 전의 일이지. 엄청나게 큰 지진이었단다. 저기 다리 건너 보이는 아와지시마에서부터 한신까지 전부 피해를 입었어. 오사카, 고베, 전부 다. 도로가 쩍쩍 갈라져서 불을 뿜었고 집들이 무너지고…. 하, 기억이 생생하기도 하지. 그때 일은 도무지 잊히지가 않아. 막 중학생이 된 해의 정월이어서 새로 산 가방을 머리맡에 두고 잠들었었는데, 갑자기 엄청나게 땅이 흔들려서 깼지. 하지만 새벽이라 캄캄해서 뭐가 어찌되고 있는 건지 제대로 보이지도 않더구나. 어머니가 나를 부르는 소리가 들려서 그쪽으로 뛰어가는데 집 한쪽이 허물어지면서 난 거기 갇혀버렸지 뭐냐. 돌무더기랑 부러진 나무, 깨진 유리 같은 게 한꺼번에 나를 덮쳤어. 그때 만약에 이걸로 막지 않았더라면….”

아저씨는 흉터가 있는 팔을 들어 얼굴을 가리는 시늉을 했어.

“전기합선인지, 무엇 때문인지 설상가상으로 불까지 치솟는 바람에, 이렇게 버티고 있는 팔 바깥쪽이 화상을 입는 게 느껴졌단다. 가뜩이나 무거운 것들에 눌려 팔이 부러지는 것 같았는데 말이야.”

“으… 얼마나 아프셨을까?”

아저씨가 느꼈을 고통을 상상하자 난 저절로 이마가 찌푸려지면서 울상이 됐어.

“아팠지, 정말 지독하게 아파서 팔을 치우고 싶었다. 하지만 그랬다가는 그것들이 내 얼굴 위로 쏟아져 내려 파묻혀 버릴 테니까, 살아남으려면 참아야 한다고 생각했지. 음, 지금 돌아보면 어린 나이였는데 말이야. 그렇게 울면서 겨우겨우 버티고 있는 나를 아버지가 구해줬어. 킨짱! 킨짱! 하고 내 이름을 외치면서 이렇게 큰 돌덩이들을 막 집어 던지는 거야. 괴력이었지.”

“자식을 지키기 위해 싸우는 부모는 강하니까요!”

아저씨가 위기를 넘긴 이야기에 신이 난 내 입에서는 어디에서 주워들은, 6학년짜리가 하기에는 좀 건방진 소리가 튀어

나왔어. 아저씨는 그래그래 하면서 내 어깨를 두드려 주고 이런 말을 덧붙였어.

"잘못한 사람은 아무도 없는데, 정말 많이들 죽고 다쳤단다. 수천 명이나 되는 사람들이…. 나 정도의 상처로 살아남을 수 있었던 건 행운이었는지도 몰라."

아저씨의 이야기를 더 자세히 듣고 싶었지만, 가게 안쪽에서 어떤 할아버지가 걸어 나오면서 말을 끊었어.

"킨짱, 이 녀석! 이 상자들을 받아서 여기다 부려놓고 있으면 지나는 손님들에게 방해가 되잖느냐? 다른 가게에도 폐를 끼친다고, 이러면! 도대체 언제쯤 어른이 될 거냐?"

그러면서 할아버지는 손바닥으로 아저씨의 엉덩이를 세게 팡 때렸어. 아주 작고 말라서 도무지 힘이라고는 없어 보이는 할아버지였지.

"어이쿠, 이거. 그 괴력의 사나이가 납셨군. 아쉽지만 그럼 이만. 타코호시 수산품점을 이용해 줘서 고마워, 어린 손님."

아저씨가 손을 모로 세워 입을 가리고 내게만 속삭인 다음 '예, 지금 치워요-' 하고 서둘러 가게 안으로 상자들을 들어 날랐어. 저런 할아버지가 커다란 돌들을 집어 던졌던 사람이라니…. 재미있기도 하고 믿기지 않기도 해서 절로 빙글 웃음이 났어.

"예, 아저씨. 고맙습니다. 안녕히 계세요."

시장 입구를 나서며 다시 한번 아저씨의 가게를 돌아보니 열심히 물건들을 옮기던 아저씨가 흉터가 있는 팔을 들어 이마의 땀을 훔쳐내고 있었어. 그건 꽤나 멋지고 의미심장한 광경이었지.

프로슈토를 만들려면
얼마나 오래 걸리는지 아니?

길은 어느새 어둑어둑해져 있었어. 그거 알아? 일본은 택시
비가 굉장히 비싸기 때문에 대중교통이 끊길 때쯤 되면 웬만
한 가게들은 거의 다 문을 닫고, 사람들의 왕래도 눈에 띄게
줄어들어.

"어, 벌써 이렇게 된 건가."

하도 인적이 드물기에 깜짝 놀라서 회중시계를 꺼내봤어,
히익? 벌써 10시 반이라고? 아, 이거 시간 가는 줄을 몰랐네.
솔직히 말하자면 문어를 산 다음에, 잠깐만 놀아야지, 하고 전
자오락실에 들렀었거든. 그런데 그 '잠깐만'이 몇 시간이 되어
버린 거야. 변명처럼 들리겠지만 일본의 전자오락실은 신기한
최신게임이 많아서 한 기계에 한 번씩만 앉았다가 일어나도
순식간에 꽤 긴 시간이 지나버린다고.

"서둘러야겠다. 모두들 걱정하고 있지 않으면 좋으련만."

나는 마음이 급해져서 어두운 곳을 찾아 뛰기 시작했어. 아

무리 어두워졌다곤 해도 이곳은 역 주변이라 불빛이 간간이 비추거든.

"오, 저기 좋다. 완전히 캄캄해."

내가 발견한 곳은 커다란 아카시 대교 그늘에 가려 어둠 속에 묻힌 방파제였어. 아카시 대교는 꽤 유명해. 중간에 기둥을 세우지 않고 만들어진 현수교 방식 중에 가장 긴 다리거든. 그런데 그곳을 향해 달리던 내 눈에, 한 꼬마 녀석이 혼자서 방파제 위에 앉아 있는 게 들어온 거야.

"이 시간에 저런 꼬마가 보호자도 없이 저런 데에 있다…. 이거 심상치가 않은걸?"

난 뭔가 짚이는 게 있어서 걸음을 멈추고 잠시 가만히 그 녀석을 관찰했어. 그리고 한 10분 정도 후에 결론을 내렸지.

"저 녀석, 저거 가출했나 보네. 크으!"

가출 어린이는 가정에 돌려보내야 하는 법이지. 난 쓴웃음을 짓고 나서 천천히 그 애가 앉아 있는 쪽으로 걸어갔어. 일부러 발자국 소리를 크게 내면서 말이야. 가까이 다가갈 때까지 모르고 있다가, 내가 불쑥 나타난 걸 보고 놀라서 바다에 빠지면 안 되잖아. 내 생각대로 꼬마는 나를 슬쩍 돌아봤다가 나 역시도 자기 또래의 어린아이인 걸 알고는 다시 바다 쪽으로 고개를 돌렸어.

"야! 뭐하냐? 꼬마야."

그렇게 부르고 나도 그 애가 앉아있는 곳 옆에 털썩 앉았지.

그런데 막상 가까이에서 보니 진짜 꼬마는 아니었어. 키가 나보다 조금 작은 정도였으니까.

"돈을 뺏으려는 거면 잘못 짚었어. 한 푼도 없으니까."

꼬마는 나를 쳐다보지도 않고 무신경한 말투로 말했어.

"그런 거 아니야. 그냥 뭘 보고 있나 와봤어."

나는 일단 안심을 시켰어. 꼬마는 여전히 무심하게 대답했지.

"바다를 보고 있어. 세토 내해를."

"세토 내해? 그게 뭐야?"

"흥, 아카시 대교 옆에 앉아 있으면서 그것도 몰라? 지금 보이는 저 물이 다 세토 내해잖아."

오, 좋아. 이런 반응. 이렇게 말을 받아줘야 나도 무슨 이야기를 하지. 나는 일단 손을 내밀면서 내 소개를 했어.

"아, 그렇구나. 난 멀리에서 잠시 와있는 거라 전혀 몰랐어. 난 핀이야, 넌?"

"히로유키."

길어! 그냥 히로라고 하자. 히로는 내가 악수를 하자고 내민 손을 잡지도 않고 이름만 알려줬어.

'야, 이거 애 중증인데? 사람과 교류할 줄을 몰라. 좋아, 정공법이다.'

나는 아예 빙빙 돌릴 것 없이 본론부터 물어보기로 했어.

"히로는 왜 가출을 했니?"

230

무감정한 히로도 이 말에는 반응을 하더라고. 녀석은 고개를 휙 돌리면서 나를 쏘아봤어.

"친한 사이처럼 이름 줄여 부르지 마! 그리고 그런 집, 안 나오면 이상한 거라고! 그런 엄마는 가족도 아니야."

"왜 그래, 히로. 너를 때리기라도 하는 거야?"

히로는 쓸쓸히 고개를 저었어.

"그런 게 아냐. 아무도 나한테 관심이 없어. 아들이 학교에서 괴롭힘을 당해서 죽을 것처럼 괴로운데도 전혀 모르니까."

"왜 너를 괴롭히는데?"

"모르겠어, 그걸. 그냥 내가 조그맣고 만만하니까 괴롭히고 싶은 마음이 드는 걸 테지. 어느 날 코무토가 내 물건을 뺏고 머리를 툭툭 때리기 시작하더니 금방 다들 아무 생각 없이 그걸 따라해. 장난삼아 실실 웃으면서…. 나는 미치겠는데 말이야. 코무토가 부추기기도 하고."

"코무토라는 아이에게 말해! 그만두라고! 참고 있어서 해결될 문제가 아니잖아?"

난 답답해하면서 히로에게 집단 괴롭힘을 벗어날 방법을 일러줬어. 그런데 히로는 오히려 그러는 내가 더 답답하다는 듯 나를 보며 혀를 끌끌 차더라고.

"네가 몰라서 그래. 코무토가 얼마나 센지. 게다가 성질도 더럽단 말이야. 아마 내가 반항하면 더 심하게 때리고 괴롭힐걸? 주먹으로 두드리고 발로 차고… 그렇게 될까 봐 무섭단 말이야."

"하지만 어차피 가만히 있어도 괴롭기는 마찬가지잖아. 그러니까 이래도 괴롭고 저래도 괴로울 바에는 한번 정면으로 맞서 보는 편이 낫다고 생각해. 또 누가 알아? 운이 좋으면 네가 이길 수도 있을지?"

"절대로 안 된다고! 안 되는 일을 될 수도 있다고 꼬시지 마! 괜히 대들었다가 신나게 두들겨 맞고 흙투성이로 바닥을 기는 꼴을 모두에게 보이면, 그걸 형이 책임질 거야? 난 못 이겨. 이것 봐. 이 팔을…. 앙상하지? 평생 이랬어. 원래 약하게 태어났다고! 남에게 두들겨 맞을 운명이란 말이야!"

자기가 약하다는 이야기를 이렇게 목에 핏대까지 세우면서 당당하게 하는 녀석도 그리 많지 않을 거야. 하지만 사실 히로가 하는 말이 완전히 틀린 것도 아니었어. 분명히 앤 한눈에도 알 수 있을 만큼 약해 보여. 지금부터 운동을 해서 몸을 단련한 다음에 그 코무토라는 아이를 때려주라고 하면 그건 무리한 주문일 테지. 그게 가능할 때쯤엔 학년이 올라가서 아마 다른 반이 되어 있을 거고 말이야.

"그럼 이건 어떨까? 집에 가서 사실대로 말해. 학교에서 친구들과 사이가 좋지 않다고. 그래서 다른 학교로 옮기면 그 코무토라는 아이와도 더 이상 마주칠 일 없고, 그럼 자연스럽게 괴롭힘에서도 벗어나잖아."

"전학은 안 돼. 우리 학교는 근방에서 진학률이 제일 좋거든. 졸업생 평균 편차치가 72가까이 된단 말이야. 어렸을 때부터 귀에 못이 박이도록 들어왔어. 히로야 너도 꼭 누나네 학교로 가야 하니까 열심히 공부해야 한다는 소리를…. 그런데 내가 학교를 옮기겠다고 하면 아마 집안에서 난리가 날걸?"

편차치라는 게 뭔지는 모르겠지만, 하여간 그것 때문에 전학도 안 된다고 한숨을 쉬던 히로는 다시 멍해져서 바다를 보고 있었어. 내 또래 아이여서 동질감이 들어 그랬는지, 아니면 그 쓸쓸한 옆모습 때문에 그랬는지 모르지만 나는 이 아이를 어떻게든 도와주고 싶었어. 내게는 힘도 있거든. 장바구니를 열심히 들고 다닌 덕에 팔에는 알통이 단단하고, 그 코무토라는 녀석이 아무리 힘이 세다고 해봐야 제까짓 게 4학년이나 5학년 꼬마지, 뭐. …좋아. 꼬마들에게 6학년의 매운맛을 한번 단단히 보여주마. 그 정도야, 누워서 떡 먹기보다도 간단한 일이거든. 나는 히로의 손을 톡톡 두드리며 호기롭게 말했어.

"히로야. 내가 도와줄게. 그 코무토라는 놈, 그리고 또 너를 괴롭힌 다른 자식들, 지금 전부 여기로 불러 내. 다시는 너에게 손대지 못하게 내가 아주 혼을 내줄테니까!"

히로는 어이없다는 표정으로 내 위아래를 훑었어.

"우리 반은 25명이나 돼. 형이 그 애들을 한꺼번에 싸워 이길 수 있다고?"

켁, 25명이라고? 그건 너무 많긴 하네. 하지만 나는 조금도 겁나지 않았어. 그중엔 여자아이도 있을 거고, 여차하면 오랜

만에 검은 진주반지에서 골렘을 불러내면 되니까.

"그, 그래! 다 불러내. 미리 말해 두지만 난 엄청 세거든."

그 말에 히로는 아주 잠시 기뻐했어. 나를 바라보는 눈빛에는 존경의 마음이 가득 담겨 있었지. 그런데 이 녀석 금방 또 시무룩해지는 거야.

"형은 힘이 세니까 그런 말을 하는 거지. 그래 봐야 똑같아. 내가 맞기 싫다고 다른 애들을 때리면 나도 그 애들이랑 하나도 다를 게 없는 거잖아."

히로는 나이답지 않게 어른스러운 말을 했어. 불리해지면 반지의 힘에 기대려던 내가 부끄러울 만큼 말이야. 난 조금 감동받아서 그 애를 다시 보게 됐어.

"문제는 우리 엄마, 아빠야. 내가 말을 안 한다고 해서 어떻게 모를 수가 있냔 말이야. 말수가 줄고 우울해하는데도 걱정하는 한 마디가 없어. 흥, 나 같은 건 관심도 없는 거지. 누나만 소중하고! 누나는 도쿄대학을 노리는 수재니까!"

그렇게 심각한 이야기를 하는데 히로의 배에서 꼬르륵하는 소리가 났어. 그래서 그 애도 나도, 그만 픽 하고 웃게 됐지.

"배고프냐?"

히로는 고개를 끄덕였어. 그래놓고는 곧바로 이렇게 말하는 거야.

"괜찮아, 어차피 오늘 밤에 아카시 대교에서 뛰어내릴 거니까. 배가 불러도 세토 내해의 물귀신이 되는 거고. 배가 고파도 마찬가지야."

아, 이 녀석 죽을 거란 말을 참 쉽게도 하네. 멍청아, 그 코무
토인지 고무신인지가 아무리 아프게 때린대도 죽는 것보다 괴
롭겠냐? 의외로 어른스런 구석이 있다고 생각했더니 금방 또
이런 식이야. 낮에 시장에서 만난 아저씨가 떠올랐어. 너무 대
비 돼. 그 아저씨는 살기 위해 그렇게 큰 흉터가 남을 만큼 고
통을 참아냈는데, 얘는 고통을 받게 될까 봐 무서워서 미리 제
목숨을 끊으려 하고 있잖아. 인간이란 건 참 복잡하고 어려운
존재인가 봐.

"뛰어내리는 건 나중의 일이고, 일단은 배가 고프니까 자,
이거 받아. 같이 나눠 먹자."

나는 싸 왔던 프로슈토 샌드위치를 장바구니에서 꺼내 절반
을 히로에게 건넸어. 원래대로라면 아까 먹었어야 할 건데 오
락에 정신이 팔리는 바람에 고스란히 남은 도시락이었어. 어
차피 기를 쓰고 죽겠다는 애한테 '히로야, 죽으면 안 돼' 해봐
야 그렇게 쉽게 설득이 될 리도 없을 것 같고 해서 일단 관심
을 다른 데로 돌려보려고.

히로는 샌드위치를 건네받고 나서도 잠시 머뭇거리다가 내
가 먼저 먹는 걸 보고, 자기도 한 점을 떼어 입에 넣고 우물거
렸어.

"맛있지? 이거 빵 속에 넣은 게 뭔 줄 알아?"

히로는 별걸 다 묻는다는 얼굴로 나를 보면서 "햄이잖아"라

고 대답했어.

"응 햄이지. 근데 그냥 햄이 아니라 프로슈토라는 수제 햄이야. 그리고 이건 프로슈토 중에서도 이탈리아의 포강 유역에서만 만들어지는 쿨라텔로라는 종류지. 어떤 사람들은 햄의 왕이라고도 불러."

내가 설명을 하자, 히로는 흐음, 하는 얼굴로 다시 한번 손에 쥔 샌드위치 속 프로슈토를 유심히 봤어.

"그리 특별해 보이지 않는데? 그냥 생햄이구만."

"맞아. 그리 특별할 건 없지. 근데 히로야. 그걸 만드는 데 얼마나 걸릴 것 같아?"

히로는 잠시 생각하다가 모르겠다고 했어.

"2년이야. 맛있는 쿨라텔로는 포강 근처의 숙성실에서 적당히 바람을 쐬고 햇볕을 받게 해야 만들어지거든. 간단히 구워서 만들어지는 게 아니라고. 매일매일, 햄을 만드는 장인이 그날의 날씨에 따라 창문을 열기도 하고 닫기도 하고… 그렇게 2년을 해야 그 햄 하나가 만들어지는 거야."

이게? 하는 눈으로 히로는 프로슈토를 들여다보다가 다시 한 입을 크게 베어 물고 고개를 끄덕였어.

"그래서 그런가? 맛은 좋아. 이거."

"맛이 좋지? 그런데 히로는 몇 학년이야?"

난 다정한 형의 얼굴이 되어 히로의 어깨에 팔을 두르고 얼굴을 바라보며 물었어.

"1학년."

1학년이라니? 초등학교 1학년일 리는 없고… 그럼 너, 설마? 중학생? 히로가 나보다 형이란 사실이 조금 당황스럽긴 했지만 뭐 그런 사소한 건 신경 쓰지 말자고 생각했어. 이제 와서 '형님!' 할 수는 없는 노릇인 데다, 이런 상황에서 조금 거짓말을 해도 죄가 되는 건 아니잖아. 사람을 살리는 게 우선이지! 나는 당황한 걸 감추려고 험! 험! 헛기침을 두어 번 하고서 아무렇지 않은 척 태연히 이야기를 계속했어.

"그래? 나보다 한 살 어리구나. 하여튼 말이야. 어찌 보면 보잘것없는 햄 한 조각을 만드는 데에도 햄 장인들은 2년이라는 시간 동안 온갖 노력을 다한단 말이야. 그러니 하물며 사람은 어떻겠어. 히로를 이렇게 십몇 년이나 훌륭히 키워내려면 히로의 부모님들이 얼마나 애를 쓰셨을까? 아마 무지하게 힘이 드셨을 거야."

히로는 잠시 고개를 숙였어. 좋아 감동받았지? 이 기세를 늦추면 안 될 것 같아서 나는 말을 계속 이었어.

"지금 잠시 부모님이 야속하다고 해서 그렇게 영영 돌아올 수 없는 길로 가버리면, 너는 그분들에게 씻을 수 없는 상처만 남기고 가는 거야. 10년이 넘도록 정성 들여온 햄이 어느 날 아침에 물에 떠내려 가버린 거지. 히로야, 프로슈토는 때론 발효되고 때론 세찬 바람을 맞아. 인생도 그렇지. 때로는 정말로 힘들다고, 하지만 그것들을 다 견디고 나면 아주 맛있는…."

내가 여기까지 이야기했을 때 히로가 벌떡 일어나는 바람에 나는 말을 잠시 멈췄어. 히로가 감격해서 눈물을 흘리며, '형, 내가 어리석었어' 하고 내게 안기기 위해서 일어난 거라고 생각했거든. 그래서 마음껏 안기라고 두 팔을 활짝 벌리고 기다렸어. 그런 다음 그 애를 달래서 부모님께 돌려보내려고 했지. 그런데 세상살이란 거 그리 만만하게 흘러가지만은 않더라고.

"못 들어주겠네, 정말."

히로는 그렇게 말하고 바다를 향해 침을 탁 뱉었어. 어어, 이게 아닌데.

"내가 그 정도도 모를 것 같아서 설교를 하는 거야? 나도 다 생각을 해봤어. 그래도 안 되겠으니까 이러는 거 아니야? 쳇, 재수 없어. 빵 한 조각 쥐어놓고 엄청 잘난 척하네. 나이 한 살 많고 힘 좀 세면 그렇게 남을 가르쳐도 되는 거냐고? 형은 그렇게 잘났어?"

이럴 땐 뭐라고 해야 하는 건지는 내 계획 속에 없었어. 책에서 읽은 기억도 없었고. 뭐 이런 녀석이 다 있담? 그냥 좀 순순히 감동해 주면 서로 좋잖아. 나는 할 말이 없어서 식은땀을 삐질 대며 흘렸어. 그렇다고 이대로 일어나서 가버리기는 너무 멋쩍을 것 같았고 말이야. 그때였어.

"히로야! 히로야! 우리 히로유키 어디 있니?"

저 멀리서 어떤 아줌마의 애타게 부르는 소리가 들려왔어. 보지 않아도 쉽게 짐작이 되더군. 그 애타는 목소리는 이 녀석의 엄마겠지. 난 히로가 숨거나 피할 거라고만 생각했었거든? 그런데 이 녀석 그 목소리를 듣자마자 샌드위치를 내동댕이치고 "엄마? 어, 엄마!" 외쳐대면서 그쪽으로 막 뛰어나가는 거야. 조금 전까지 세토 내해의 귀신이 되겠다는 둥, 그런 엄마는 가족도 아니라는 둥 하던 건 다 뭐였냐고!

난 히로가 엄마와 얼싸안고 다정하게 이야기를 나누면서 불이 꺼진 아카시 거리 속으로 사라지는 걸 가만히 지켜보고 있었어. 모자 상봉이라… 갑자기 목구멍이 울컥하고 쓸쓸해지더군. 이게 뭐야, 괜히 시간도 버리고 기분만 우울해졌잖아. 이럴 줄 알았으면 문어를 사러 여기까지 오지 말걸 그랬어. 프로슈토 샌드위치도 나눠주지 말걸.

'끝'과 '꿈'

알다시피 마라의 저택에는 전기도, 텔레비전도, 컴퓨터나 인터넷도, 비디오 게임기도 없기 때문에, 나 같은 어린아이가 즐길만한 놀잇거리가 별로 없어. 그래서 처음엔 정말 심심했어, 견디기가 어려울 정도로.

"남는 시간에 뭘 하지?"

하는 고민에 한숨을 쉬기도 했지. 요리사라서 음식을 만들고, 장을 보러 다닌다고는 하지만 그래도 여유로운 건 사실이야. 바람의 요정들이 수시로 먼지를 쓸어내니까 저택의 청소는 따로 하지 않아도 되고, 정원을 가꾸는 건 발더의 몫이고, 설거지나 빨래는 모두가 도와주고 있고 말이야.

그래서 주방에서 요리를 하거나, 물건을 사기 위해 사람들의 세상으로 나가지 않을 때에 난 주로 마라의 서재로 가. 물론 책을 읽기 위해서지. 커다란 서재에 꽉 들어찬 여러 개의 높은 책꽂이들을 둘러보다가 마음에 드는 책을 발견하면 그걸 뽑아 읽는 거야. 벽에 기대어 앉아 특유의 책 곰팡내를 맡으며 조용히 책장을 넘겨 이야기 속으로 들어가는 거지.

"에, 오늘은 어떤 책을 읽어볼까."

소피아를 목에 걸고 서재에 들어서서 이렇게 책을 고르고 있노라면 엄마 아빠를 만나지 못하는 내 신세에 관한 걱정도 잠시나마 잊게 돼. 물론 가끔은 책을 쥔 채 깜빡 잠이 들기도 하고 말이야.

물론 나는 처음부터 책을 좋아하는 샌님이나 공붓벌레는 아니었어. 하지만 생각해 봐. 도대체 여기서 이것 외에 뭘 하고 놀 수 있겠어. 아무리 친구가 좋은 거라고는 해도, 하루 종일 카룬들과 얼굴을 마주하고 앉아서 수다만 떨 수는 없는 거잖아. 또 그 애들도 다 각자의 생활이 있고, 맡은 임무가 있기 때문에 언제까지고 한정 없이 나와 함께 있어달라고 하지는 못해.

음, 그밖에 달리 떠오르는 걸 말하라면 마라의 저택에서 키우는 개, 얀(Yan)과 놀아주는 것 정도가 있겠네. 머리가 두 개 달린 커다란 검은 개니까 그리 귀여운 모습은 아니지만, 다정하고 나를 따르긴 해. 가끔 내가 풀이 죽어 있거나 하면 곁에 다가와서 보통 개들보다 두 배의 속도로 내 손을 핥아주기도 하지. 몇 번이나 나를 위험으로부터 지켜주기도 했고.

그런데 정원에서 얀과 나뭇가지 물어오기 놀이를 하다 보면 이내 어김없이 싸움이 나서 흥이 떨어져. 왜 개랑 싸우고 그러냐고? 아니 나랑 싸우는 게 아니야. 잘 들어봐.

"자 물어와, 얀!"

하고 내가 나뭇가지를 던지면 신이 나서 그걸 쫓아 달려가는 것까지는 보통 개들과 똑같아. 문제는 그다음인데 나뭇가지를 코앞에 두고, 두 개의 머리가 서로 자기가 그걸 물겠다고 으르렁대는 거야. 저희들끼리는 꽤나 진지해서 막 깨물어대기까지 하더라고. 상상이 가니? 같은 몸통에 달린 두 개의 머리가 서로 상대방의 목덜미를 물어뜯으려는 모습을 말이야. 뭐랄까, 그걸 보고 있노라면 놀아주고 싶은 마음이 싹 사라져 버린다고. 그러니까 역시 서재에 오게 되는 거야.

"책 따위 안 읽어도 전혀 문제없어! 일단 재미가 없는걸."

마라의 저택에 오기 전에 누군가 나에게 책 좀 읽으라고 잔소리를 할 때마다, 난 그렇게 대꾸했었어. 실제로 예전엔 책이란 건 내가 정말 싫어하는 다섯 가지 중의 하나였기도 하고, 아마 내 기억이 맞는다면 여동생 다음으로 싫은 게 책이었을걸? 글씨는 눈이 아플 만큼 작지, 지루한 걸 꾹 참아가며 몇십 장을 읽어도 도무지 끝이 나질 않지, 게다가 어려운 낱말은 왜 그렇게 많이 나오는지. 그런 걸 읽을 바에야 차라리 게임을 하는 게 백번은 나아. 화끈하잖아.

하지만 난 요즘 책을 즐겨 읽는 지성인으로 변신했어, 기껏해야 요리책 몇 권 읽은 것 가지고 정말 너무 유세를 떠는 게 아니냐고 말하는 사람도 있을 테지. 하지만 나는 요새 무려 소설을 읽고 있는 중이라서 말이야. 조금 고상하게 말하자면 문학의 세계에 빠졌다고 표현할 수도 있겠네.

그런데 왜 갑자기 소설을 읽게 되었냐면, 어떤 요리책이 발단이었어. 사과파이를 만드는 법을 죽 써놓은 그 페이지 한쪽 구석에 다음과 같은 설명이 붙어 있는 걸 본 거야.

사과는 비타민C가 풍부해서 먼 항해를 떠나는 옛날 뱃사람들에게 반드시 필요한 음식이었습니다. 그래서 선원들은 출항하기 전 나무로 만든 빈 술통들 속에 사과를 가득 담아 준비했지요. 스티븐슨의 소설 『보물섬』에서 짐 호킨스도 사과를 보관하던 통 속에 숨어서 해적들의 음모를 엿들었습니다.

보물섬을 읽어보지 않은 나는 갑자기 짐 호킨스라는 녀석이 그 뒤로 어떻게 되었는지가 자꾸 궁금해지더라고. 해적들의 음모를 엿들었다니, 아마 분명히 뭔가 나쁜 짓을 꾸미던 중이었을 텐데. 그 바로 곁의 조그만 나무통 안에는 짐 호킨스가 웅크리고 있었던 거야. 아마 한 손에는 먹다 남은 사과를 쥐고 있었겠지. 얼마나 답답하고 무서웠을까? 다리가 저려도 꼼짝 못 하는 거잖아. 잘못 움직였다가는 사과 더미가 우르르 소리를 내며 굴러떨어질지도 모르니까.

'그 녀석 무사히 탈출했을까? 해적들에게 붙잡혀서 지독한 짓을 당하지 않았으면 좋으련만.'

정말 쓸데없는 걱정이라는 걸 알고 있는데도 마음이 쓰이는 건 어쩔 수가 없었어. 그날 밤늦게까지 뒤척거리다가 도저히 호기심과 걱정을 못 이기겠어서 난 서재로 내려가 보물섬을 찾아들고 내 방으로 돌아왔어. 첨엔 그 뒤에 무사히 도망쳤는지만 보려고 했는데, 그게… 꽤 재미가 있는 거야! 거짓말처럼 말이지. 그건 막상 읽기 전에는 전혀 몰랐던 기분이었어. 노란색의 불빛을 받으며 한 장, 한 장, 책장을 넘길 때마다 이야기가 진행되고, 이전에는 몰랐던 걸 배우고 하는 재미가 이렇게 쏠쏠한 줄은 상상도 해본 적 없었거든.

"와아, 재밌다."

마지막 장을 다 읽고 책을 덮으면서 내 입에서는 저절로 저 말이 튀어나와 버렸어. 그래서 이것과 비슷한 책이 또 없나 하고 찾게 됐지. 근데 정말 세상엔 흥미로운 책들이 많기도 하더군. 아 물론 제목에 혹해 집어 들었다가 영 별로라서 도로 가져다 둔 것들도 꽤 됐지.

재미만 있었던 게 아니라 배운 것도 많아, 음 뭐를 이야기해볼까. 그래, 책을 읽다가 내 주위의 친구들에 대해서 새로 알게 된 걸 말해볼게. 마라의 저택에 있다는 걸로 이미 알 수 있는 거지만 얘들은 정말 보통과는 거리가 멀어. 먼저 카룬. 카룬은 내가 상상했던 것보다 나이가 훨씬 많았어. 카룬의 원래 이름은 카론이고, 그리스 신화에 나오는 인물이더라고.

예전에 그 애가 나에게 자신이 스틱스강에서 뱃사공을 했었다고 했지? 난 그게 여러 나라 중 어딘가에 실제로 있는 강이라고만 생각했었거든? 한강이나 나일강, 라인강 같은 것처럼 말이야. 그런데 아니었어. 스틱스강은 죽은 사람이 영혼의 세계로 가기 위해 건너야 하는 여러 개의 강들 중 하나라는 거야.

그리고 스틱스강이란 단어는 곧 죽음을 상징하기도 했지. 거기에서 카론은 죽은 영혼들을 배에 태워 저승으로 인도해주는 일을 했었던 거야. 그래서 자꾸 죽음과 카론이 연결되다가, 나중에 에트루리아에서는 이름도 카룬으로 바뀌고, 죽음의 신으로 취급되면서 점점 무서운 모습이 된 거라더군.

소름이 끼친다고? 뭘 그 정도로 그래. 하긴 사실 나도 처음 그런 이야기를 읽고 나서 한동안은 카룬이 다르게 보이기도 했어. 하지만 카룬이 요즘 하는 일을 봐. 나에게 나쁜 일을 하나도 하지 않았어. 나쁜 일을 하기는커녕 언제나 걱정하고 챙겨주고, 도와줬지. 아마 지금의 카룬은 예전과는 상당히 달라졌나 봐.

그래서 나는 카룬에 대해 알게 된 이후에도 그 애를 두려워하거나 피하지 않아, 오히려 가끔 놀리기는 하지.

"어이, 저승의 뱃사공 할아버지."

이렇게 부르면서 말이야.

발더의 이야기도 읽었어. 발더는 북유럽 신들이 살던 나라의 왕자였대. 발더의 어머니는 그 애를 불사의 존재로 만들고 싶어서 이 세상의 모든 물건들을 불러 절대로 발더를 해치지 않겠다는 맹세를 하게 했지. 그런데 말이야. 음… 아니다, 그 뒤의 이야기는 더 말해주지 않을래. 직접 찾아서 읽어보는 편이 훨씬 재미있을 테니까.

다른 친구들의 이름도 책 속에서 간간이 발견했어. 에코, 티아마트의 이름도 있었고 엠시콘이 등장하는 책도 본 적이 있는데 그건 재미라고는 한 개도 없는 책이라 세 장도 읽지 못하고 덮어버렸어. 심지어 어떤 책에는 징그러운 라미아나 릴리스에 관한 것도 나오더라니까. 아, 그리고 갈라하드가 뚜껑의 상표나 그런 게 아니라 굉장히 유명한 원탁의 기사였다는 것도 배웠어. 내가 아는 이름이나 이야기가 한두 개씩 나올 때마다 나는 더 호기심이 커져서 아주 흥미롭게 책에 빠져들곤 해.

"오호, 이렇단 말이지. 으흠, 그랬었구나."

하면서 말이지. 어쨌든 요즘 나는 시간이 날 때면 마라의 서재로 가서 책을 읽어. 뒤마라든가, 스티븐슨이나 마크 트웨인이 쓴 소설들이 좋았어. 요즘 읽고 있는 건 『오디세이아』라는 서사시인데, 내가 이 이야기에 관심을 가졌던 건 그게 고향에 돌아가고 싶은 사람의 모험담이기 때문이었어. 오디세이라는 용사가 원정을 떠났다가 신의 노여움을 타서 계속 표류하거든. 나는 그가 무사히 집에 돌아갈 수 있으면 좋겠다고 생각하며 책장을 넘겨. 어쩐지 꼭 내 이야기 같은 기분이 들거든.

사실 서재 이야기를 꺼낸 건 내가 책을 많이 읽었다고 자랑을 하려던 게 아니라, 내 이름의 의미를 알게 됐다는 걸 말하고 싶어서야. 줄곧 궁금했어. 핀과 뢰브라는 이름이 도대체 무슨 뜻인지 말이야. 그저 내 이름이 핀이라니까 그런가 보다 했고, 마라는 날 또 뢰브라고 부르니 버릇처럼 '뢰브'라는 말이 들리면 '네' 하고 답을 했던 것뿐이었어. 그게 무슨 의미인지, 어떻게 쓰는지는 전혀 모르는 채로 말이지.

그런데 며칠 전 내가 부엌에 앉아 서재에서 가져온 책을 읽고 있을 때, 내 곁으로 다가온 카룬이 책의 한 부분을 짚으면서 "어, 핀. 여기 네 이름이다"라고 하는 거야. 난 깜짝 놀라서 카룬이 가리키는 곳을 봤어. 그랬더니 알파벳으로 "Fin"이라고 적혀 있더라고.

그건 프랑스 어로 '끝'이라는 뜻이었어. 그때 내가 읽고 있던 건 한 프랑스 작가가 쓴 동화였거든. 마침 책을 막 다 읽은 참이어서 맨 끝장을 펼쳐보고 있었지. 아 혹시라도 내가 프랑스어를 읽을 줄 안다고 착각하면 곤란해. 모든 말을 알아듣게 해주는 소피아 목걸이 기억하지? 그걸 걸고 있기 때문에 외국어로 된 책을 읽을 수 있는 거야.

"이게 내 이름이라고?"

난 카룬에게 다시 확인했어. 설마, 이름이 '끝'일 리가 없잖아. '뭐 다른 이름과 헷갈린 것 아니야' 하는 마음이었거든. 그런데 카룬은 아주 순진한 얼굴로 고개를 끄덕이면서 그렇다고 했어. 혹시 무슨 착각이 있는 건 아닌지 의심스러워서 나는 뜻을 알고 있는지 물어봤어. 그러자 카룬은 고개를 저었지.

"뜻은 몰라. 하지만 이게 핀의 이름이라는 건 한눈에 알 수 있어. 내가 맨 첨에 강둑에서 널 보자마자 핀인 걸 딱 알아봤던 것처럼 말이야."

핀이 그런 거였었다면 뢰브도 쉬웠어. 나는 황급히 책장을 넘겨 내용 중에서 뢰브(Rêve), 즉 '꿈'이라는 의미의 낱말을 찾은 다음, 그걸 카룬에게 보여줬어.

"그럼 뢰브는 이거야?"

이번에도 카룬은 그렇다고 했어. 확실해? 하고 물어도 자신 있게 고개를 끄덕이더라고.

'끝과 꿈이라. 무슨 까닭일까? 뜻의 차이가 아주 다른 그 두 이름을 동시에 가지게 된 것은.'

곰곰이 생각해 봐도 왜 그런지 난 잘 모르겠더라고. 그래서 카룬에게 또 물어봤어.

"왜 핀이고, 뢰브인 거야? 도대체 그 두 이름으로 나를 부르는 이유가 뭔지 너 알고 있지?"

그런데 카룬도 그것에 관해서는 전혀 아는 게 없다고 했어.

"내가 아는 건 그냥 거기까지야. 왜 그런 이름이 붙었는지는 몰라, 핀."

살살 달래기도 하고, 좀 삐친 척을 해봐도 카룬은 정말로 모른다는 대답만 되풀이했어. 거짓말은 아닌 것 같더라고. 결국 이름의 뜻은 알았어도, 아직 궁금증이 모두 풀린 건 아니어서,

나는 그 후에도 계속 고민을 해왔어.

세상의 모든 이름은 그걸 붙여 부르는 사람만의 의미와 이유가 있어. 내가 그런 이름으로 불리게 된 것도 분명히 특별한 이유가 있을 거야. 단지 아직 내가 모르는 것뿐이지. 왜 모두들 나를 '끝'이라고 부를까? 그리고 왜 마라만은 유독 날보고 '꿈'이라고 할까?

난 쿵쾅쿵쾅 가슴이 뛰었어. 나를 둘러싸고 있는 이 뿌연 안개 속 같은 상황이 조금은 분명해지는 것 같아서 말이야. 이름의 수수께끼를 풀게 되면 분명히 내게도 어떤 변화가 생길 것 같았어. 혹시 돌아갈 수 있는 걸까? 아무런 걱정이 없이 아주 평범했던 그 옛날로.

브로켄 산의 마녀축제

마녀들이 전부 한자리에 모여 축제를 여는 날이 있다는 걸 알고 있니? 나는 지금까지 까맣게 몰랐어. 만약 엄청난 수의 마녀들이 한데 모여서 이상한 의식을 하고 기묘한 춤을 추는 걸 보고 싶은 사람이 있다면, 음 그런 사람이 정말 있을지는 잘 모르겠네. 그거 무지무지하게 무섭고 기괴할 거거든. 하여 간 그런 사람이 있다면 4월 30일 밤에 브로켄(Brocken) 산으로 가면 돼. 내가 지금 있는 곳이지.

브로켄 산은 독일 하쯔(Harz) 지방의 가장 높은 산인데 거길 하인리히 하이네라는 이름이 붙은 기차를 타고 올라가는 거야. 이 기차가 또 굉장히 멋져. 흔히 볼 수 있는 다니는 최신식의 전기 기차가 아니야. 아주 오래된 구식의 증기 기관차가 좁은 철로 위에서 칙칙폭폭 소리를 내면서 연기를 뿜으며 높은 산길 위를 달리는 거라고.

"우왓! 장관인데. 이렇게나 많은 마녀들이 모여 있다니!"

발푸르기스(Walpurgis)의 밤 축제가 열리는 마을 광장에 도착한 나는 깜짝 놀라서 외쳤어. 마을 광장의 한가운데에는 커다란 모닥불이 피워져 있었고 그 주변에는 정말 셀 수 없을 만큼 많은 마녀들이 저마다 고깔처럼 삐죽하고 챙이 넓은 검은 모자를 쓴 채 빗자루나 약병 따위를 들고 모여 서서 저마다 뭔가 떠들어 대고 있었어. 자기가 만들어 낸 마법의 물건들을 팔고 있는 사람도 있었지.

아, 물론 이 사람들은 진짜 마녀는 아니야. 릴리스나 라미아 같은 무서운 괴물마녀들은 더더욱 아니지. 그냥 마녀의 흉내를 내고 있는 거야. 왜 그런 짓을 하는 거냐고?

음 그건 말이지. 이 지역에서는 5월 1일이 되면 겨울이 끝나거든. 옛날 사람들은 겨울을 두려워했어. 왜냐하면 너무 추워서 모든 생명이 다 웅크리고 활동을 멈추잖아. 혹시 이렇게 춥고 눈이 오는 날이 영원히 계속되면 어쩌지 하는 걱정을 했던 거지. 그런데 봄이 와서 겨울의 추위를 몰아내고 생명력이 가득한 새싹이 돋아나니까 얼마나 좋아. 추위와 함께 모든 무서운 것들이 사라지라는 기원을 담아 마지막 겨울밤에 이렇게 마녀처럼 꾸미고 모인다는 거야. 후훗, 난 이 이야기를 이곳으로 오는 기차 안에서 내 옆자리에 앉아 계시던 한 친절한 할머니로부터 들었어.

어쨌든 축제라는 건 흥겨운 거라서, 난 마녀들이 가득한 거리를 돌아다니며 아주 신이 났어. 가짜 마녀들이 길에 늘어놓고 파는 물건들도 좀 조잡하긴 하지만 재미있는 게 많았지.

"자아, 마법으로 만든 양말 사세요! 벗어서 흔들면 태풍이 일어나는 마법 양말! 쌉니다, 싸요."

"진짜 마녀가 살던 곳에서 떠 온 마법의 샘물 팝니다! 이 투명한 병 안에 마녀의 힘과 비밀이 담겨 있어요! 병을 열지 마세요, 저주에 걸릴지도 모르니까."

"마녀들이 좋아하는 달콤한 쿠키요! 피처럼 붉은 시럽을 바른 딸기 쿠키 사세요!"

"벼락 맞은 나무로 만든 행운의 목걸이를 사세요. 이걸 걸치고 있으면 평생 마녀가 곁에 오지 못해요! 이름도 새겨 드립니다."

이런 말도 안 되는 소리를 들으며 빙글거리는 얼굴로 사람들 사이를 걷고 있는데 어디선가 누가 아주 음산하게 말을 걸어오는 거야.

"꼬마야… 꼬마야… 미래를 알고 싶지 않니? 아무것도 모르는 게 답답하지 않니?"

소름 끼치는 목소리에 저절로 걸음을 멈춘 나는 소리가 난 쪽으로 고개를 돌렸어. 그곳에는 검은 망토를 뒤집어쓴 아주 조그만 마녀 하나가 쪼그리고 앉아서 나에게 손짓을 하고 있었지. 그런데 말이야. 우와, 이 마녀는 대단히 분장을 잘했어. 오늘 밤 여기엔 정말 많은 마녀들이 있지만 이만큼이나 그럴싸하게 꾸민 사람은 없었거든. 나는 마녀나 괴물들을 실제로 몇 번이나 봤으니까 잘 알지. 이 아주머니는 정말 사악한 마녀라고 해도 믿을 만큼 무시무시해 보였어.

"이리로 오렴. 이리 와서 이 수정 구슬에 네 얼굴을 비춰봐라. 그러면 네 미래가 보인다."

내가 흥미를 느끼고 빤히 쳐다보고 있으니까 마녀는 한 번 더 그 앙상한 손을 휘저으면서 자기에게 오라고 손가락을 까딱거렸어. 손톱도 새까맣고 길게 붙여서 더 그럴듯해 보였지. 하지만 어차피 속임수일 게 분명한 일에 공연히 돈을 쓰고 싶지는 않았어. 그래서 이렇게 거절했지.

"전 미래에 별로 관심이 없어요. 궁금한 건 제 과거에요."

"과거라고?"

마녀는 눈을 동그랗게 뜨고 반기는 얼굴로 말했어.

"그렇다면 더욱 잘된 일이다. 이 수정 구슬은 사람들의 과거를 영화처럼 보여주기도 한단다. 믿기지 않는다면 시험해 보렴. 어서! 지금 오면 특별히 공짜로 점을 봐주마."

공짜라는 말에 반한 나는 얼른 그 마녀의 앞에 가서 쪼그려 앉았어. 재미 삼아 해보는 건데 요금을 내지 않으니까 손해 볼 게 없잖아. 또 혹시 알아? 정말 용한 수정 구슬이라서 내가 누군지 알려줄지도 모르고 말이야.

"정말 공짜지요? 그럼 봐주세요. 근데요. 제 이름이…."

난 내 이름을 잘 모르겠다고 말하려고 했어. 영화에서 보면 점을 치기 전에 태어난 날과 이름 같은 걸 알려줘야 하잖아. 그런데 마녀는 조용히 하라는 듯 손가락을 자기 입술에 가져다 대고 쉿- 소리를 냈어.

"아니, 아무 말도 하지 마라. 그저 이 수정 구슬을 가만히 보고 있어. 그러면 수정 구슬이 너의 마음과 기억을 읽고 나서, 네가 누구인지 네가 어떻게 될 건지 보여 줄 거다."

나는 고개를 끄덕이고서 가만히 수정 구슬을 들여다봤지. 마녀는 수정 구슬 주변을 따라 손을 돌리면서 웅얼웅얼 주문을 읊기 시작했어. 그랬더니 투명했던 수정 구슬 안에 소용돌이무늬가 생겼고, 이내 그게 빙글거리며 돌기 시작하더라고. 정말 기억을 읽는 기계라고 해도 믿을 만큼 정교하고 번듯했어.

"우와 이거 꽤 잘 만들었잖아. 직접 만드신 거예요?"

"쉿! 구슬에서 눈을 떼지 말고 집중하렴, 꼬마야. 그리고 조금만 더 가까이 와주겠니?"

신기하기도 하고 호기심도 생겨서 나는 조금 더 바짝 다가앉았어. 이 마녀분장을 한 아줌마의 주문을 외우는 연기가 진짜 수준급이어서 조금 더 자세히 듣고 싶었거든.

"엇!"

소용돌이가 빙글거리는 게 끝나고 잠시 안개처럼 뿌옇던 구슬이 마침내 다시 투명해지자 그 안에 작은 화면이 비쳤는데, 그걸 본 나는 너무 놀라서 나도 모르게 소리를 질렀어. 그 화면에 마라의 저택과 카룬, 발더, 엠시콘, 그리고 내가 비춰지는 게 아니겠어.

"이건 진짜 내 모습이네?"

그건 내가 며칠 전 카룬들과 어울려 놀며 과자를 만드는 모습이었지. 그리고 순식간에 또 화면이 바뀌더니 이번에는 마라와 내가 처음 만났을 때의 장면이 보였어. 그 요리사 모자를 받았을 때 말이야. 너무 신기해서 완전 깜짝 놀랐다니까?

'어떻게 이런 장면을 찍어뒀담?'

화면은 또 바뀌었고 이번에는 그라하를 피해서 카룬과 자전거로 달아나던 일이 보이기 시작했어. 수정 구슬은 조금씩 과거로 거슬러 올라가면서 나의 모습들을 비추고 있었던 거야. 조금만 더 예전 일을 볼 수 있다면 내가 누구이고 왜 티아마트의 배 속에 들어 있었는지도 알 수 있을 것 같았지. 나는 다음에 이어질 장면들 중에 단 하나도 놓치고 싶지 않아서 수정 구슬 속으로 들어가려는 사람처럼 아주 바짝 다가갔어.

그때였어. 마녀의 앙상한 손이 내 두 팔목을 우악스럽게 움켜쥔 건!

"그래! 네놈이었구나! 잡았다, 이놈!"

소름 끼치는 목소리에 깜짝 놀란 나는 정신이 번쩍 들어서 마녀를 쳐다봤어. 마녀는 커다랗고 뾰족한 이가 가득한 입을 쫙 벌리면서 징그럽게 웃었어. 그리고 보니 저렇게 파란 불빛이 나오는 눈이 이 세상에 있을 리가 없잖아. 으악! 이건 진짜 마녀야! 왜 지금까지는 그냥 잘 만들어진 가짜라고만 생각했을까?

"이것 놔! 놓으라고!"

다급해진 나는 붙들린 팔을 흔들며 어떻게든 그 마녀에게서 달아나려고 애를 썼어. 하지만 마녀의 힘이 얼마나 센지 도무지 달아날 수가 없는 거야. 아무리 소리를 질러도 주변의 사람들은 우리가 있는 쪽을 쳐다보지 않았어. 마치 마녀와 나만 다른 공간에 있어서 그 사람들에게는 내 목소리가 들리지 않는 것처럼 말이야.

"에잇!"

이 위기는 나 혼자서 헤쳐나가야 한다는 걸 깨달은 나는 필사적으로 발길질을 해대며 마녀의 손을 뿌리치려고 버둥댔어. 아무리 차봐야 마녀는 아픈 것도 못 느끼는지 징그럽게 씨익 웃는 거야.

"난 운이 좋아. 마라가 숨겨놓고 있었지만, 결국은 이렇게 제 발로 내 앞에 와줬구나. 다들 노리고 있었는데 말이야. 으히히히히, 요렇게 야들야들한 어린아이를 잡아먹어 본 게 얼마 만이지?"

잡아먹는다는 말이 너무 실감 나게 느껴져서 내 온몸에는 소름이 쫙 끼쳤어. 이렇게 허무하게 죽어버리기 위해 지금까지 살아왔던 게 아니잖아. 이 손만 잡히지 않았다면! 그럼 맞서 싸울 수 있는데…. 그때 내 위기를 알아챈 왼손의 흰 진주 반지에서 바람의 요정들이 몰려나와 매서운 바람 소리와 함께 마녀의 눈을 향해 달려들었어.

"휘이이이익! 휘익!"

"아아악!"

요정들의 공격을 받은 마녀는 왼손을 들어 자기 눈을 감쌌고 덕분에 내 왼손도 자유로워졌지. 뭐든 공격할 방법을 찾던 나는 조금 전까지 내가 들여다보고 있던 수정 구슬을 집어 들어 인정사정 보지 않고 마녀의 미간을 향해 냅다 던졌어.

"따악-!"

엄청나게 큰 소리가 났어.

"크악!"

마녀의 미간에 정통으로 맞은 수정 구슬은 반으로 쪼개지며 바닥에 떨어졌고, 마녀는 비명을 지르면서 쓰러졌어. 그 덕분에 나는 마녀에게서 풀려날 수 있었지.

"도와줘서 고마워. 덕분에 살았어."

나는 바람의 요정들에게 감사를 하고, 아직도 바닥에서 일어나지 못하고 신음하는 마녀의 엉덩이를 있는 힘껏 걷어차 준 다음 이렇게 외쳤어.

"나를 잡아먹고 싶다고? 까불지 마. 너희 같은 것들, 떼로 덤빈대도 무섭지 않아!"

엉덩이를 차인 마녀는 우우우 하는 괴상한 신음 소리를 내며 몸을 부들부들 떨었어. 난 그걸 보면서 내 킥이 굉장히 강력했기 때문에 너무 아파서 그런다고 생각했지. 조금 우쭐한 기분으로 말이야. 그런데 그게 아니었어. 마녀의 떨림이 점점 커지면서 그녀의 몸이 풍선처럼 부풀어 오르더니 급기야는 퍼

엉 하는 소리를 내고 터져버렸지 뭐야.

"윽!"

폭발에 밀려 내동댕이쳐진 나는 이게 도대체 무슨 일인가 싶어 정면을 노려봤어. 주위는 온통 자욱한 연기와 함께 마녀가 입고 있던 망토의 조각들이 어지럽게 날리고 있었고, 마녀가 폭발한 자리에서는 뭔가가 꿈틀대며 일어서는 중이었어. 달그락, 달그락, 뭔가 기분 나쁜 소리도 들리더라고.

"콜록, 콜록. 도대체 저게 뭐지?"

무슨 일이 일어나는 중인지 좀 더 자세히 보기 위해 나는 손을 휘둘러 연기를 흩었어. 꿈틀대던 것은 온통 뼈다귀로만 이루어진 해골궁수였지. 그것도 무려 4마리나.

"아, 정말 떼로 오기냐?"

나는 눈살을 찌푸리고 주춤대며 일어섰어. 해골궁수가 움직이는 모습은 정말 기분 나빴어. 게다가 관절이 구부러질 때마다 뼈끼리 부딪쳐 나는 달그락 소리도 한몫했지. 그나마 다행인 것은 녀석들의 몸이 아직 완전히 조립되지는 않았다는 거였어. 4마리나 되다 보니까 서로의 뼈가 섞여서 그걸 찾아 맞추느라 한창 바쁘더라고.

"어떻게 한다? 골렘을 불러내서 싸워볼까?"

주변을 둘러보니 여전히 수많은 관광객들과 마녀들은 바로 곁에 진짜 무서운 괴물이 나타난 것도 모르고 천진하게 웃으며 즐거워하는 중이었어. 혹시 아무 상관도 없는 사람들에게 피해가 갈지도 모르니까 이곳에서 싸울 수는 없었지.

"다음에 놀아줄게! 오늘은 바쁘다!"

잠시 작전을 궁리한 나는 녀석들의 발치에 떨어져 있는 장바구니도 포기하고 뛰기 시작했지. 목표로 삼은 곳은 울창한 숲으로 둘러싸인 브로켄산 속이었어. 아까 기차를 타고 올라오며 봐둔 장소가 있거든.

"핑-!"

내 귓가를 스치며 날아가는 화살이 바람을 가르는 소리가 들렸어. 힐끔 뒤를 돌아보니 4마리의 해골궁수가 달그락대며 달려오고 쫓아오고 있었지. 한 놈씩 멈춰 서서 활을 쏘기도 하는지 간간이 화살이 날아와 내 주변을 스쳐 갔어.

아는지 모르겠지만 해골궁수는 빗맞히는 법이 없는 굉장한 명사수고, 그 화살에 맞는 사람은 어김없이 죽음을 맞게 돼. 그런데 나를 향한 화살들이 그렇게 빗나갈 수 있었던 건, 다 바람의 요정들이 도와준 덕분이야. 내 등 뒤로 강한 바람이 계속 방향을 바꿔가며 불게 해서 원래는 내 심장이나 머리에 꽂혔을 화살들을 어긋나게 한 거지.

'조금만 더, 조금만 더!'

붙잡히면 죽는다는 생각에 얼마나 숨이 가쁘게 뛰었는지 몰라. 마침내 목표로 삼았던 곳에 도착했을 때는 숨이 턱까지 차올라서 더 이상은 한 걸음도 더 뗄 수 없을 정도였어. 그곳은 'ㄱ'자로 급격하게 꺾인 좁은 낭떠러지 산길이었지. 나는 모퉁이를 돌자마자 멈춰 서서 흰 진주반지에게 부탁했어.

"바람의 혁, 요정들아. 가능한 허억, 강한 허헉, 태풍을 만들어 줘. 혁, 해골들이 혁, 혁, 저 모퉁이를 돌아 나오면 혁, 날려…."

너무 숨이 차서 헉헉대느라고 바람의 요정들에게 부탁을 하기가 힘이 들었어. 그러는 중에 벌써 해골궁수들은 모퉁이를 돌았고 나와 정면으로 마주 서게 됐지.

"저놈들을 어디로 날려요, 핀?"

바람의 요정들이 모두 한데 힘을 모으며 물었어. 강력한 소용돌이가 제자리에서 세차게 회전하고 있었지. 주변의 공기를 어찌나 세차게 빨아들이는지 근처의 나뭇가지들이 춤을 추듯 흔들렸고 사방으로 작은 돌덩이가 날아다녔어. 해골궁수들은 이미 내게 활을 겨누고 시위를 당기는 중이었지. 마음 같아서는 놈들을 거친 파도가 치는 베링해로 날려 보내고 싶었지만 바람의 요정들은 그렇게까지 강한 태풍은 만들지 못해.

"목표는 해골이 아니야, 화살이야. 화살을 되돌려서…."

내가 거기까지 말했을 때 해골궁수들은 벌써 화살을 날렸어. 피이잉! 네 개의 화살이 일제히 내 심장을 향해 빠르게 날아왔어.

"녀석들의 두개골에 맞춰!"

나는 필사적으로 외쳤어. 바람의 요정들은 내가 부탁한 그대로 녀석들이 쏜 화살을 강력한 태풍으로 되돌려 해골궁수들을 향해 날려 보냈어. 그리고 아주 정확하게 네 개의 두개골에 네 개의 화살을 박아 넣었지.

"빠각! 뽀각! 뿌걱! 뻐걱!"

뼈가 깨지는 둔탁한 소리와 함께 해골궁수들은 그 자리에 와르르 무너져 내렸고, 목숨을 잃은 뼈다귀들은 순식간에 먼지처럼 흩어져 버렸어.

"꼴좋다! 그놈들!"

승리의 외침을 하고 나서 나는 심장을 꽉 움켜쥐고 숨을 헐떡이며 웃었어.

"하아, 하아, 살았다…. 하하하하. 아, 숨이 너무 차…."

아무래도 마라의 저택으로 되돌아가야 할 것 같았어. 이곳에 왔던 원래의 목적은 바움쿠헨(Baumkuchen)이라는 나무 모양의 빵을 어떻게 만드는지 실제로 보고 배워가는 거였지만, 그런 건 이제 아무래도 좋았어. 적어도 오늘 밤에는 저 마을에 돌아가고 싶지 않았거든.

사람세상에서 괴물이나 마녀를 만난 건 그때가 처음이었어. 어째서 이런 곳에 나타날 수 있었을까? 여기는 마법이 지배하는 곳도 아닌데 말이야. 게다가 마녀를 한 마리 만났다는 건, 언제든지 두 마리를 만날 수도 있다는 의미잖아. 저녁 한 끼를 먹으려고 마녀가 어슬렁거리는 곳으로 장을 보러 가고 싶지는 않다고.

"그래, 내일이라도 오면 되지. 발푸르기스의 밤이 지나고 나면 마녀 따위 없는 날이니까. …어?"

이마에 흐르는 땀을 닦으면서 조끼 주머니에 손을 넣어서 회중시계를 꺼내려던 내 얼굴은 두려움으로 파랗게 질렸어. 그리고 몇 차례나 다시 호주머니를 뒤적거렸지. 조끼뿐 아니라 바지고, 셔츠고, 주머니가 달린 곳은 모두 다 뒤져 봤어.

"없어…."

나는 얼이 빠진 얼굴로 혼잣말을 했어.

없어! 내 회중시계가!

마라의 저택으로 돌아갈 수 있는 유일한 수단을 잃어버린 거야. 어디에서 잃어버린 거지? 모르겠어. 기억이 나질 않아. 아까 그 난리를 치며 마녀와 격투를 하는 동안 떨어뜨렸을 수도 있고, 폭발과 함께 날아갔었을 수도 있고, 해골궁수를 피해 여기까지 뛰어오는 길 어딘가에 떨어뜨렸을 수도 있었지. 좌우간 확실한 건 내가 시계를 잃어버렸다는 거야.

'아아!'

조금 전 해골궁수를 물리치고 나서의 기세등등함은 순식간에 사라져 버리고 내 얼굴은 도무지 핏기라곤 없이 하얗게 질려버렸어.

"쿠르릉!"

갑자기 천둥소리가 들리더니 설상가상으로 후드득대며 차가운 비까지 쏟아졌어. 나는 눈앞이 캄캄하고 울음이 터질 것 같았어. 이제 난… 어쩌면 좋지?

축복의 바움쿠헨

"시계를 찾아야 해. 시계, 반드시!"

나는 반쯤 얼이 빠진 상태로 시계라는 말을 중얼거리며 내가 왔던 길을 되짚어 내려갔어. 도망쳐 올라올 때에는 급하게 뛰느라 몰랐었는데, 지금 돌아보니 나는 축제가 벌어지는 마을로부터 멀리도 떨어져 있더라고.

"엠시콘이 있었더라면 좋았을걸."

불가능한 걸 빌 만큼 난 절박했어. 그 애가 만들어내는 빛이 절실했거든. 비는 그쳤지만 습기가 안개를 만들어내는 바람에 시야가 좁아져 채 2미터 앞도 제대로 보이지 않았어.

"가뜩이나 캄캄한데 미치겠네."

허리를 굽힌 채 손바닥으로 땅을 훑다시피 하는 수밖에 없었어. 그렇지만 그 방법은 시간이 너무 많이 걸린다는 것 말고도 또 다른 단점이 있었지. 그건 바로 허리가 무지하게 아파진다는 거야.

"으, 아이고 허리 아파."

한참 동안 구부정한 자세로 걷던 나는 허리를 두드리며 몸을 쭉 폈어. 그리고 그때, 안개가 자욱한 앞쪽의 산길에서 나를 기다리고 서 있는 엄청난 크기의 괴물 그림자를 발견했어. 안개 때문에 정확히 보이진 않았지만, 흐릿하게 비치는 그림자로 짐작해 볼 때 키가 10미터는 족히 넘었어. 나는 나도 모르게 한 발짝 뒤로 물러났어. 그러자 괴물도 나를 따라 한 발짝을 다가왔지. 또 한 발짝. 이놈 역시 또 한 발짝. 괴물의 그림자가 흔들거리며 다가올 때의 박력에 질린 나는 일단 돌아서서 달아나는 수밖에 없었어.

"징그러운 마녀, 해골궁수, 그다음은 거대한 괴물이냐? 너무 하잖아. 한꺼번에 이렇게나 많이….."

투덜대며 뒤돌아보니 괴물은 아직도 나를 따라오고 있었어. 딸각대며 쫓아오던 해골들은 거리라도 대충 감이 왔는데, 안개 속에 숨어 소리 없이 다가오는 이 괴물은 정말 오싹했어.

'속도를 높여야 해!'

물론 괴물에 잡아먹히는 것만큼은 아니지만, 안개 낀 산길을 오로지 희미한 달빛에만 의지해서 달린다는 건 정말 끔찍한 일이었어. 발에는 계속 돌부리가 걸리지, 길가로 뻗은 가는 나뭇가지들이 회초리처럼 내 얼굴이며 다리를 휘갈겨대지, 게다가 괴물은 도무지 포기하질 않고 허우적대며 쫓아오지, 제일 난감한 건 도무지 앞이 잘 안 보인다는 거였어.

"으아악!"

마침내 난 발을 잘못 내디뎌 넘어졌고, 데굴데굴 비탈을 굴러 수십 미터 아래로 떨어져 버렸어. 바람의 요정들이 급하게 감싸주지 않았다면 엄청 크게 다쳤을 거야. 죽었을지도 몰라.

"으으으…."

물론 아무리 요정들의 보호를 받았다고는 해도 역시 아프긴 했지. 그러나 온몸이 쑤시는 것보다도 더 무서웠던 건 역시 날 쫓던 괴물이잖아. 난 괴물의 행방을 찾기 위해서 사방으로 고개를 돌렸어.

"없네! 어디로 간 거지?"

괴물은 감쪽같이 사라져버렸어. 혹시 내가 이리로 굴러떨어진 걸 모르고 그냥 계속 앞으로 달려가 버렸을까? 뭐, 어쨌든 중요한 건 그 거대한 괴물로부터 무사히 달아났다는 거야. 여전히 시계를 찾아야 하는 어려운 숙제가 남아 있기는 했지만, 그래도 큰 고비 하나를 넘은 기분이었지.

"뭘 해? 이런 데서? 여기서 잠을 자기엔 아직 너무 추운데."

잠시 넋을 놓고 앉아 멍하니 숨을 고르던 나는 갑작스레 들리는 낯선 목소리에 깜짝 놀랐어. 소리가 난 쪽으로 고개를 돌려보니 거기엔 아주 예쁘장한 노란 머리의 여자아이가 서 있더라고. 소녀는 한 손에 커다란 가방을, 또 한 손에는 노란색 우산을 들고 방글 웃었어.

"아…."

나는 아무 대답도 못 하고 잠시 입을 벌린 채 바보처럼 멍하

265

니 그 애를 보고만 있었어. 떠오르는 생각이 너무 많아서 도무지 정리가 되질 않았거든. 뭐지? 이 산 중에 갑자기 여자아이가? 설마 또 다른 괴물이 변신한 걸까? 여기서 뭐 하냐는 말에 뭐라고 대답을 해야 하지? 내 꼴이 정말 말이 아닐 텐데 여자애 앞에서 이게 웬 망신이람… 등등.

"너 혹시 길을 잃었니? 근데 여긴 외길이라 길을 잃을만한 곳이 아닌데…."

기다리다 답답했는지 소녀가 다시 물었어.

"응, 비슷해. 저 위에서 굴러떨어졌거든."

난 괴물에게 쫓기던 위쪽 산길을 가리켰어. 소녀는 내 손가락을 따라 고개를 들고 까마득한 위쪽 비탈길을 바라보더니 안타까운 표정을 지었어.

"저렇게나 높은 데서? 괜찮니? 혹시 다리나 팔이 부러지거나 한 거야? 아, 그래서 주저앉아 있었구나? 다리가 부러져서? 얼마나 아플까?"

소녀는 제멋대로 나를 다리가 부러진 사람으로 만들더니 그게 또 불쌍한지 눈물까지 글썽거렸어. 근데 가만 듣다 보니 이아이, 예쁘장하긴 한데 말이 어지간히 많더라고. 난 오해를 더 길게 끌고 싶지 않아 일어나서 먼지를 털었어.

"아니, 아니야. 다행히 다친 데는 없어. 요정의 가호를 받아서였겠지."

"어머, 요정의 가호라니. 얘, 너 지금 그 말 굉장히 낭만적이다. 호홋, 나도 언젠가 써먹어 봐야지. '걱정 없어, 난 요정의 가호를 받고 있는 발부르가(Walburga)니까.' 아, 그거 멋진데? 후홋. 아니, 아니, 요정의 가호를 받아야 할 운명의 발부르가라고 하는 편이 더 낭만적일까?"

이 아이 이름은 발부르가라고 하나 봐. 어쨌건 나는 서둘러 발부르가와 헤어지려고 했어. 한시라도 빨리 시계를 찾아야 하는데 가만히 이 아이의 수다를 듣고 있었다간 끝이 없을 것 같더라고.

"물어봐 줘서 고마워. 그럼 난 바쁜 일이 있어서 이만."

내가 이렇게 말하고 손을 흔드는데도 발부르가는 하고 싶은 말이 더 있었나 봐.

"아쉽다, 얘. 모처럼 새 친구를 만났는데 벌써 헤어져야 한다니. 하긴 나도 빨리 서두르긴 해야 해. 난 지금 아빠가 부탁하신 심부름 중이거든. 마을로 가서 바움쿠헨을 사 오라고 하셨어."

"이 시간에? 너 혼자?"

"응, 그게 어쩔 수가 없는 운명적인 이유가 있어. 실은 우리 엄마가 모레나 글피쯤 내 동생을 낳으실 거거든. 그러니까 엄마는 지금 절대 안정을 취하셔야 해. 당연히 아빠는 그 곁을 지키셔야 하고. 하지만 아이가 태어날 때 바움쿠헨이 없으면 안 되잖아. 그러니까 내가 이렇게 가는 거야. 음, 그리고 내가 아까 낮에 마을에 다녀오면서 그걸 깜빡했지 뭐야. 왜인 줄 아니? 너무 아름다운 파랑새를 보는 바람에….”

　이야기는 엄청 길었는데 실은 그냥 얘가 덤벙대고 심부름을 제대로 못 한 것뿐이더라고. 난 알겠다고 말하고 다시 돌아섰어. 어, 그런데 잠깐! 얘가 저쪽으로 가면 아까의 그 괴물을 만날지도 모르잖아? 아기는 모레가 지나야 태어날 건데 하필 괴물이 득실대는 마지막 밤에 저 길을 가는 모험을 할 필요는 없는 거 아냐. 그 생각이 든 나는 급하게 뛰어가 발부르가를 붙잡았어.

　“잠깐만 기다려 봐. 바움쿠헨이라고 했지?”

　발부르가는 고개를 끄덕이며 또 입을 열었어.

　“응, 축복의 바움쿠헨. 왜에? 아, 알겠다. 너도 같이 가고 싶은 거구나? 음, 어쩔까? 후훗, 좋아. 동행을 허락할게. 어쩌면 함께 이 길을 걸어가야 할 운명인지도….”

　“아니, 아니. 그게 아니야. 바움쿠헨 가게가 문을 닫았더라는 걸 알려주려고 그래.”

　“그럴 리가? 아니야, 얘. 네가 뭘 잘못 알고 있는 게 분명해. 아빠가 거긴 11시가 넘어서까지 장사한다고 하셨어. 게다가 지금은 축제 기간이잖니. 가장 바쁠 때라서 어쩜 12시 넘어서까지도….”

　“응! 응! 맞아. 추, 축제 기간이라 손님이 하도 많아서 재료가 그만 다 떨어졌대. 그러니까 지금 가봐야 아무 소용없어.”

　난 이 정도로 예의를 모르는 사람은 아닌데 얘랑 만나고부터는 자꾸 남의 말을 중간에 끊게 돼. 발부르가는 고개를 갸웃거리면서 잠시 생각하더니 이렇게 말했어.

"어쩌면 네 말이 맞을지도 몰라. 하지만 그냥 빈손으로 돌아가 버리면 난 오늘 벌써 두 번이나 심부름을 제대로 못 한 건데, 그럼 아빠가 화를 내실 거야. 그래서 말인데…."

"말인데?"

"응, 그래서 말인데 바움쿠헨 가게 문을 닫았다고 한 건 너니까, 네가 직접 우리 아빠한테 설명을 해줘. 발부르가는 잘못이 없어요. 물건을 안 파니까 어쩔 수 없는 일이었습니다. 제가 이 두 눈으로 봤습니다. 이렇게 말이야."

"저기… 난 지금 정말 바쁜 일이 있어서…."

"어쩜 그런 말을 할 수가 있니? 너무해. 난 너를 믿었는데…. 그래, 운명이지 뭐. 난 혼자 이 어두운 산길을 걸어갈게. 사나운 야생 사자나 늑대가 나타나서 어금니를 드러내도 난 널 용서해 주려고 노력할 거야…."

유럽대륙에 야생 사자가 있을 리 없다고 반론을 하고 싶었는데 끼어들 틈이 도무지 없더라고. 발부르가의 그놈의 운명 타령을 듣고 있던 내 머리가 어질어질할 정도로 그 애는 많은 말들을 빠르게 뱉어냈어. 그리고 잠시 후 어찌 된 영문인지 나는 그 애와 함께 나란히 걸어가고 있었지. 후우- 하고 절로 한숨이 났지만 그래도 나 자신을 납득시켰어.

'그래, 이 아이가 혹시 위험에 처하는 것보다야 낫겠지. 얘

를 집에 바래다준 다음에 곧바로 나와서 서둘러 시계를 찾으면 되는 거야.'

내가 그런 생각을 하는 동안에도 발부르가는 쉴 새 없이 재잘댔어.

"이렇게 바래다줘서 정말 고마워. 이런 걸 운명적 만남이라고 하나? 근데 넌 이름이 뭐니?"

"난 핀이라고 해. 친구들이 다 그렇게 불러."

"내 이름은 발부르가야. 유명한 성녀의 이름을 따서 아빠가 지어줬어. 나쁜 마녀들로부터 사람들을 구해주던 성녀래. 좋은 이름이긴 하지만 조금 촌스러운 것 같아서 걱정이야. 얘, 네가 생각하기에는 어떠니? 대도시에서도 이런 이름들을 쓸까?"

소녀는 자기 이름이 조금 쑥스러운 듯 얼굴을 붉혔어. 나는 독일 이름에 대해서 잘 모르지만 발부르가라는 이름은 멋지다고 생각했어.

"내 생각에는 아주 좋은 이름인 것 같아. 하나도 촌스럽지 않은걸."

내 대답을 듣고 나자 발부르가는 만족한 표정이 되어 생긋거렸어.

"핀, 너는 내게 뭐 물어보고 싶은 거 없니? 이런 만남 굉장히 우,"

"운명! 그래, 그래 운명적이지. 근데 왜 아기가 태어날 때 바움쿠헨이 필요해?"

나는 재빠르게 그 애의 말을 끊고, 줄곧 이해가 가지 않았던
걸 물었어.

"바움쿠헨은 이제 곧 태어날 우리 아기가 나무처럼 건강하
고 튼튼하게 오래 살라는 의미에서 사가는 거야. 이것 봐, 이
빵의 단면이 꼭 나무의 나이테처럼 여러 겹으로 되어 있잖아.
그래서 우리 동네에서는 이 빵을 먹으면서 건강과 장수를 기
원하거든."

나는 좋은 걸 배웠다고 생각했어. 빵 하나를 먹더라도 그 요
리에 얽힌 이야기를 알고 있으면 식탁이 더욱 풍성해지는 느
낌이거든. 좋아 이건 잘 기억해 뒀다가 다음에 마라에게 대접
할 때 설명을 해줘야지.

어두운 산길인데도 같이 걷는 사람이 있으니 무섭지는 않더
라고. 발부르가와 나는 이런저런 이야기를 조잘대며 걸어갔
어. 좀 더 정확히 말하자면 주로 말하는 건 걔고 난 듣는 편이
었지. 한참 신이 나서 웃는 낯으로 떠들어대던 발부르가가 갑
자기 침울해져서 이런 말을 꺼냈어.

"근데 있잖아, 나, 사실대로 말하면… 저기 지금 내가 하는
말은 우리 사이니까 하는 거야. 비밀이니까 꼭 지켜줘. 알았
지? 약속할 수 있니, 핀?"

우리 사이가 어떤 사이라는 거지? 하는 생각을 하는 동안
발부르가는 내 대답을 듣지도 않고 계속 이야기를 이어갔어.

"나 실은 아까 낮에 바움쿠헨을 안 사갔던 거, 그거 실수로 그런 거 아니었다? 솔직히 말하면 그냥 사가기가 싫어서 잊어버린 척했던 거야."

"왜 사가기가 싫었어?"

"사람들은 응, 전부 나한테 그렇게 말해. '발부르가야, 동생이 생겼단다. 정말 기쁘지 않니?', '발부르가야, 곧 동생이 태어난대. 축하해, 너도 이제 어엿한 언니가 되었구나.' 근데 말이야. 실은 난 하나도 안 기뻐. 그냥 사람들 앞에서 거짓말로 기쁜 척하는 거야. 알아, 나 못됐지? 하지만 사실인 걸 어떡해? 이제 엄청 귀여운 아기가 태어나면 나 같은 건 당연히 뒷전이 될 거야. 그건 너무 슬프지 않니? 왜 엄마랑 아빠는 내가 있는데도 또 아기가 필요했을까?"

그건 바로 내가 예전에 내 여동생을 보면서 생각했던 거랑 비슷했어. 나도 걔를 보면서 그랬었거든. 왜 저딴 게 있어서 내 장난감을 부수지? 왜 나한테만 양보하라고 하지? 난 늘 왜 손해만 보고 혼나야 하는 걸까. 뭐 이런 생각 말이야. 그래서 나 역시 발부르가의 질문에 뭐라고 대답을 해주지 못했어.

"여기야, 우리 집. 근데 핀, 조금 전에 한 이야긴 절대로 비밀이다!"

발부르가의 집은 산속에 아름답게 자리한 커다란 2층 나무 집이었어. 여기에서 염소를 키워 젖과 치즈 같은 것을 만들어 판대. 발부르가는 씽긋 윙크를 하고 따라오라고 한 뒤 엄마를 부르며 문을 벌컥 열고 뛰어들어갔어.

"엄마, 엄마! 나 기다렸죠?"

난 잠시 문 한편에 마련된 흔들의자에 앉아 기다렸어. 아무 일 없으면 그냥 여기서 인사만 하고 돌아가야지 하는 마음이 었거든. 그런데 안쪽에서 두런두런 무슨 이야기를 나누는 소리가 들려왔어. 아저씨의 목소리는 조용한데, 발부르가의 목소리는 점점 커지더라고. 그건 내가 한 거짓말이 잘 안 먹혔다는 신호였지. 아무래도 내가 들어가 해명을 할 수밖에 없을 것 같았어.

"발부르가, 너를 사랑하지만 거짓말을 하는 건 옳지 않아. 산길 한가운데 진주반지를 낀 잘생긴 남자아이가 너를 기다리고 있다가 가게가 문을 닫았으니 돌아가라고 했다고? 이 마을 아이는 아니라고? 그래, 이제 이 이야기는 그만하자. 아빠가 잘못했으니까. 밤길에 널 혼자 보내지 말았어야 했어. 무서웠을 텐데 말이야."

"왜, 왜 아빠는 날 안 믿어요? 정말로 그 애가 그렇게 말했단 말이에요. 내 말도 그 애 말도 정 못 믿겠다면 바움쿠헨 가게에 전화를 해보면 되잖아요. 문을 닫았는지 열었는지! 자요, 여기 전화기!"

내가 집안에 들어갔을 때 발부르가는 막 전화기를 아버지 손에 쥐여주려던 참이었어. 참 자상하게 생긴 그 애의 아버지와 어머니는 굉장히 곤란한 표정이었지. 한눈에도 다정한 사람들이란 걸 알 수 있을 만큼 집 안에는 따뜻한 사랑의 기운이 가득했어.

"안녕하세요. 저는 핀이에요. 늦은 시간에 실례하겠습니다. 아, 아주머니 축하드려요."

나는, 그러니까 이 마을 아이가 아닌 진주반지를 낀 잘생긴 남자아이는, 꾸벅 인사를 하며 멋쩍게 웃었어. 부녀의 말싸움은 낯선 소년의 갑작스런 등장으로 잠시 중단되었고 잠시 놀라던 아주머니는 곧 미소를 지으며 내 인사를 받아주셨지. 발부르가는 아버지를 향해 '봤죠? 내 말이 맞죠?'라고 잘난 척을 했고.

"전화를 하실 필요는 없어요. 사실은 제가 거짓말을 한 거니까요."

"뭐라고? 핀, 너 왜?"

나는 이 가족들의 안전을 위해 사실을 조금만 이야기하기로 했어. 그래서 끼어들려는 발부르가를 만류하고 계속 말을 이었지. 아무래도 저 밖에 괴물이 돌아다닌다는 걸 알려드려야 할 것 같았거든.

"거짓말을 했던 아이가 이런 말을 한다고 해서 믿어주실지 모르지만, 이것만큼은 진실입니다. 지금 축제가 벌어지는 마을과 이곳 사이의 길에 괴물이 살고 있어요. 제가 조금 전에 그 괴물을 만나 도망을 치다가 발부르가를 만난 거거든요. 금세 어디론가 사라져 버리긴 했지만, 혹시라도 저 애가 괴물이 있는 곳으로 가게 될까 봐 그런 말로 돌려보냈던 거예요."

나는 이 말을 하면서도 사람들이 전혀 믿어주지 않을 거라고 생각했어. 사람의 세상에서 진지하게 괴물을 이야기하면 그건 좀 이상한 인간 취급을 받기 마련이잖아. 정 안되면 긍정의 가루를 좀 사용하거나 아저씨만 따로 불러내서 골렘이라도 한 번 구경시켜드리지 뭐 하는 계획까지도 있었어.

"혹시…. 안개가 자욱하게 끼어 있었니? 아니면 이슬비가 오거나? 그리고 그 전에 주변에서 바람이 빠르게 불었고?"

그런데 아저씨와 아주머니는 내 말에 꽤 진지하게 반응을 보여주셨지. 나는 그렇다고 했어. 음, 확실히 바람이 빠르게 불긴 했어. 내가 태풍으로 해골궁수들을 날려버릴 때 말이야.

"그 괴물이라는 게 엄청나게 커다랗지만 안개에 가려 정확한 모습은 보이지 않았고?"

나는 또 그렇다고 했어. 속으로는 조금 놀라면서 말이지. 이 사람들도 그 괴물을 알고 있었던 건가?

"네가 도망가려 움직이면 곧바로 따라오고?"

"네, 잘 아시네요. 아마 아저씨도 그 괴물을 만나보신 적이 있나 보죠? 아저씨, 이곳은 위험해요. 괴물이 없는 곳으로 이사를 가시는 게…."

내가 엄청 진지한 얼굴로 그렇게 말하는데 갑자기 발부르가 가족 전부가 하하하하 굉장히 재미있다는 듯 웃어대는 거야. 도대체 이 상황을 어떻게 받아들여야 해? 겁이란 게 없나, 이 사람들은? 괴물이라니까? 거대한 괴물이라고!

그러더니 갑자기 아저씨가 내게 다가와서 내 이마에 입을 맞추는 거야.

"축하한다. 얘야. 브로켄의 환상을 보았구나. 희망과 행운이 함께 하기를. 그리고 발부르가를 지켜주려던 것 정말 고맙다."

"네?"

"그건 안개에 반사된 네 그림자였단다. 아주 운이 좋은 사람들에게만 허락된 경험이지. 꼬마 신사님."

아주머니도 웃어주셨어.

"브로켄의 환상을 본 사람은 절대로 산에서 목숨을 잃지 않는다고 해."

이곳에 사는 사람들도 평생 한 번 경험해 보지 못하는 엄청난 행운이라고 하니까 기분이 나쁘지는 않았지만, 난 조금 부끄럽기도 했어. 뭐야, 결국 난 내 그림자에 놀라 호들갑을 떨었던 거잖아, 마라의 저택에 오고 나서 꽤 단련되어 있다고 생각했었는데 역시 아직 멀었던 거야.

어쨌든, 소동은 일단락되었고 나는 감사의 말과 함께 이제는 정말로 내 시계를 찾으러 돌아가려 했어. 아저씨와 아주머니가 함께 저녁을 먹자는 것도 간곡하게 뿌리치며 말이지. '전 괜찮습니다'라고 할 때 배에서 때맞춰 꼬르륵 소리가 나는 바람에 좀 민망하기는 했지만, 일단 회중시계를 찾아야 한다는 것이 가장 중요하니까 여기서 시간을 더 보낼 수는 없는 노릇이잖아.

"꽈르릉! 콰쾅!"

참 이상한 하루야. 뭐든 잘 풀리는 법이 없었어. 내가 막 현
관문을 나서려 할 때 갑자기 엄청난 천둥소리와 함께 장대 같
은 비가 쏟아져 내리기 시작하는 거야. 한여름의 장마보다도
더 매서운 기세로 후두두둑! 소리를 내며 빗줄기가 땅을 두드
려댔지.

"지금 떠날 수는 없을 것 같구나. 너무 위험해. 아무리 브로
켄의 축복을 받았다고 해도 말이다."

떠나려면 그냥 달려 나가면 됐을 테지만 굳이 그렇게 하지
는 않았어. 저 비를 고스란히 맞았다간 몸이 무사할 것 같지도
않고, 게다가 어차피 이러면 아무것도 보이지 않으니 시계를
찾을 수도 없고 말이야. 그래서 난 아저씨 말씀대로 그냥 발부
르가네에서 따뜻한 우유를 마시며 비가 그치기를 기다리는 편
을 택하게 된 거야.

폭풍보다 강한 생명

"점점 더 거세지는 것만 같네. 이 시기에 이만큼의 비가 온 적이 있었던가?"

창밖을 내다보며 아저씨가 걱정스런 표정을 지었어. 그 말이 간간이 끊겨 들릴 만큼 지붕을 두드리는 빗소리는 시끄러웠고, 거세게 부는 바람은 창문을 계속 흔들어대며 우-우-웅- 하는 기분 나쁜 울림을 만들어냈지.

발부르가네 집 내부에는 뭔가 막연한 불안감이 가득했어. 그야 그럴 수밖에. 이제 곧 아기가 태어날 거라 절대적인 안정이 필요한데, 난데없는 폭풍우가 몰아쳐 대고 있으니 말이야. 그 발부르가조차도 입을 다물고 두 손을 마주 쥔 채 초초해할 지경이었지.

"아, 여보! 이거 어쩌죠? 아기가… 아기가 나올 것 같아."

안락의자에 비스듬히 기대어 앉아 있던 아주머니가 갑자기 식은땀을 흘리며 괴로워했어. 아주머니는 숨을 몰아쉬며 어떻게든 진정을 해보려 했지만, 통증이 굉장히 큰지 도무지 견디기 어려워 보였어.

"진정해, 여보. 숨을 크게 쉬어요. 그래, 그래, 잘하고 있어. 걱정하지 마. 내가 미하엘 선생에게 와 달라고 할게."

그리고 아저씨는 전화기를 들고 통화를 시작했어. 미하엘 선생님이란 분이 건너편 마을 병원의 산부인과 의사란 설명을 발부르가에게 듣는 동안 내 머릿속은 복잡했어. 오늘 내 일진으로 보아 일이 어째 앞으로도 계속 꼬일 것 같은 예감이 들었거든. 그리고 이곳으로 내 불행을 옮겨온 게 아닌지 하는 생각도 드는 거야. 나는 악마들과 괴물들이 노리는 먹잇감이잖아.

"지금 출발하신대, 30분이면 도착하실 거야, 여보. 그러니까 걱정하지 말아요."

아저씨의 말에 아주머니가 땀이 가득 맺힌 얼굴로 웃으며 고개를 끄덕이셨어.

"콰릉! 콰쾅!"

아니나 다를까, 또 다른 시련이 닥쳤지. 창문 밖을 환하게 밝히며 내려친 번개가 이 집에서 불과 300미터 정도밖에 떨어지지 않은 산속의 풀숲을 때렸고 잠시 불이 붙었다가 꺼진 나무들이 연기를 내뿜으며 쓰러지는 모습이 보였어.

"낭패다! 저긴 마을과 통하는 단 하나의 길인데!"

아주머니의 손을 잡고 진정을 시켜주던 아저씨가 그 광경을 보고 벌떡 일어났어. 그러더니 두꺼운 판초 우의를 걸치면서 나가려고 하는 거야.

"내가 나가봐야겠어. 혹시라도 길이 끊어졌다면… 나무가 쓰러져서 가로막기라도 했다면…. 차가 오지 못할 거야."

하지만 아주머니가 너무 괴롭고 불안한 얼굴로 아저씨를 잡았어.

"여보, 그러지 말고 제발 곁에 있어줘. 손을 잡아줘요. 나 지금 무서워."

나는 당황해서 이러지도 저러지도 못하고 우왕좌왕하는 아저씨를 만류하고 그 판초 우의를 달라고 했어.

"아저씨. 길이 막혔는지는 제가 보고 올게요. 아주머니 곁을 지켜주세요."

"하지만… 만약 길에 무슨 일이 있다면 네 힘으로 어떻게 하겠니? 게다가 넌 너무 어려. 이렇게 폭풍우 치는 밤에 산길은 위험하단 말이다."

"그러니까 제가 갈게요. 아시죠? 전 브로켄의 축복을 받았어요. 산속에서는 절대 죽지 않아요. 만약 길이 막혀 있으면 아저씨를 부르러 올게요. 산속으론 그때 가셔도 돼요."

아저씨는 나와 아주머니를 번갈아 보다가 입술을 꾹 깨물며 고개를 끄덕였어.

"그래, 부탁하마. 고맙다, 핀."

나는 아저씨의 판초 우의를 걸치고 집을 나왔어. 비바람은 점점 거세어져서 주변의 나무들은 춤을 추듯 가지를 흔들어댔고 나뭇잎들이 제멋대로 어지럽게 날아다녔어. 아까 본 대로

라면 분명히 길은 막혔을 거야. 아름드리나무들이 쓰러져 있다면 아무리 힘이 센 사람이라도 그걸 들어낼 수는 없어. 이 일을 할 수 있는 건 나밖에 없었지.

"나도 따라갈래, 핀."

분홍색 비옷을 입은 발부르가가 문을 열고 내 이름을 부르며 따라 나왔어.

"안 돼, 발부르가. 돌아가! 너무 위험해. 혹시라도 또 벼락이 떨어지면…."

"그러니까 나도 갈래! 일이 이렇게 된 건 다 나 때문이야. 내가… 내가 아기가 태어나는 걸 싫어해서 하느님이 벌을 주시나 봐. 그러니까 나쁜 아이인 내가 벌을 받아야만 해!"

그렇게 말하고 발부르가는 눈물을 펑펑 흘리며 울었어. 난 발부르가의 어깨를 잡고 소리쳤어.

"그렇지 않아! 이건 그냥 자연현상이야! 우연이라고! 발부르가, 넌 벌을 받을 짓을 하지 않았어! 나쁜 생각을 했던 게 미안해? 그러면 돌아가서 엄마의 손을 잡아드려! 그리고 네 동생에게 축복을 해줘! 그러면 네 잘못은 용서받을 수 있어! 길은 내가 알아서 할게!"

"정말이야?"

발부르가가 울먹이며 물어서 난 그렇다고 했어.

"응… 그렇게 할게. 고마워, 핀. 조심해야 해."

발부르가가 다시 집 안으로 돌아가는 걸 확인하고 나는 벼락이 내리친 곳을 향해 달리기 시작했어. 아저씨의 판초가 내 겐 너무 길고 컸기 때문에 모자는 일찌감치 바람에 벗겨져 뒤에서 덜렁거렸고, 그래서 금방 젖어버린 온몸은 바람이 닿을 때마다 얼어붙는 것 같았지. 그러나 그런 건 상관이 없었어. '가족'이라는 울타리를 불행이 무너뜨리는 걸 보고 싶지 않다는 마음이 너무 컸거든.

이 모든 게 그냥 자연현상이고, 우연이라고- 조금 전에 발부르가에게 말했던 건 사실은 내가 듣고 싶은 말이었어. 난 저주를 받았는지도 몰라. 그러니 온갖 사악한 것들이 내 뒤만 졸졸 따라다니지. 좋아, 그럴 테면 그러라고 해. 난 맞서서 싸울 거야. 하지만 다른 사람들에게 이 불행을 옮겨야 한다면 그건 참을 수 없어. 그런 운명은 싫다고. 미친 듯이 쏟아지는 폭풍우를 뚫고 달려가며 나는 계속 마음속으로 지지 않겠다고 외쳤어.

"젠장! 역시 그랬구나!"

길은 형편없이 망가져 있었어. 벼락을 맞아 부러진 나무들이 도로를 가로막고 있었고, 위에서 흘러내린 바위와 흙들이 그 사이를 메워 마치 일부러 거대한 바리케이드를 쌓은 것 같은 상태였지. 서둘러야 했어. 난 오른 주먹으로 바로 옆의 큰 바위를 때려 골렘을 불러냈어. 그리고 바람의 요정들도 소환했지.

"이 길을 차가 다닐 수 있을 만큼 고쳐야 해. 시간이 없어!

도와줘."

여러 그루의 아름드리나무들이 서로 얽혀 쓰러져 있었기 때문에 그것들을 밀어내는 건 골렘의 힘으로도 쉽지 않았어. 돌로 된 팔과 다리의 관절에서 흙이 부서지며 떨어질 만큼 골렘은 안간힘을 다했고, 바람의 요정들이 그 뒤편에서 강한 태풍을 불어 도왔는데도 벼락이 만들어 낸 바리케이드는 아주 조금씩밖에 움직이지 않는 거야. 내가 함께 미는 힘은 거의 도움도 되지 않았고. 그러는 동안에도 시간은 점점 흘렀기 때문에 난 초조해서 견딜 수 없었어. 혹시 의사 선생님이 오다가 이렇게 막힌 길을 보고 돌아가면 안 되잖아.

"나에게 지렛대와 받침점만 있다면 나는 지구도 들어 올릴 수 있다."

당황해서 방법을 찾던 나는 얼마 전 책에서 읽었던 아르키메데스의 말이 떠올라 그걸 소리 내어 말했어.

"무슨 소리예요, 핀?"

"쿠우?"

열심히 밀어대던 바람의 요정과 골렘이 모두 의아해서 나를 쳐다보더라고.

"그래! 그거였어. 지렛대!"

난 손바닥을 탁 치며 머릿속에 떠오른 계획을 어떻게 실행할 건지 빠르게 궁리했어. 일단 지렛대! 튼튼하고도 긴 나무가 있어야 해. 다행히 주변의 숲은 온통 나무 천지였지.

"미안해. 하지만 지금 네가 꼭 필요해."

나는 가장 적당한 나무 하나를 골라 골렘에게 뽑아달라고 하고 나무에게 사과를 했어. 지렛대는 구했고, 이젠 이걸 저 바리케이드 가운데로 깊숙이 찔러 넣어야 해. 골렘이 지렛대를 힘껏 밀어 넣는 동안, 바람의 요정들이 그 주변에 쌓인 흙들을 날려 장애물을 치워주었어. 그리고 마침내 지렛대가 단단하게 꽂혔지. 골렘에게 큰 바위 하나를 들고 오게 해서 비스듬히 떠 있는 나무와 바리케이드의 사이를 받치는 것으로 지렛대는 완성됐어.

"골렘, 여기서 힘껏 눌러줘!"

골렘이 두 팔로 단단히 지렛대를 붙잡고 있는 힘껏 눌러댔어. 찌지직 하는 소리와 함께 지렛대로 쓰는 나무가 조금씩 휘었고, 바리케이드에서도 들썩이는 소리가 났어.

"잘 되고 있어! 조금만 더 힘내!"

찌지지직, 이러다가 나무가 부러지지 않을까 하는 걱정이 드는 그 순간 꽈르르르 하는 소리를 내며 단단하게 뭉쳐있던 바리게이트가 허물어져 내렸어. 길을 막고 있던 커다란 나무들은 도로 옆 숲으로 굴러 내려갔고 난 만세를 불렀어. 골렘도 기분이 좋은지 두 팔을 들어 올렸지. 길 위를 가로막고 있던 바위들과 자잘한 나무까지 치우고 있을 때, 저쪽의 굽잇길에서 노란색의 헤드라이트 불빛이 반짝거리며 가까워 오는 게 보였어. 아마 미하엘 선생님의 자동차일 거야.

"어서 오세요."

난 완전히 탈진해서 길 한편에 털썩 주저앉으며 아직 저 멀리서 달려오는 자동차를 향해 들리지 않을 인사를 했어. 온몸이 차가운 비로 흠뻑 젖어 있었지만 마음속은 따뜻해지는 것같은, 묘한 기분이었지.

○

그날 밤, 몇 시간의 산고가 지나고 발부르가의 나무집에서는 아주 건강한 남자아이가 태어났어. 온통 머리가 하얀 미하엘 선생님과 그 간호사이자 부인이 워낙 능숙하게 모든 걸 지시해 주셨고, 발부르가의 어머니도 아픔을 잘 참아낸 덕분이었지.

"축하하네, 뮐러. 산모도 아이도 모두 건강하네. 정말 다행이야."

마침내 천으로 싼 아이를 건네 안은 발부르가의 아버지는 그제야 안도의 한숨을 내쉬며 기뻐했어. 너무 긴장해서 내 손을 꼭 잡고 놓지 않고 있던 발부르가도 내 볼에 연거푸 입을 맞추고 난 뒤 눈물을 글썽이며 엄마에게 달려갔어.

"참 희한한 폭풍우였어. 그렇게나 무섭게 쏟아붓더니만 지금은 어느새 완전히 개었군."

발부르가의 아버지와 축하의 술잔을 나누던 미하엘 선생님이 오늘의 날씨에 대해 한마디 하셨어.

"자네 전화를 받고 출발하긴 했는데, 혹시 길이 무너지거나 흙이 막아버렸으면 어쩌지 하는 걱정이 정말 컸다네. 그런데 다행히도 도로가 훤하게 뚫려 있더군. 기적에 가까운 일 아니겠나. 그렇게 큰 나무들이 쓰러졌는데 그게 길을 막아버리지 않고 건너편까지 굴러가 주었으니 말일세."

"이 아이가 행운을 나눠준 덕분이라고 생각해요. 오늘 브로켄의 환상을 본 행운아거든요."

아저씨가 벽난로 곁에 앉아 옷을 말리고 있던 나에게 감사를 표했어. 난 쑥스럽게 웃었지. 이렇게 무사히 모든 게 마무리되었으니 정말 다행이야. 이 가족의 행복을 조금 더 함께하고 싶긴 했지만 이젠 정말 돌아가야 할 시간이었어. 막연히 돌아간다고는 해도 어떻게…? 근심이 만든 깊은 한숨이 저절로 나왔어. 폭풍우가 온통 모든 산을 휩쓸어 버렸으니 내 시계를 도대체 어디에서 찾아야 할지 감조차 잡을 수 없었거든. 회중시계를 영영 못 찾는 건 아닐까 하는 걱정이 나를 무겁게 짓눌렀어. 하지만 이렇게 앉아 있다고 해서 어디에선가 시계가 뚝 떨어질 리 없으니까 난 어서 빨리 이들과 헤어져 아무 데부터든 찾아봐야 했지.

"그건, 그렇고. 뮐러. 자네 요새 이런 물건 본 적 있나? 이건 정말 옛날에나 쓰던 건데 말이야. 아까 저녁을 먹으러 가는데 길에 보니 웬 반짝이는 게 떨어져 있지 뭔가. 주워봤더니 이거였네."

내가 슬슬 작별인사를 꺼내려 할 때, 미하엘 선생님이 갑자기 생각난 듯 가운 주머니에서 꺼낸 게 뭐였을 것 같아? 그건, 다름 아닌 내 시계였어. 꽤 떨어져 있었어도 한눈에 똑똑히 알 수 있었지. 그렇게나 애타게 찾던, 은빛 줄이 달린 내 회중시계! 난 내 눈을 믿을 수가 없었지. 아, 난 드디어 돌아갈 수 있어. 만세! 난 마음속으로 열렬하게 환호했어. 눈물이 나올 만큼 기뻤다니까.

"선생님, 그건 제가 잃어버렸던 시계예요!"

"어허? 그래? 거짓말을 할 아이는 아닐 테지만 네 나이에 어울리는 물건은 아닌데."

미하엘 선생님은 반신반의하는 표정으로 아직 시계를 놓지 않은 채 내 얼굴을 봤어.

"가장 가운데엔 노란색 단추, 오른쪽엔 붉은색 용두. 반대편엔 푸른색 용두. 시계 화면 오른편 초승달 모양의 창엔 독일이라는 글자가, 왼편엔 해 그림이 떠 있을 거예요."

내 설명을 들은 미하엘 선생님은 껄껄 웃으며 내게 시계를 돌려줬어.

"호오, 네 물건이 맞구나. 이젠 잃어버리지 않게 조심하렴."

"네, 소중하게 간직할게요. 찾아주셔서 감사합니다. 정말 감사합니다!"

난 진심으로 감사 인사를 했어. 엄청나게 고마웠지. 만약 미하엘 선생님이 아니고 다른 사람이 주워가 버렸다면 난 어떻게 되는 거였을까? 게다가 오늘 몇 가지 사건이 겹쳐서 일어나지 않았다면 우리는 평생 만나지 못했을 수도 있는 거였잖아.

이제 정말 모든 게 행복하게 마무리되었으니 정말로 돌아갈 시간이야. 난 모두에게 인사를 하고 발부르가의 집을 나왔어. 아저씨는 밤이 깊었으니 자고 가라고 권하셨고, 발부르가도 다락방에서 자기랑 재밌게 이야기하다가 잠들자고 매달렸지만, 정중하게 사양했어. 마라의 저택에서 모두들 늦는 나를 기다리며 걱정하고 있을 거라서 마음이 급했거든.

"발부르가, 잊지 않았지? 오븐에 넣기 전에 재료를 여러 번 정성껏 체에 거르는 게 중요하다는 거. 그래야 달걀의 알끈이 걸러져 부드럽고 조직이 균일한 푸딩이 되니까."

나를 배웅하기 위해 따라 나온 발부르가에게 나는 한 번 더 조리법을 일러주는 것으로 작별인사를 대신했어. 바움쿠헨을 사 오지 않은 걸 너무 후회하기에 그 대신에 엄마께 푸딩을 만들어 드리라고 요리법을 가르쳐 줬거든. 푸딩은 우유와 설탕, 생크림, 바닐라, 달걀만 있으면 되는 데다가 조리법도 비교적 간단해서, 내 비법만 알고 있으면 누구나 손쉽게 사르르 녹는 부드러운 푸딩을 만들 수 있지. 부드러운 음식은 산모에게도 좋을 테고.

"응, 고마워, 핀. 기억하고 있어. 여러 번 체에 거를게. 내 못

된 마음도 다 거기에 걸러버리고 사랑만 남겨둘 거야."

발부르가는 예쁜 말을 하며 고개를 끄덕였어.

"핀! 또 놀러와 줄 거지?"

서로 헤어져 걸어가고 있는데 발부르가가 내 등 뒤에 대고 큰 소리로 물었어. 나 역시 양손을 모아 큰 소리로 대답해 줬지.

"물론이야! 또 보자, 친구야!"

우리는 몇 번이나 뒤로 돌아서서 마주 보고 손을 흔들었어.

모퉁이를 돌아 어두움이 내 모습을 완전히 삼켰을 때, 나는 조끼 주머니에서 너무도 애타게 찾았던 회중시계를 꺼냈어. 그리고 노란 단추를 꾹 누르며 드디어 내가 갈 곳을 일러줬지.

"마라의 저택으로!"

갈라하드

"어떻게 된 거야, 핀? 왜 이리 늦었어?"

"마라 님도 걱정을 많이 하셨어."

"게다가 또 우물이 문제야! 아까부터 27번째 창문이 열려 있다고!"

예상했던 대로 마라의 저택에서는 모두들 애를 졸이고 있었어. 내가 달을 빠져나와 발코니에 발을 딛자마자 카룬, 엠시콘, 발더는 나를 에워싸고 저마다 한 마디씩 해대느라 난리였어. 이쪽에서도 뭔가 이야기하고 싶은 게 많았나 봐.

"그래, 그래, 우물에 뭔가 이상이 있을 것 같다고 예상하긴 했어. 그것 때문인지는 몰라도 사람의 세상에까지도 괴물들이 나타나더라고. 발더, 창문이 열린 건 언제부터야?"

"어림잡아 여섯 시간은 지났어. 어쩌면 일곱 시간에 더 가까울지도 몰라."

그 정도면 시간이 아주 없는 건 아니었지. 어쨌든 24시간 내에만 균열을 메우면 되는 거였으니까.

"사람의 세상에서 괴물을 만났다고? 푸른빛의 터널이 아니라?"

카룬이 깜짝 놀란 얼굴로 물었어.

"응, 그렇더라니까. 왜인지는 모르겠지만 조무래기 마녀 하나를 해치웠는데, 그게 폭발하더니 해골궁수가 넷 나타나는 거야."

"그래서 어떻게 했어? 그리고 혹시 다친 데는 없어?"

엠시콘이 내 몸 주변을 빙글거리고 날며 상처를 확인했어.

"반지들이 도와줘서 모두 다 정리됐어. 조금 긁히고 멍이 든 곳은 있긴 한데, 그건 다른 일 때문에 그랬어. 해줄 이야기가 엄청나게 많아. 정말 긴 하루였거든."

엠시콘은 서둘러 고약을 가지고 돌아와서 내 손과 팔, 종아리, 뺨, 살갗이 벗겨지고 생채기가 난 곳에 발라대느라 엄청 분주했지. 난 엠시콘이 그렇게 하도록 내버려 두고 그동안 카룬과 괴물들이 나타난 것에 대해 이야기를 나눴어. 카룬은 매우 심각한 표정이더라고.

"해골궁수가 넷이나 나타났다고 했지, 핀…. 음, 도무지 이해가 안 가는걸. 아무리 균열이 생겼다고는 해도 그렇게 많이 같은 장소에…."

"뭔가 변화가 일어나는 것 같아. 아, 그리고 카룬, 혹시 과거를 보는 수정 구슬이란 거 알아?"

"들어본 적은 있어. 핀, 너 설마 그걸?"

"응, 속아서 들여다봤어. 잠깐이라서 여기 오기 전의 기억까지는 못 보고 끝나버렸지만."

카룬은 엄청 곤란해하며 맨들맨들한 머리가 빨개질 정도로 긁어댔어.

"어차피 그 수정 구슬은 과거를 보여주는 게 아니라, 눈동자를 통해 기억을 읽어내는 거라서 네가 모르는 건 그것도 못 보여줘. 문제는 그 수정 구슬이 본 네 기억이 다른 악마들에게도 전해진다는 거야. 음, 조금 걱정이 되는데? 얼마나 되는 악마들과 괴물들이 그 수정 구슬을 통해 네 정보를 알아냈을까."

아, 일을 저질러 버린 거군. 나도 덜컥 겁이 났어.

"그렇게 되면 마라가 위험해져? 그것들이 합심하면 마라보다 강할까? 마라가 다치는 건 싫어."

"마라 님이 다치신다고? 헛! 그러려면 정말 전 세계 악마가 다 모여야 할걸!"

발더는 웃기지도 않는다는 듯 콧방귀를 뀌었어. 카룬도 그 점에 대해서는 별걱정을 하지 않는 눈치였지.

"핀. 마라 님은 염려하지 마. 수정 구슬 하나의 정보를 공유하는 건 아무리 많아 봐야 겨우 수천 마리 정도니까, 그쯤은 쉽게 상대하실 수 있어. 그 열 배라도 그럴 거고…. 문제는 핀, 너야. 오늘처럼 또 사람의 세상에서 공격받으면 곤란하잖아. 게다가 더 강력한 괴물이 나타나지 말란 법도 없고."

나 때문에 마라가 위험해지는 건 아니라니까 그나마 한숨

돌렸지만, 내 목숨이 위태로운 것도 문제긴 했지. 하지만 나는 짐짓 괜찮은 척, 태연해 보이기 위해 노력했어. 일단 저녁밥부터 먹고 그다음에 차근차근 함께 궁리해서 문제를 해결하자는 제안도 하고 말이야. 뭐니 뭐니 해도 나는 마라의 요리사니까 일단 모두에게 맛있는 식사를 제공할 의무가 있다고. 시장을 볼 때의 안전 문제는 밥을 먹고 균열을 메운 후에 고민해도 늦지 않을 거잖아.

"마라에게는 내가 저녁식사시간에 이야기해 드릴게."

오늘은 나도 어지간히 고단한 데다 워낙 식사시간이 늦어졌기 때문에 조금 간단한 요리만 만들었어. 발부르가네 아저씨가 싸주신 염소젖 치즈로는 크림 스파게티를 만들었고, 거기에 곁들여 샐러드를 냈어. 스파게티 국수를 삶는 동안 크림소스를 만들기만 하면 되니까 시간도 절약할 수 있고 좋은 염소젖 치즈를 갈아서 파슬리와 함께 뿌리면 맛도 꽤 그럴듯하거든.

"…그래서 제가 돌아보니까 안개 속에 엄청나게 큰 괴물이 있는 거예요. 하지만 무섭지는 않았어요. 덤벼라! 하고 괴물을 무찌르기 위해 달려들었더니, 금방 안개가 걷히면서 괴물이 감쪽같이 사라지더라고요. 근데 마라, 그게 뭐였는지 아세요? 브로켄의 환상이라고…."

마라가 식사를 하는 동안 내 얼굴과 손에 난 잔생채기들에 대해 묻기에 난 신나게 오늘 겪은 모험담을 들려주었어. 이럴 때는 이상하게 피곤하지도 않지. 물론 아주 약간 사실과 다른 부분이 있기는 해도 그 정도야 별문제 없잖아. 마라는 은은하게 미소를 머금고 내가 떠들어대는 이야기를 들어주었어. 발부르가 내 뺨에 입을 맞췄다는 대목에서는 조금 눈살을 찌푸렸던 것 같기도 해. 으음… 그러니까 내 생각에는, 그랬던 것 같다고.

"여러 가지 일들이 있었구나, 뢰브. 겁도 많이 났을 텐데 훌륭하게 잘 대처하였다. 도움이 필요한 사람을 그냥 지나치지 않는 것이 가장 큰 지혜이고 용기란다. 수정 구슬 같은 사소한 문제는 중요하지 않지. 칭찬받아 마땅하구나."

식사를 마친 마라는 내 볼을 쓸어주며 웃었어. 여전히 손은 차가웠고 그 커다란 눈동자는 아름다움이 지나쳐 두려울 지경이었지. 하지만 역시 이곳에서 받을 수 있는 최고의 보상은 마라가 지어주는 저 웃음이야. 그걸 보고 있자니 오늘 하루의 힘들었던 일들이 벌써 다 깨끗하게 치유된 느낌이 들었으니까. 내일은 손과 발을 주물러드리겠다고 하고 나는 마라의 방에서 물러 나왔어.

"해골궁수는 골치 아파. 그놈들 화살에 맞으면 뭐든지 금방 썩어버리거든. 나같이 무적인 몸이라 해도 그 화살에 맞으면 가지를 잘라내 버리는 수밖에 없어. 물론 그 자리엔 금방 새 가지가 돋아나긴 하지만, 근데, 핀. 아까 스파게티. 정말 맛있

294

었어. 그 아저씨네 종종 가서 그 염소젖 치즈를 사 오는 게 좋다고 생각해."

발더가 엄청 진지한 얼굴로 전혀 무관한 두 개의 이야기를 아무렇지도 않게 섞어서 말하는 바람에 우리는 모두 가볍게 픔, 웃음을 터뜨렸어. 하지만 긴장의 끈을 놓아서는 안 되지. 우리는 지금 괴물들이 어슬렁대는 어두운 평원을 걷고 있으니까.

우리는 저녁식사를 마치고 우물에 생긴 균열을 막기 위해 마라의 저택을 빠져나왔어. 언제나처럼 내가 주황색 빛기둥을 찾아낸 다음 그곳을 향해 걸어가는 중이야. 이젠 좀 익숙해질 때도 된 것 같은데 이 평원에 나오면 늘 두려워. 처음에 그라하를 만나 느꼈던 공포가 너무나 컸고, 그다음에 오우거에게 당할 뻔했던 일 역시 지금까지도 가끔 생각이 나. 그런 경험들이 내 마음속 안 보이는 구석에 저 깊이 숨어 있다가 마라의 저택을 벗어나기만 하면 불쑥불쑥 떠오르는 거야.

물론 지금의 난 오우거가 달려드는데도 겁에 질려 꼼짝하지 못하던 예전의 내가 아니지. 난 엄청 전투에 능숙해지고 간도 커졌어. 다들 알잖아. 오늘만 해도 내가 쓰러뜨린 괴물이 대체 몇 마리나 되는지 다 헤아리기조차 어렵다는 거. 어두운 평원에서 괴물과 맞부딪혀도 이제 난 옛날처럼 두려워서 벌벌 떨기만 하지 않아. 예를 들어 고블린 서너 마리 정도는 반지의 힘을 빌려 나 혼자서도 충분히 처리할 수 있게 됐지. 크큭, 그래 맞아. 서너 마리는 좀 과장이었고, 한두 마리라면 정말 내가 물리친 적이 있어. 그건 정말이라니까?

"발더, 창문이 열린 거 이번에는 며칠 만이었지?"

카룬이 뭔가를 생각하면서 발더에게 물었어.

"음, 글쎄 20일 정도였던가?"

"아니 그보다도 오래 버텼던 것 같아. 아마 30일에서 하루나 이틀 모자라는 것 같은데?"

우리는 사방을 경계하고 걸으면서도 정확한 날짜에 대해 가벼운 토론을 벌였어. 말을 알아듣긴 하지만 할 줄을 모르는 얀조차도 조그맣게 얼- 짖는 소리를 내는 것으로 자기 의사를 표현했지. 근데 가끔은 오른쪽 머리와 왼쪽 머리의 의견이 갈리기도 하더군.

우리가 토론한 결과에 따르면 우물 뚜껑의 균열이 생기는 주기가 점점 길어지고 있었어. 처음에는 기껏해야 열흘을 버티면 오래가는 거였는데, 그게 아주 조금씩 늦어지더니 지금은 한 달을 거의 채울 정도였지.

"음, 그래. 주기가 길어졌다는 건 분명한 것 같아. 근데 왜 그렇지? 뭔가 규칙성을 보이고 있는데 우리는 그 까닭이 뭔지 모른다는 게 썩 마음에 들지 않는데."

카룬은 고개를 갸웃거렸어.

"그건 말이지. 이 발더가 만든 버드나무 진액의 힘이라고 생각해. 진액이 워낙에 좋아서 그걸 발라주면 원래 뚜껑 그 자체

보다도 점점 더 튼튼해지는 거지."

발더는 역시 간단하게 답을 내버렸지만 내 생각은 조금 달랐어. 주기가 30일에 가까워졌다는 말에 난 좀 짐작 가는 부분이 있었거든. 뚜껑의 균열을 메우고 돌아오기 전에 난 늘 뚜껑을 쓰다듬으며 한 달은 버텨달라고 부탁했었어. 그리고 정말로 균열의 주기가 한 달에 가까워졌지. 아마 내가 부탁했던 걸 들어주고 있는 것 같아. 꽤 멋진 뚜껑이라 할 수 있긴 한데, 한 가지 마음속에 찜찜하게 걸리는 구석이 있었어.

"저기 카룬, 그 우물의 뚜껑 말이야. 다른 것으로 교체할 수도 있니?"

내가 이렇게 물었을 때 카룬은 곧바로 의심의 눈을 하며 되물었어.

"핀, 그런 걸 왜 알고 싶어 하는 거야? 너 혹시 마음속에 뭔가 걱정되는 게 있어?"

하여튼, 카룬은 눈치가 좋아. 이럴 때 보면 책에서 읽었던 대로 얘는 아주 먼 과거에 이미 지혜로운 할아버지였다는 걸 새삼 느끼게 돼.

"걱정은 무슨…. 야, 내가 왜 걱정이 되겠냐? 그냥 갑자기 쓸데없는 게 궁금해질 때도 있잖아. 마라는 엄청 강한 마녀니까 뭐든지 새로 만들어 낼 수 있을까라든지, 어쩌면 마라의 저택 창고에는 각기 다른 모양의 새 뚜껑이 몇 개나 있지는 않을까 하는 식으로 말이야."

나는 일부러 과장되게 까불거렸어. 철없는 아이처럼 굴어서 카룬을 안심시키고 싶었거든. 카룬은 냉정한 표정으로 고개를 저었어.

"새 뚜껑 같은 건 없어, 핀. 이 세상의 모든 건 때론 전부 다 비슷해 보여도 실은 오직 그것 하나만이 있을 뿐이야. 그래서 더욱 소중한 가치가 있는 거지. 우물의 뚜껑도 마찬가지야. 아무리 유사한 걸 가져다 덮어둬도 그것만의 유일성을 완전히 대체한다는 건 불가능하지. 마라 님이라도 그런 일은 하실 수 없어."

그건 지금의 내게는 별로 좋은 소식이 아니었지. 하나뿐이라서 가치가 있다면 그만큼 더 불안하기도 한 거잖아.

'역시….'

우물에 도착하고 나서 뚜껑을 본 나는 내 맘속에 남아 있던 그 한 가지 걱정이 사실이었다는 걸 확인할 수 있었어.

'확실히 예전에 비해 균열이 커졌어…. 깊고 굵게 갈라졌네. 이런 식으로라면 다음엔 반으로 쪼개져 버린다고 해도 이상할 게 없을 정도야.'

나는 착잡하고 불안한 마음을 다른 친구들에게 들키지 않기 위해 애를 써야 했어. 이럴 때는 이 우물과 뚜껑이 카룬이나 다른 애들에게 보이지 않는다는 게 오히려 다행이었지. 만약 애들도 지금 이 뚜껑의 상태를 볼 수 있었다면 전부들 내가 걱정이 돼서 난리도 아니었을 거야.

내 생각에 뚜껑은 한 달을 버텨달라는 내 부탁을 들어주기 위해 너무 견디느라고, 오히려 약해져 가고 있었던 거야. 그래서 균열이 생기는 주기는 조금씩 더 늘어났지만 한 번씩 갈라질 때마다 상처가 예전에 비해 크게 나는 거지. 그렇게 생각하면 이야기가 들어맞아.

"자, 핀. 버드나무 가지와 버드나무 진액이야."

발더가 건네주는 가지와 병을 받았어. 그래, 맞아. 늘 똑같은 크기의 이 병에 가득 담아왔는데, 균열을 메우고 난 뒤 남는 진액의 양이 점점 줄어들었지. 발더는 사소한 일에 신경을 쓰지 않으니까 그렇다고 해도, 직접 발랐던 나는 지금까지 왜 그걸 전혀 눈치채지 못했을까?

'미안하다.'

뚜껑의 갈라진 부분마다 정성껏 진액을 바르면서 나는 마음속으로 몇 번이나 미안하다고 사과했어. 하루를 더 균열 없이 버틸수록 뚜껑이 막아내야 하는 힘은 자꾸만 더 커졌을 거야. 갈라하드라고 새겨진 것이나 둥근 모양을 볼 때 아마 이 뚜껑은 예전에 성스러운 기사 갈라하드가 사용하던 방패일 거라고 생각해. 만들어진 지 천 년이 훨씬 넘은 거지. 어떤 이유로 여기까지 오게 된 건지는 몰라도, 그 오래된 방패가 지금 여기서 이 혼돈의 우물이 내뿜는 엄청난 힘을 눌러주고 있는 거야.

방패가 뚜껑으로 있어주지 않았다면 혼돈의 우물은 아주 옛날에 열려버렸을 게 분명해. 그리고 그랬으면 난 아마 시장을 보러 가지 못해서 굶었겠지. 말하자면 난 이 방패에게 그간 꽤 큰 신세를 지고 있었던 거야. 조금만 생각해 보았더라면 금방 알 수 있는 일이었어. 그런데 우습게도 나는 내가 조금 편하기 위해 그저 더 버티라고 부탁만 해왔고 오히려 왜 자꾸 균열이 생기느냐고 투덜대기도 했지.

"핀, 아직 멀었니? 오늘따라 더 오래 걸리는 것 같은데?"

카룬이 뭔가 이상한 낌새를 감지하고 내게 다가왔어. 하지만 지금 이 이야기를 꺼냈댔자 혼란만 생길 것 같더라고. 만약 더 이상 숨기면 안 될 상황이 돼서 모두와 뚜껑에 대해 의논을 하게 되더라도 안전한 마라의 저택 안에서 하고 싶었거든. 나는 최대한 침착해 보이려고 연기를 했어.

"아, 미안. 정성껏 바르느라고…. 오늘은 피곤해서 눈이 침침한가 봐. 균열이 잘 메워진 건지 확인하는 데 시간이 좀 더 걸리네. 경계하기 힘들지?"

"그래. 알겠어. 핀. 우린 신경 쓰지 말고 꼼꼼하게 해. 그냥 무슨 일이라도 있는 건 아닌지 걱정이 돼서 물어봤어."

카룬이 당부했던 것처럼 난 정말 꼼꼼하게 균열을 메웠고 일을 마친 뒤엔 방패를 가볍게 두드리고 일어나며 이제까진 한 번도 하지 않았던, 원래 당연히 했어야 할 말을 했어.

"정말 고마워. 그리고… 이젠 이렇게 힘이 들 때까지 견디지 마. 내가 더 자주 와도 되니까."

지옥의 불꽃, 플람 이터넬

　이후 며칠간 난 온통 우물 뚜껑에 대한 걱정뿐이었어. 언제 다시 균열이 생긴다고 해도 이상하지 않을 정도로 상태가 좋지 않아 보였으니까 말이야. 하지만 신기하게도 하루, 이틀이 지나고, 또 사흘, 나흘이 지날 때까지 27번째 창문은 굳게 닫혀 있었어. 밤에 잠자리에 들기 전에도 창문을 확인하고, 아침에 일어나자마자 다시 정원으로 달려가 저택의 2층을 바라봐야만 겨우 안도하던 나도 닷새째부터는 마음이 좀 놓였지.

　'그렇다고 지금까지처럼 너무 버티는 것도 바라지는 않아. 차라리 예전처럼 조금 자주 균열을 일으키더라도 약하게 갈라지는 선에서 머물면 좋겠는데….'

　그러나 불행은 마치 내가 안심하기만을 기다렸던 것처럼, 우습게도 내가 우물 뚜껑에 대해 조금 잊어도 되겠구나 하던 그 날에 찾아와 버렸어. 더 어이가 없는 건, 그 불행이 우물과는 전혀 무관한 일로 인해 일어났다는 거였지. 뚜껑에 정신이 팔려 생각도 않고 있던 것, 바로 내 기억을 읽었던 그 수정 구슬.

사악한 마녀에게 속아 수정 구슬을 봐버린 건 결국 대단히 큰 사건을 불러일으켰어. 엄청난 사건이었지. 하지만 분하게도 그 사건이 정말로 내 삶에 닥치기 전까지는 그게 가까워지고 있다는 낌새조차 느끼지 못했어. 젠장! 나쁜 일이 생길 때에는 예고 같은 건 없더란 말이야. 그래서 어른들은 우리에게 늘 조심하라고, 미리미리 대비하고 살라고 하시나 봐. 물론 우리가 신이 아닌 만큼 아무리 열심히 준비를 해도 모든 일에 대비할 수는 없다고 생각해.

무서운 마녀들, 그 흉측하고 징그러운 라미아와 릴리스가 나를 내놓으라며 마라의 저택으로 쳐들어오던 날이 그랬어. 그날 오후만 해도 우리는 정말 기분이 좋았었거든. 모두들 햄버그를 만들기 위해 주방에 앉아서 양손을 걷어붙이고 잘게 다진 소고기와 양파가 들어 있는 반죽을 열심히 치대고 있었지.

"안돼, 발더 그렇게 크고 두껍게 만들어 놓으면 도무지 구워지지가 않는단 말이야."

"하지만 엠시콘이 만든 것처럼 조그만 햄버그는 영 모양이 나질 않는다고. 난 이 정도가 더 먹음직스러워 보인다고 생각해."

친구들과 이런 이야기들을 하면서 깔깔대고, 꾹꾹 눌러 공기를 빼낸 햄버그 패티를 한쪽에 죽 쌓아놓을 때만 해도 며칠 전에 브로켄에서 겪었던 수정 구슬 사건 따위는 내 기억에서 완전히 지워진 채였어. 내 똑똑한 뇌는 그저 잘 빚은 패티들을 어떻게 눌러주면서 어느 정도 세기의 불에 지글지글 구우면 더 맛있는 햄버그가 완성될까 하는 일에만 집중하고 있었거든. 그런데 내가 두 장째의 패티를 막 달궈진 프라이팬 위에 올리려는 바로 그 순간, 일상의 행복을 깨는 날카로운 소리가 우리의 고막을 울렸어.

"끼이이익! 끼이이익!"

"악! 뭐야 이 소리. 귀가 찢어지는 것 같아."

난 두 손으로 양쪽 귀를 막고서 카룬을 돌아봤어. 나만큼은 아니지만 카룬이나 엠시콘도 꽤나 귀가 아픈 표정이더군.

"아, 이거 반갑지 않은 것들이 왔군."

카룬은 더 뾰족하게 솟은 귀를 긁으며 미간을 찌푸렸어. 엠시콘도 불안한 듯 어쩔 줄 몰라 하며 우리 주위를 날아다녔고, 발더는 화가 잔뜩 나서 몸에 달린 나뭇잎을 곧추세웠지. 그리고 셋이 한목소리로 외쳤어.

"라미아와 릴리스야!"

그 소리를 들은 순간 난 갑자기 정신이 아득해졌어. 손과 다리는 벌벌 떨리고 갑자기 숨쉬기가 힘들었지.

'아, 어지럽다. 이상해. 이름을 들은 것만으로 이렇게 몸이 괴로워지다니.'

줄곧 그 두 사악한 마녀에 대한 경고를 들어왔던 내 마음에는 저절로 공포가 가득 들어찼고, 라미아와 릴리스가 가진 사악한 기운은 보이지 않는 저주의 가시가 되어 내 몸을 사정없이 찔러댔어. 그 마녀들은 아주 멀리 떨어져서도 내게 고통을 줄 만큼 강력한 힘을 가지고 있었던 거야.

"괜찮아, 핀?"

파랗게 질린 안색을 보고 친구들이 다가와 비틀대던 나를 부축했어.

"아, 아파. 온몸이 지, 지독하게 아프고 머리가 깨질 것처럼 욱신거려."

"힘내, 핀. 고통스럽겠지만 참아내야 해. 넌 마라 님의 저택 안에 있고 네가 포기하지만 않으면 절대로 저 마녀들은 너를 해칠 수 없어."

카룬과 엠시콘이 필사적으로 외치면서 나에게 용기를 주고, 발더가 가장 향기로운 허브 잎들을 자라나게 해서 내 코에 대준 덕분이었을까? 친구들의 도움을 받고 나니 어쩐지 내 온몸 속을 제 마음껏 휘젓고 다니던 추위와 고통이 조금은 약해진 것처럼 느껴졌어.

"고마워, 너희들이 도와줘서 한결 나아졌어. 이제 참을 수 있을 것 같아."

그렇게 하고 있는 동안에도 끼이익 대는 이상한 소리는 점점 크게 들리고, 마침내는 아주 가까운 곳에서 울려대기 시작했지. 그리고 그 괴성에 섞여 마라의 정원을 지키는 쇠창살문이 삐걱대는 소리와 컹! 컹! 얀이 짖어대는 소리도 났어.

"마라 님의 저택에 이렇게 가까이까지 오다니, 도대체 무슨 배짱이지? 저것들?"

"이쯤 되면 이제 용서를 구하기도 어려울 텐데."

"오늘을 기억해야겠군. 두 사악한 마녀가 한꺼번에 불타버릴 테니까."

카룬들은 두려운 것도 없는지, 내가 조금 진정이 되는 기미를 보이자 그런 이야기들을 늘어놓으며 앞다투어 저택 밖으로 뛰어나갔어. 꼭 무슨 좋은 구경이라도 하러 가는 것 같았지. 난 가능하면 라미아인지, 뭔지 전혀 보고 싶지 않았지만, 혼자서 주방에 남겨지는 것도 무서워서 그 애들의 뒤를 따랐어.

"휘이이잉- 휘이잉!"

언제나 달이 뜨는 정원에 세차게 눈보라가 치고 있었어. 아주 음산하고 차가운 기운이 가득한 사나운 눈보라 말이야. 나무들은 바람에 쏠려 한쪽으로 기울어서 우수수수- 하는 소리를 내며 잎을 떨었고, 요정들은 정신없이 도망을 치며 저택 안으로 날아 들어갔어. 밤이기는 해도 늘 달이 선명하게 보일 만큼 맑았던 마라의 저택에서 이렇게 궂은 날씨를 본 건 처음이었지. 덕분에 내가 느끼는 추위는 더욱 커졌고, 분위기는 더할 수 없이 기괴해졌어. 그런데 사실 마녀들이 몰고 온 추위와 눈보라보다도 더 나를 괴롭게 만드는 건 마라의 저택 정문에서 일어나고 있는 일들이었어.

"끼이익! 철컹철컹! 끼이이익! 푸욱! 끄아악! 쾌액!"

그건 정말 시각적으로나 청각적으로나 심지어는 바람에 실려 오는 냄새 때문에 후각적으로도 대단히 불쾌한 경험이더라고. 뾰족한 쇠창살문 앞에서는 이미 한바탕 난리가 벌어지고 있었어. 여러 무리의 괴물들이 문을 넘어 저택 안으로 들어오려다가, 뱀처럼 휘며 날카롭게 찔러대는 쇠창살문의 공격을 받고 온갖 색깔의 피를 쏟으며 쓰러지고 비명을 질러댔지. 나는 그 날카롭게 째지는 비명 소리들을 듣는 것만으로도, 신경이 끊어지는 것 같아 견디기 어려웠어. 한편으론 열심히 싸워주는 창살문이 얼마나 견뎌줄 수 있을까 하는 불안도 들고 말이야.

"핫! 핫! 더러운 것들이 많이도 찾아왔군."

"수정 구슬에서 핀의 기억을 본 마녀와 괴물들은 다 모였나봐."

발더와 엠시콘이 정문에서 창살문이 달려드는 괴물들을 차례차례 쓰러뜨리는 모습을 지켜보며 별 감흥 없다는 듯 피식거렸어.

"내가 너희라면! 그걸 뚫느니 차라리 하데스에게 도전장을 던져 보겠다! 그래서 왕좌를 차지하는 편이 더 가능성이 클걸?"

카룬은 괴물들에게 야유인지 충고인지 모를 제안을 큰소리로 외쳤어. 하데스는 저승의 왕이거든. 이 친구들은 이 난리 속에서도 모두 여유가 있어 보이더라.

하긴 조금이라도 지능 같은 게 남아 있는 놈들이라면 지금까지 당해서 문밖에 널브러져 있는 괴물과 악마들의 처참한 시체만으로도 이 쇠창살을 넘겠다는 생각을 접었을 거 같긴 해. 한데 오늘 쳐들어온 놈들은 신기하게도 도무지 물러날 기미가 보이지 않는 거야.

'어째서 저것들은 저 뾰족한 창살이 지키는 정문으로만 달려들까? 그 바로 옆의 벽은 그저 담장으로 둘러싸인 벽돌담일 뿐인데. 그리로 돌아 들어오면 될 것을….'

그런데 내가 그런 생각을 할 때, 괴물들의 무리 중에도 같은 아이디어를 낸 녀석들이 있었나 봐. 갑자기 세 마리의 날개 달린 고블린들이 정문을 피해 그로부터 한참 떨어진 담장 위로 뛰어오르는 거야. 그곳을 넘어보려 했던 거지. 어, 저러면 무방비인데? 하고 내가 걱정을 하는 순간, 발더가 그걸 가리키며 한마디 했어.

"저기 좀 봐, 얘들아. 멍청이들이 있다."

그러자 카룬과 엠시콘까지 함께 그것들을 비웃어대기 시작했어. 기세 좋게 날개를 퍼덕거리며 날아와 담장 위를 넘으려던 고블린들은 마라의 저택 안쪽 공기에 닿자마자 팟- 하는 소리와 함께 가루로 변하면서 산산이 흩어졌어. 그야말로 순식간에 사라져 버렸지.

"카룬… 지금 고블린들은 도대체 왜 저렇게 부서져 버린 거야?"

무슨 일이 일어났던 건지 도무지 상황이 이해가 가지 않아 내가 묻자, 카룬이 당연하다는 투로 말했어.

"그야 당연하지, 핀. 마법의 저택 안으로 들어오려면 문을 통하거나 그 위로 지나오지 않으면 안 돼. 약은 척하고 몰래 다른 곳을 넘으려 하다가는 저렇게 먼지가 되고 말아."

엠시콘이 잠시 끼어들어서 보충설명을 해줬어.

"이 저택은 전부 보호의 달빛이 감싸고 있거든."

카룬이 그렇다는 듯 고개를 끄덕이며 말을 이었어.

"여긴 바로 언제나 달이 떠 있는 정원이잖아. 그러니 달빛이 마를 때가 없지. 날카로운 모양 때문에 저 창살문이 마라 님의 저택에서 가장 강한 마법이 걸려있는 곳으로 오해하기 쉬운데, 실은 그 정반대야. 가장 약한 주문을 걸어둔 곳이지. 왜냐하면 오가는 통로로 이용하기 위해서 저곳만은 소멸의 주술 범위에서 제외시켜 두었거든."

"그런 건 내게도 미리 알려줬어야 하는 것 같은데? 만약 내가 문이 아니고 저리로 갔더라면…"

나도 소멸될 뻔 했잖아-라고 물어보려는데 카룬이 빠르게 대답했어.

"그렇지 않아. 핀. 네가 다칠 일은 전혀 없어. 그게 문과 담의 차이고, 초대받은 사람과 허락되지 않은 사람들의 차이야. 초대받은 사람들은 당당하기 때문에 언제나 문을 이용해. 동시에 초대받은 사람이 어디로 드나들건 그곳이 바로 문이 되지. 늘 환영받으니까."

우리가 분수 곁에서 정문 밖을 힐끔거리며 그런 이야기를 나누고 있는 동안에도 저 문밖의 평원을 가득 메우고 있는 엄청난 수의 요괴들은 계속 기세등등한 괴성을 지르며 달려들었어. 물론 선두에서 창살문을 만난 놈들은 그 괴성이 고통의 비명으로 바뀌었지만.

"하지만 정말 저 많은 걸 다 상대해 낼 수 있을까?"

창살문이 굉장히 빠른 속도로, 단 한 번의 실수도 없이 접근하는 괴물들을 물리치는 모습을 보고 있으면서도 난 여전히 이 위기를 무사히 넘길 거란 확신이 들질 않았어. 게다가 날 더 두렵게 만드는 게 있었는데, 그건 해골 말이 끄는 이륜마차를 타고 그 요괴들 무리의 위쪽에 떠 있던 마녀 둘의 존재였어. 한 눈에도 강해 보이는 저것들이 아마 라미아와 릴리스일 테지. 정말 너무도 끔찍하게 생긴 두 마녀의 몸에서는 독극물처럼 기분 나쁜 연기가 피어올랐고 마차에서는 꿈틀대며 계속 작은 괴물의 유충이 떨어져 내렸어. 그 광경을 보고 있자니 나도 모르게 이가 부딪힐 만큼 떨려오더라고. 딱딱딱- 딱딱딱-. 그 소리를 감추려고 난 입을 손으로 가리고 꼭 눌러 막았어.

"핀, 내 뒤에 숨어. 그럼 괜찮아."

내가 두려워하는 걸 느낀 발더는 믿음직한 표정을 지으며 나를 보호해 주기 위해 나섰고, 카룬과 엠시콘도 양쪽에서 나를 감싸줬어. 그래, 내게는 이렇게 좋은 친구들의 도움이 있다고! 여전히 떨림이 멈추지는 않았지만 나는 어깨를 쫙 펴고 고개를 꼿꼿이 세우기 위해 애를 썼어.

"웬 소란이냐?"

마라의 성난 목소리가 쩌렁쩌렁 울렸어. 이런 때에 저만큼 듣기 좋은 목소리는 아마 없을 거야. 뒤를 돌아보니 티쉬트리야와 아파오샤가 끄는 전차를 타고 마라가 정문을 향해 내달리고 있었어. 엠시콘은 그 모습을 보고 짝짝 손뼉까지 치더라고.

"잘 봐, 핀. 마라 님이 얼마나 대단한 마녀인지."

카룬은 내 귀에 대고 자랑하는 것처럼 말했지만 난 불안했어. 만약 마라가 지거나 다치면 어떻게 해. 내가 위험한 것도 싫지만, 마라가 위험을 무릅쓰는 것도 원치 않는단 말이야.

'저것들 그냥 얌전히 물러나 주면 안 되는 걸까?'

그러나 불안한 나와 달리, 카룬들은 이제는 오히려 약간 신이 난 것처럼 나를 끌고 마라의 뒤를 따라갔어. 발더는 이런 말까지 하더라고.

"햄버그를 가지고 오는 건데!"

요괴들과 마라는 쇠창살문을 사이에 두고 마주보고 있었어. 서로 긴 창을 뻗어 찌른다면 닿을 것같이 가까운 거리였지.

"긴 이야기는 필요 없다! 꼬마를 내놔!"

세이렌 한 마리가 기세등등해서 앞으로 나서며 마라에게 빽- 하고 소리를 질렀어. 세이렌은 목소리가 엄청나게 크다는 것만 빼면 별 힘이 없는 괴물종족인데, 저렇게 겁 없이 대드는 꼴을 보니 좀 어이가 없더라고. 보통 대부분의 요괴들은 마라의 향기만 맡아도 달아나기 바쁘거든. 하긴 저 녀석이 저렇게 하는 것도 이해가 가지 않는 건 아니야. 뒤에 끝없이 늘어선 저 요괴들의 수를 좀 봐봐. 저만큼 자기편이 많으니 용기가 날 법도 하지.

"네가 감히 지금 누구에게 말을 거는 것이냐?"

마라는 차갑게 내뱉고서 조무래기는 상대할 가치도 없다는 듯, 라미아와 릴리스를 가리키며 명령했어.

"지금 물러가면 뒤를 쫓지는 않으마. 썩 사라져라!"

중앙에 선 두 요괴마녀들은 마라의 그 말에 아무런 대꾸도 하지 않고 해골마차를 움직여 각기 다른 방향으로 날아올랐어. 그러더니 마치 합창을 하는 것처럼 입을 모아 외쳤지.

"그 꼬마를 내놓아라, 마라!"

마라가 코웃음을 치자 오른편의 마녀가 다시 소리를 질렀어.

"이미 정해진 일을 거스르려고 들어서 어쩔 셈이냐? 그건 안 되는 일이다, 마라!"

그 말에 마라는 잠깐 흔들리는 듯 보였지. 하지만 곧 분노로 이글거리는 눈을 흘기며 말했어.

"릴리스! 네까짓 게 감히 나에게! 하데스가 온다고 해도 뢰브는 내줄 수 없다!"

그 사이를 비집고 또 다른 마녀가 나에게 소리를 질렀어. 그건 위협을 하려는 게 아니라, 그냥 말을 걸어오는 거였는데도 난 귀가 아파 견딜 수가 없었어.

"꼬마야, 너는 어떠냐? 네 이름이 왜 두 개인지 궁금하지 않니?"

고막이 찢어지는 것 같긴 했지만, 혹시 이름이 두 개인 이유를 알 수 있는 건가 싶어서 난 귀를 쫑긋 세웠어.

"닥쳐라! 사악하고 천한 것들!"

마라는 라미아가 나에게 말을 거는 것이 견딜 수 없이 불쾌하다는 듯 곧바로 전차로 하늘 위로 내달려 두 마녀를 공격했어. 하지만 양쪽으로 멀리 떨어져 있던 라미아와 릴리스는 재빨리 달아나며 계속 내게 소리를 질러댔어.

"꼬마야! 저 무시무시한 모습을 보아라! 네가 같이 사는 마녀는 저런 존재다!"

내 귀에 릴리스의 그 말이 닿을 때 마라는 채찍을 휘두르며 바람보다 빠르게 라미아를 쫓고 있었어. 라미아는 미친 듯이 도망가는 중이었고 다른 괴물들은 나쁜 마녀가 달아나는 걸 도와주기 위해 마라의 전차에 달려들어 댔지.

"쾌에엑! 끄으윽!"

무모하게 덤벼들었던 괴물들은 원래는 라미아가 맞았어야 할 마라의 채찍에 산산이 찢기며 죽어버렸어. 음, 확실히 화가 난 마라는 엄청 무섭더라. 저 모습만 봐도 그렇긴 해. 하지만 그건 괴물들에게나 그렇지. 나는 마라가 늘 '사랑하는 뢰브'라고 불러주는 마녀의 요리사란 말이야.

"마라가 정말로 널 사랑한다고 생각하느냐? 으하하하하! 으하하하하!"

릴리스는 마라를 자극하듯 저택의 정문 가까이로 날아와 계속 내게 말을 걸었어. 아마 마라에게 당하기 직전인 라미아를 구하기 위해 그러는 것 같았지. 한데 마라는 그 훤한 속임수에 걸려들어 이번엔 릴리스를 향해 전차를 돌렸어.

"뢰브에게 그 사악한 혓바닥을 놀리지 말란 말이다!"

마라가 휘두른 채찍에 스쳐 맞은 릴리스는 케엑- 하는 비명을 지르면서 달아났어. 그 틈을 노려 이번엔 또 라미아가 재등장해서 지껄여댔지.

"네가 믿는 마라라는 마물의 저 강한 힘을 보아라. 원하는 일이라면 무엇이든 하는 마녀가 왜….."

라미아가 여기까지 말했을 때, 달아나던 릴리스는 괴물들이 모여 있는 곳으로 숨어버렸고, 마라는 릴리스를 쫓아 조금도 망설이지 않고 그 한가운데로 뛰어들었어.

"끼에에엑! 죽여라!"

마라를 둘러싼 괴물들은 난리가 났어. 모두들 날카로운 발톱과 이빨을 드러내며 소리를 지르고 마라를 향해 달려들었지. 아무리 마라가 강하다고 해도 저렇게 많은 괴물이 한꺼번에 달려드는데 안심할 수 있는 걸까? 내가 가슴을 졸이고 있는데 마라가 몸을 앞으로 숙이고 왼팔을 내저으며 크게 외쳤어.

"사이누스(Sinus)!"

마라는 자신에게 덤벼드는 것들에게 경고조차 하지 않았어. 그리고 정말 무시무시한 마법을 다루는 마녀였지. 그녀가 주문을 외우자마자 마라의 주변 평원은 모두 어지럽게 쩍쩍 갈라지면서 입을 벌렸고, 요괴들은 순식간에 그 깊은 대지의 틈바구니 사이로 빨려 들어가 버렸어. 나와 카룬, 엠시콘, 발더, 얀이 모두 힘을 합쳐서 싸워야 겨우 물리칠 수 있었던 그런 괴물들이 수백, 아니 수천은 있었는데, 그 강력한 대군이 한꺼번에 너무도 간단히 몰살돼 버린 거야.

"아….."

그건 너무 강해서 아름답고, 또 무섭기도 한 놀라운 마법이었기에 내 입에선 저절로 가벼운 탄성이 흘러나왔어.

그 자리에서 달아난 건 단 한 마리, 릴리스뿐이었지. 그나마 부상을 입어 깊게 패인 릴리스의 상처에서는 피 대신 독이 뚝뚝 흘러내리며 지독한 악취를 풍겼어.

"키루룩! 꾸엑!"

괴물들 중에 날수 있는 녀석들은 어떻게든 공중으로 피해보려 안간힘을 썼지만, 날개를 펴보지도 못하고 대지의 틈이 빨아들이는 강력한 힘에 쑤욱 하고 말려들어가 버렸어. 그러자마자 대지의 표면은 다시 쾅! 소리를 내며 닫혀버렸고 언제

열렸었냐는 듯 원래의 모습으로 돌아가더라고. 그야말로 감쪽같았지. 방금 전까지 그곳에서 일어났던 생지옥의 참혹한 흔적은 찾아볼 수조차 없이 말이야. 요괴들은 심지어 비명도 제대로 남기지 못했다니까.

난 눈으로 보고 있으면서도 그 놀라운 광경이 믿기지가 않았어. 모든 것을 빨아들이는 대지의 균열을 만드는 마녀, 상상이 가니? 도대체 얼마나 강한 걸까? 내가 가장 놀랐던 건 그 많은 그리고 그렇게 무시무시하고 거대한 요괴들을, 눈 깜짝할 사이에 모두 해치우고 난 마라의 모습이었어. 전차 위에 우뚝 선 그녀의 윤기 흐르는 긴 머리는 여전히 검은 드레스 위에서 일렁이며 빛을 냈고, 아름다운 하얀 얼굴에서는 별 같은 눈동자가 빛을 뿜어내고 있었어. 저렇게 가는 손으로 채찍을 휘둘러 댔는데 숨도 헐떡이지 않았고 힘든 기색도 없었지. 마라는 그저 화가 나 있을 뿐이었어.

"마라! 오늘은 이만 물러간다. 하지만 꼬마는 결국 무사하지 못할 것이야!"

기세 좋게 쳐들어와서 번갈아가며 나를 향해 주둥이를 놀리던 라미아와 릴리스도 마라의 힘에 놀라기는 매한가지였나 봐. 저런 식으로 대충 얼버무리면서 도망을 치려고 했으니 말이야. 하긴 있는 대로 잔뜩 끌어모아 온 부하 괴물들이 모두 한 번에 죽어버렸으니 겁이 날만도 하지.

"그냥 갈 수 있었던 시간은 이미 지났다!"

마라는 차갑게 말하며 티쉬트리야와 아파오샤의 고삐를 당겨 전차를 하늘로 날아오르게 했어. 그리고 벼락처럼 라미아를 향해 돌진했지.

"쩽강! 챙!"

하늘 위에서 마라의 전차와 라미아의 이륜마차가 어지럽게 엇갈리면서 부딪쳤어.

"쫙!"

"키아아아악!"

"쫘악!"

"<u>으으윽!</u>"

마라가 한 번씩 채찍을 휘두를 때마다 라미아의 날카로운 비명이 울려 퍼졌어.

그건 단순히 누가 강한지를 가리기 위한 싸움이 아니라 일방적으로 고통을 주는 처벌 같은 느낌이었지. 가끔 한 번씩 라미아가 필사적으로 발톱과 창을 휘둘러도 마라는 눈 하나 깜짝하지 않고 피하면서 쉬지 않고 채찍을 휘둘러 라미아의 몸을 갈겨댔거든. 그러는 동안 또 릴리스가 입을 열고 지껄였어.

"너를 사랑한다고 하더냐? 응, 꼬마야? 사랑이라고? 깔깔깔깔, 이상하다? 저렇게 뭐든지 할 수 있는 마녀가 왜 너를 원래 있던 곳으로 돌려보내 주지는 않는 걸까? 아하하하하!"

릴리스는 정말 미치광이가 틀림없어. 자기도 상처를 입고 독을 잔뜩 흘리며 콜록대는 주제에, 동료인 라미아가 채찍질을 당하는 동안 달아나기는커녕 내 근처로 날아와서 깔깔거리며 저따위 소리를 늘어놓는 걸 보면 말이야.

"하하하, 꽤애액!"

릴리스의 웃음은 곧 비명으로 바뀌었어. 화가 잔뜩 난 마라가 달려들어 엄청난 속도로 후려쳤거든. 하지만 이번엔 릴리스가 쫓기는 사이에 라미아가 또 말을 걸었어. 정말 질리지도 않나 봐, 이것들은.

"이걸 봐라. 꼬마야. 이 무수한 상처를. 고통 없이 죽일 수도 있었을 텐데 저 잔인한 마물이 내 몸을 이렇게나 갈래갈래 찢어놓았지. 너도 곧 이렇게 될 거다. 마라는 널 사랑하지 않아!"

라미아의 처참한 몰골은 쳐다보고 싶지도 않았지만 그 말은 그냥 넘어갈 수 없었어. 그래서 난 그 괴물을 향해 이렇게 소리쳤지.

"아니야! 마라는 날 사랑해! 그리고 나도 마라를 사랑하고! 네 말은 거짓이야!"

"하하하하! 그래. 꼬마 너는 마라를 믿을 테지. 저건 예쁘장한 껍데기를 뒤집어쓰고 사람들을 현혹하니까 말이야. 하지만 마라가 널 사랑할 리 없지! 저 잔인한 마녀는 그저 네가 필요할 뿐이라고!"

"뢰브에게서 떨어져!"

어느새 날아온 마라가 힘껏 채찍을 휘둘러 라미아의 어깨를

후려갈겼어. 라미아는 끄으윽 하는 배 속에서부터 끓어오르는 소리를 내며 해골마차 아래로 추락해 버렸어

"쿠웅!"

어두운 평원에 그대로 곤두박질한 라미아는 몇 차례나 꿈틀대더니 결국 일어나는 걸 포기한 듯 그저 숨을 몰아쉬며 미동도 없이 누워 있었지. 아무리 싫어하는 징그런 괴물이라고 해도 그런 장면을 직접 보는 건 정말 끔찍해서 난 그만 눈을 질끈 감아버렸어.

"어리석은 꼬마야, 너는 마라의 계획을 이루기 위한 희생물일 뿐이야. 언젠가 네가 정말로 마라를 사랑하게 될 때, 저 잔인한 것은 그 징표로 네 심장을 달라고 할 거다! 깔깔깔!"

라미아가 죽어가는 걸 보면서도 뭐가 그렇게 좋은지, 릴리스는 어지럽게 웃으며 나를 향해 해괴한 말들을 뱉어냈어.

"닥쳐라, 더러운 괴물아! 핀, 듣지 마. 전부 거짓말이야."

발더가 나보다 먼저 화를 내며 릴리스에게 욕설을 퍼부었어.

"지금 네가 쓰는 그 방은 네가 오기 전에 누가 썼을까? 그 아이는 지금 어떻게 되었을까? 키케케케켓!"

"시끄러윗!"

카룬도 화가 나서 불덩이를 집어 던졌어. 그러나 릴리스는 해골마차를 요리조리 몰아 재빠르게 그걸 피하며 계속 입을 놀렸어.

"네가 오기 전에 요리사는 누구였을까? 네가 오기 전에 마라는 무얼 먹었을까? 결국 넌… 컥! 크억!"

필사적으로 떠들어대던 릴리스는 결국 하고 싶은 말을 다 끝내지 못하고 마차에서 떨어져 버렸어. 성난 마라가 휘두른 채찍에 목이 감긴 채 당겨졌거든.

"콰직!"

둔탁한 소리와 함께 릴리스도 라미아처럼 땅에 처박히는 꼴이 됐어. 그 대단하다던 소문의 사악한 마녀 둘이 10여 미터 사이를 두고 나란히 어두운 평원에 널브러져 죽어가고 있었지.

"꼬… 꼬마야! 이, 잊지 마라. 쿨럭! 쿨럭! 마라는… 어린 영혼의…."

먼저 땅에 떨어졌던 라미아가 나를 향해 손을 뻗으며 간절하게 말했어.

"아직도 뢰브에게 저주받을 독설을 내뿜느냐!"

어느새 마라의 전차는 하늘에서 내려와 두 마녀의 사이에 떠 있었지. 그리고 끝내 포기하지 않고 내게 말을 걸려던 라미아에게 마라는 모진 매질을 했어.

"키에엑, 으으, 으악, 컄! 꼬마야! 네 피가!"

라미아가 죽어가면서도 미련을 버리지 못하고 내뱉어 대는 알 수 없는 소리들에 나는 혼란스러우면서도 흔들리지 않으려 귀를 막았어. 징그러운 것이라고, 나쁜 것이라고.

－ 꼬마야. 꼬마야. －

이번엔 릴리스가 나를 불렀어. 그런데 이건 소리 내어 말하는 게 아니었어. 릴리스의 생각이 내 머리를 울리며 전달되는 것 같았지.

'뭐지? 다른 아이들에게도 이 소리가 들리는 걸까?'

주변을 둘러보니 아닌 듯했어. 아무도 릴리스에 특별히 관심을 두고 있지 않았거든.

－ 꼬마야, 꼬마야. 나는 이제 곧 죽을 거다. 하지만 너는 살수 있게 해주마. －

난 듣고 싶지 않았어. 그래서 고개를 세차게 저으며 소리를 질렀지.

"나는 이미 잘 살고 있어!"

내가 난데없이 그렇게 외치자 카룬과 친구들이 깜짝 놀라서 왜 그러느냐고 물었어. 하지만 내가 소리를 지르고 "뭐? 머릿속으로 생각을 전달해? 정말이야?"라며 발더가 씩씩거리는 동안에도 릴리스의 생각은 또렷하게 내게 전해졌지.

－ 꼬마야. 금지된 비밀의 방을 불태워 없애라. 그곳이 마라가 네 심장을 끄집어낼 의식의 장소니까. 그곳만 없다면 넌 마라에게 희생되지 않아도 돼. －

"닥치라고! 그런 거 믿지 않아!"

난 귀를 감싸 쥐고 릴리스를 향해 소리쳤어. 그러거나 말거나 릴리스는 같은 말로 계속 내 머릿속을 울려댔어.

- 비밀의 방을 불태워라… 비밀의 방을 불태워라… 비밀의 방을 불태워…. -

그 지긋지긋한 울림을 잠재운 것 역시 마라였지. 한참 동안의 매질이 끝나고 잠시 두 요괴마녀를 노려보고 서 있던 마라는 오른손으로 사선을 그으며 주문을 외웠어.

"플람 이터넬!(Flammes éternelles)"

말이 떨어지기 무섭게 라미아와 릴리스의 주위에 깊고 깊은 구덩이가 생겨났고 저 안쪽에서부터 아주 맹렬한 불길이 솟아올랐어. 라미아와 릴리스는 뜨거워서 견딜 수가 없다는 듯 몸을 비틀고 비명을 질러댔어. 얼마나 절박하고 괴로운 비명이었는지 멀리 떨어져 구경하던 나에게까지 그 고통이 전해지는 것 같았어. 너무나 참혹했거든.

그러나 마라는 지극히 평온한 얼굴로, 지옥불에 타 죽어가는 두 마녀의 마지막 모습을 지켜보고 서 있었어. 오히려 그녀의 얼굴은 약간 즐기는 것 같아 보이기까지 했지. 라미아와 릴리스는 지독할 정도로 오랫동안 고통을 참으며 발버둥을 쳐댔고, 심지어 불구덩이가 닫히기 직전 마지막까지도 괴로움의 비명과 깔깔거리는 소리를 섞어 나에게 이런 말을 남겼어.

"하하하하하! 마라가 네 심장을 도려낼 때도 여전히 그녀를 사랑한다고 말할 수 있을까아아악!"

"쿵!"

지옥의 업화가 타오르던 불구덩이는 마녀들을 그 안에 넣은 채 큰 울림과 함께 다시 닫혀버렸어. 이제 라미아와 릴리스는 더 이상 나를 괴롭힐 수 없게 된 거야. 아니 나뿐 아니라 그 누구도 괴롭힐 수 없지, 오히려 그것들이 영원히 타오르는 지옥불 속에서 끝없는 고통에 시달릴 테지.

"하아! 이제 안전해졌어."

전차를 타고 귀환하는 마라의 모습을 보며 그렇게 안도하는 동안에도 아직 내 머릿속에는 릴리스가 했던 말들이 먼 메아리처럼 맴돌고 있었어. 그리고 갑자기 견딜 수 없을 만큼 어지러워졌지.

"읍!"

눈앞이 빙빙 돌고 구토가 일어서 나는 그만 힘없이 제자리에 쓰러져 버렸어. 감각이 희미해지고 온몸이 저릿하다고 느끼는 동안 눈이 저절로 가물가물 감겼지.

"핀! 피인! 피이… 이… 인…."

나를 애타게 부르는 친구들의 목소리가 점점 더 멀어지는 것을 느끼며 나는 의식을 잃었어.

마라의 하얀 발

꿈을 꿨어.

정말 오랜만에 꾼 꿈이었지. 얼마 만이었을까? 음, 생각해 보니 마라의 저택에 온 이후 난 한 번도 꿈을 꾸지 않았던 것 같아. 이상하지?

꿈속에서 나는 곧게 뻗은 해변의 모래사장을 걷고 있었어. 아주 아름다운 해변이었지. 맨발이 묻히는 고운 모래에 살랑거리며 부드럽게 밀려오는 파도, 적당히 따뜻한 햇살까지 뭐 하나 나무랄 게 없는 그런 해변이었어.

"너무도 행복해."

나는 기분이 좋아져서 눈을 감고 햇살을 느끼며 미소를 지었어. 그리고….

그리고 난 또 계속 걸었어. 걷고, 걷고, 또 걸었어. 그러면서 조금씩 무서워졌지. 왜 끝이 안 나는 걸까? 이 해변은 어디까지 이어진 걸까?

문득 내가 얼마나 걸어왔는지 궁금해졌지만, 난 뒤를 돌아볼 수 없었어. 뒤를 돌아보면 거기에 굉장히 무서운 것이 나를 기다리고 있다는 걸 알고 있었거든. 그래서 그냥 똑바로 앞을 향해 걸어야 했어. 그때 저 앞에 누군가가 서 있는 게 보였고, 난 반가운 마음에 그 사람을 향해서 달려갔지.

눈이 부실 정도의 미녀였어. 아마 마라였다고 생각해. 마라는 미소를 지으며 나를 반겨줬어.

"안녕? 아름다운 해변이지?"

그리고 마라는 내 손을 잡았어. 아름답지만 차가운 손이었지.

그녀와 손을 잡고 걸으면서 난 눈물을 흘렸어. 왜냐하면 그녀는 날카로운 유리 조각 위를 걷고 있었거든.

"이제 그만 걸어요. 피를 흘리잖아요."

난 너무 슬퍼져서 견딜 수가 없었어. 그녀는 고개를 저었어.

"함께 걸어줄게. 두려워했잖니."

그건 사실이었지.

"그럼… 이 길은 언제 끝이 나나요?"

그러자 마라는 웃으며 이렇게 대답해 줬어.

"영원히 계속된단다. 그래서 아름다운 거지."

○

"어!"

눈을 떴을 때 난 어느새 저택 안으로 옮겨져 있더군. 그리고 눈앞에는 마라가 보였지. 마라의 부드러운 손길이 내 머리를 쓸어주고 있었어. 내가 정신을 차린 걸 안 마라는 나를 향해 따스하게 웃어줬어.

'아름답다.'

그녀의 보라색 눈동자를 이렇게 가까이에서 본 건 처음이었어. 그 어떤 보석이라 해도 이처럼 맑고 눈부시게 빛나지는 않을 거야. 음, 조금 정신이 든다. 주위를 둘러보니 내가 누워있던 곳은 내 방이 아니라 마라의 안락의자였어.

아, 난 여기에 식사를 가져온 적은 있어도 이렇게 장막이 쳐진 상태로 안에 들어와 본 적은 없었는데…. 그저 장막이 둘러진 것뿐인데도 마라의 방은 평소와 다른 느낌이 들었어.

뭐랄까, 아주 은밀하고 아늑했지. 아차차, 가만히 누워서 기분을 낼 때가 아니야. 난 서둘러 몸을 일으키며 마라에게 고맙다고 인사를 했어.

"더 누워 있어도 괜찮다, 뢰브."

마라는 인자한 표정으로 나를 보면서 우아하게 손을 뻗어 그녀의 안락한 긴 의자를 가리켰어. 아, 마음 같아서는 정말 저기에 누워버리고 싶어. 그리고 마라에게 내가 잠든 동안 곁에서 지켜달라고 하고 싶어. 하지만 그러면 안 돼. 그런 어리광은 엄마에게나 부리는 거지, 마라는 내 엄마가 아니니까….

"아니에요, 마라. 정말 고맙습니다. 오늘도 저를 구해주셨어요."

나는 다시 한번 고개를 숙여 감사를 표시했어.

"뢰브, 그런 인사는 하지 않아도 된다."

마라는 진심어린 말투로 말했어. 하지만 마라, 난 고마워해야 해요. 당신은 몇 번이나 나를 구해줬죠. 저절로 고개가 숙여지는 걸 막을 수가 없어요.

그리고 고개를 숙인 나는 마라의 앉은 자세가 평소와는 조금 다르다는 걸 발견했어. 그녀는 언제나 검은 드레스를 입고 하얀 맨발을 드러낸 채, 의자에 비스듬히 기대어 앉거든, 그런데 오늘은 두 다리를 모아 뒤로 감추고 있었어. 난 가슴이 따끔거리는 것 같아 얼른 무릎을 꿇고 두 손을 내밀었어.

"마라, 발을 보여주세요."

"아니다, 뢰브. 오늘은 발이 저리지 않는구나. 주무를 필요 없다."

마라는 고집을 피웠어. 알다시피 나는 마라가 피곤해 보일 때면 그녀의 발을 주물렀어. 얼음장처럼 차갑고, 아주 가는 뼈가 고스란히 느껴지지만 가슴이 두근거릴 만큼 아름다운 하얀 발을 말이야.

그렇게 한참을 주물러 주고 나면 조금 피가 돌고 마라도 흐뭇한 미소를 지어주곤 했었지. 그리고 그럴 때마다 이런 생각도 했어. 언젠가 내가 돌아가게 되면 엄마의 발을 꼭 주물러줘야겠다고….

그런데 오늘 마라가 이렇게 자기 발을 숨기고 있는 건, 분명히 까닭이 있는 거야. 난 마라의 만류도 뿌리치면서 손을 뻗어 마라의 다리를 잡고 조심스럽게 앞으로 당겼어. 마라도 굳이 더는 싫은 내색을 하지 않고 순순히 발을 내밀더라고. 과연 마라의 오른 발목은 퉁퉁 부어 있었어.

"아, 마라. 많이 다치셨어요."

난 울먹이며 그녀의 발을 아주 살살 들어 올렸어. 아마, 오늘 나를 지키는 싸움을 하다가 다친 거겠지. 이런 은혜를 어떻게 보답해야 하는 걸까.

"그냥 두어라, 뢰브. 대수롭지 않은 것이다."

나는 아무 말도 못 했어. 눈물이 날 것 같았지. 하지만 운다고 해서 마라의 발목이 낫는 건 아니야. 찜질을 해줘야겠어. 조금은 나아질 테니까.

"조금만 기다리세요, 마라. 금방 뜨거운 물수건을 가져다가 찜질을 해드릴게요."

마라는 좋다고도 싫다고도 하지 않았어. 말을 하는 대신에 내 얼굴을 두 손으로 안고서 내 눈을 가만히 들여다봤어. 믿기지가 않아, 이렇게 아름다운 사람이 그렇게 강하다니 말이야. 나도 넋이 빠진 것처럼 그녀의 얼굴을 바라봤어. 조금 전에 꿈을 꾸었다는 사실조차 잊어버릴 만큼 매혹적이었지.

"그럼 잠시 동안만 그렇게 해주렴, 뢰브. 그리고 너도 푹 쉴 거라고 약속해다오. 걱정스럽구나. 마녀들이 퍼부은 저주를 그렇게 가까이에서 받았으니 말이다."

마녀의 저주가 다 뭐람. 이렇게 강하고 아름다운 마라가 나를 지켜주고 있는데⋯. 나는 뜨거운 물수건을 가지러 주방으로 달려가면서 그런 걱정은 할 필요도 없다고 생각했어. 마라가 곁에 있어주는 한 저주 따위는 나에게 통하지 않는다고, 그렇게 믿고 있었어.

바로 다음 날 바로 깨닫게 되었지만 말이야. 그게 어리석은 오만이었다는 걸.

○

나는 저주라는 게 몸에 닥치는 거라고만 생각했었어. 어딘가가 아파오거나, 갑자기 머리 위로 물건이 떨어져 내리거나 하는 것 말이야.

그런데 아니더라고. 저주가 무서운 점은 마음을 흔드는 데에 있었어. 그것도 아주 작은 곳에서부터 사람의 마음을 병들게 하는 거지. 의심이라는 씨앗을 심어서.

내가 그걸 깨달은 건 라미아와 릴리스가 쳐들어왔던 바로 다음 날 오후였어.

"근데 정말, 마라가 나에게 뭔가를 숨기고 있는 걸까?"

무심코 이렇게 혼잣말을 내뱉은 나는, 갑자기 그런 생각을 한 내 자신이 미워져서 화가 났어.

'그럴 리가 없잖아. 어제 마라의 그 통통 부은 발을 생각해 봐. 너를 구하려고 두 요괴마녀와 싸우다가 그렇게 된 거잖아. 부끄럽지도 않니? 그렇게 고마운 마라를 의심하다니?'

그래, 그래 맞아. 나는 반성을 하면서 주방으로 내려가 정성 들여 식사를 준비했어. 오늘은 특별히 더 신경을 써야지. 마라 에게 세 가지 메뉴를 대접할 거야.

먼저 기운이 나게 할 스테이크! 아껴 두었던 최상급 사토브 리앙 스테이크를 오늘 내놓을 거거든. 식사 직전에 그릴에 올 려 지글지글 구워야지. 그리고 무화과 구겔호프(Gugelhupf)! 달콤하고 촉촉한 케이크를 먹으면 기분이 좋아질 거야. 마지 막으로 지중해풍 샐러드를 곁들이자. 오징어랑 파프리카, 여 러 가지 몸에 좋은 야채를 잔뜩 넣고 최고로 좋은 올리브유와 발사믹 식초를 뿌리면 마라의 식욕도 더 생길지 몰라.

그런데 그렇게 메뉴정리를 하면서도 마음속 한구석에서 이 상한 소리가 자꾸 고개를 내미는 거야.

'너 근데 그 방에 뭐가 들어 있는지는 알아? 그걸 모르면서 왜 마라가 네게 숨기는 게 없다고 믿어?'

아, 시끄러워. 난 그 소리를 날려버리려고 고개를 세차게 저 었어. 그래도 여전히 그 목소리는 사그라지지를 않고 나를 괴 롭혀댔지.

'마라의 잔인함 봤지? 두 마녀가 불타며 비명을 지르는 광 경을 즐기는 것처럼 보고 있었잖아. 언젠가 네가 쓸모가 없어 지면 너에게도 그렇게 하지 않을까?'

닥쳐! 닥치라고! 네가 지금 제정신이야?

'하하하! 그렇게 믿고 싶으면 마음대로 해. 그런데 이건 알아둬라. 넌 말이야, 이용당하고 있는 거야. 마라도 결국은 마녀라고!'

마음대로 지껄여! 난 안 들어! 안 들린다고!

'그럼 왜 네 이름이 두 개인지 말해봐'

모르는 일에 대답을 할 수는 없었어. 결국 나를 흔드는 데 성공한 그 목소리는 계속 비아냥댔고 내 기분은 엉망이 됐지. 요리를 하면서 그렇게 집중을 못 해보기는 처음이었어.

자꾸 그 스물여덟 번째 방이 눈앞에 아른거리고, 마라가 매서운 표정을 지으면서 나를 해치려는 모습이 상상되고, 수수께끼를 풀어! 수수께끼를 풀라고! 그렇지 않으면 넌 곧 죽게 될걸? 하는 소리가 귓속에서 윙윙 울려대고…. 하여간 제정신이 아니었지.

무화과 구겔호프를 만들고 있으면서도 마음은 계속 다른 곳에 가 있었어. 그래서 구겔호프 틀 안에 반죽을 채워 넣으면서도 난 입술을 잘근잘근 씹으면서 초조함에 어쩔 줄을 몰라 했지. 쉽게 말해 반쯤은 정신이 나가 있었던 거야.

"창문이 또 열렸어!"

발더가 주방문을 열고 들어와 말했어. 난 하하- 하고 가볍게 웃었어. 발더의 저 말이 반갑게 느껴지기는 또 처음이었지. 뚜껑이 너무 버티지 않고 균열을 일으켜준 것도 고마웠지만,

이 혼란한 마음을 잊을 만한 계기가 필요했거든.

"그럼 당장 갔다 오자. 괜찮겠어, 모두들?"

난 앞치마와 모자를 벗어서 걸고 친구들에게 부탁했어. 카룬들은 언제나처럼 흔쾌히 내 제안에 고개를 끄덕이며 제각기 준비를 하기 시작했지.

'그래, 바람을 좀 쐬고 오자. 우물 뚜껑에 집중하게 되면 마녀들의 잡소리 따위는 금방 잊게 될 거야.'

양손에 반지를 끼면서 나는 잊으라고, 나 자신을 다그쳤어.

잊어. 잊어버려. 그런 건 다 말도 안 되는 저주니까. 네가 잊으면 사라지는 저주라고.

"아!…"

우물 뚜껑은 참담할 지경이었어.

지금까지 보았던 균열들은 오늘 본 것에 비하면 그야말로 애들 장난 수준이었지. 내 팔뚝보다도 넓고 깊은 상처가 뚜껑의 가운데에 길게 패어 있었어.

가로로 한 줄.

세로로 또 한 줄.

'이게 과연 메워지기는 할까?'

난 너무 당황스러워서 근심을 감추지 못하고 깊은 한숨을 쉬었어. 주변에서 날 지키던 친구들이 모두 내 절망감을 알아채고 뭐라고 한마디씩 걱정을 해댔지.

"괜찮아?"

"무슨 일이야? 균열이 많아?"

나는 그렇다고 하고 발더에게서 진액과 가지를 넘겨받았어. 이건 더 이상 숨긴다고 해서 나아질 문제도 아니었으니까. 모두들 가볍게 탄식했어.

"네가 말한 대로 오늘은 두 병을 챙겼어. 그러니까 듬뿍 발라주면 될 거야, 핀."

발더가 나에게 용기를 주려고 밝은 말투를 가장했어.

"그래, 고마워. 하여간 최대한 잘 메워볼게."

아무리 열심히 진액을 발라 봐도 끝이 없는 듯했어. 균열이 너무 넓고, 깊고, 컸기 때문에 진액이 마를 사이가 없이 안쪽으로 스며들어버리는 것 같더라고. 일단 메워진 것 같던 틈도 곧바로 다시 쩍하고 벌어져 버렸어.

"저기…."

기다리고 있는 친구들의 배에서 꼬르륵 소리가 날 만큼, 한참 동안 땀을 흘려가며 진액을 바르던 나는 마침내 이 방법으로는 해결되지 않을 거라는 걸 인정할 수밖에 없었어.

"안될 것 같아. 못 하겠어…."

이마의 땀을 닦으며 일어선 나는 어리둥절해 있는 친구들의 얼굴을 보며 상황을 설명해 줬지. 모두들의 입에서는 하아-하는 탄식이 튀어나왔고, 발더는 아직 모르는 거니까 돌아가서 버드나무 진액을 더 가져오자고 했어.

"이런 일이 없기를 바랐는데…."

카룬은 고개를 저으면서 메고 있던 가방에서 유리병을 하나 꺼내줬어. 커피 잔보다 조금 큰 병 안에는 빨간 액체가 담겨 있었지.

"…이게 뭐야."

내가 물었어. 불길한 예감이 들었지. 꿈이 떠올랐어.

"핀, 그걸 손에 찍어 균열에 바르면 돼. 진액으로 못 메우는 균열을 봉인할 수 있어."

카룬은 내가 묻는 게 그런 의미가 아니라는 걸 알면서도 대답하지 않았어.

"이게 뭐냐고?"

난 화가 나서 카룬을 노려보며 팔을 잡았어.

"…알잖아, 너도."

카룬은 내 눈을 피하지 않고 담담하게 말했어.

"핀, 네가 새 뚜껑에 대해 물을 때 뭔가 잘못된 것 같아서 마라 님께 말씀드렸어. 그랬더니 이걸 주신 거야."

내 눈에서 눈물이 주르륵 흘러내렸어. 난 눈물을 훔쳐내고 멀리 보이는 마라의 저택을 향해 고개를 돌렸지. 도대체….

"무슨 짓이야? 이렇게 하면 내가 이걸 저기에 발라가면서 생명을 부지할 것 같았어?"

카룬은 아무 대답이 없었어.

"…이렇게 하고 나서 너희들과 웃고, 밥을 먹을 것 같았나고? 편안하게 잠을 잘 것 같아?"

난 카룬의 잘못이 아니라는 걸 알면서도 그 애에게 감정을 쏟아냈어. 그렇게 하는 것 외에는 어떻게 해야 터질 것 같은 이 분한 마음을 풀 수 있는지 몰랐거든. 그러고 있는 동안 다른 친구들은 이게 도대체 무슨 상황인지 몰라 어리둥절해 하며 초조해했지.

내가 한참 성질을 부리도록 놔두었던 카룬은 냉정하게 사실을 말했어.

"그걸 어떻게 쓰든 내가 강요할 수는 없어. 난 그 뚜껑이 보이지도 않으니까. 하지만 핀, 네가 현명하게 쓰길 바랄게. 이미 흘린 피야. 이젠 없었던 일로 할 수는 없다고."

난 카룬을 놓아주었어. 그리고 이를 악물며 뚜껑을 열었지. 병 속에 손가락을 넣어 맑고 붉은 액체를 듬뿍 묻혔어. 그리고 뚜껑에 생긴 균열을 따라 천천히 발랐어. 그 붉은 액체가, 마라의 피가 닿자 정말로 균열이 조금씩 사라지고 예전처럼 메워지기 시작했지, 슬프게도.

"흐읍. …읍."

그렇게 하는 동안 난 계속 소리죽여 흐느꼈어. 마라가 걱정할까 봐 균열이 커진 것에 대해 이야기를 하지 않았는데… 그러면 정말 없는 일처럼 괜찮아질 거라고 생각했는데….

'이게 뭐야. 이게 뭐냐고….'

그리고 균열을 따라 붉은 피를 다 칠하고 난 후에야, 내가 마녀의 저주에 대해 뭘 잘못 생각했었는지 깨달을 수 있었지. 내가 정말 했어야 하는 일은 그냥 잊는 게 아니었어. 내가 잊는다고 해서 모든 일이 해결되는 게 아니니까.

무서우니까 돌아보지 않으면 그걸 사라지게 할 수 없어. 그러면 오히려 존재하지도 않는 걸 마음속에 영원히 살도록 만드는 거야. 마찬가지로 수수께끼의 방도 그 앞을 지날 때마다 외면한다고 해서 해결될 문제가 아니었고…. 어쩌면 내가 점점 문제를 크게 키웠던 건지도 몰라.

나는 처음부터 그 방을 왜 열면 안 되는지에 대해 마라에게 물었어야 했어. 마라가 두렵고, 진실을 알게 되는 것도 두려워서 그렇게 하지 않았던 거야. 난 마라를 진심으로 믿지 않았던 거라고.

균열을 다 메우고 일어섰을 때, 병 속에는 마라의 피가 반 정도 남아 있었어. 서둘러 뚜껑을 닫은 나는 친구들에게 돌아가자고 하며 한 가지 결심을 굳혔어.

'이게 마라가 날 위해 흘리는 마지막 피여야 해.'

◯

마라가 저녁식사를 하는 동안 그 곁에 서 있으면서, 나는 포크를 쥔 그녀의 왼손에서 눈을 떼지 못했어. 가는 팔목에 감긴 흰 붕대가 너무 슬프고 고마워서 감정을 주체하기 어려웠지.

저녁 메뉴는 원래대로 스테이크였지만, 난 그걸 주사위 모양으로 미리 잘라서 접시에 담았어. 그래야 조금이라도 마라가 힘을 덜 들이고 편하게 먹을 수 있을 것 같았거든.

"맛이 있었다, 뢰브. 훌륭한 요리로구나."

마라가 포크를 내려놓고 냅킨으로 입을 닦으며 요리를 칭찬해 줬어. 난 감사하다고 하고 마라에게 후식으로 가져온 무화과 구겔호프를 연한 녹차와 함께 냈어.

맛있다고 해주기는 하지만 마라는 여전히 접시를 비우지 못했지. 내가 아무리 열심히 노력했어도 마라가 더 달라고 하는 음식은 아직 만들어 보지 못했어. 오늘은 피도 흘렸으니 조금 더 먹어주었으면 좋겠는데….

마라가 식사를 끝내고 쟁반을 치운 다음, 나는 그녀의 발치에 무릎을 꿇고 앉았어. 그리고 그녀의 손을 잡았지.

"마라…."

눈물이 났어. 무엇부터 이야기해야 좋을지 알 수가 없어서 나는 한동안 다음 말을 잇지 못했어. 분명히 아까 요리를 담는 내내 어떻게 이야기할지를 생각해 두었었는데, 막상 마라의 얼굴을 보니 슬프다는 마음 때문에 머릿속이 다 엉켜버린 거야.

"괜찮다, 뢰브."

마라가 오히려 나를 위로해 주었어. 내 볼을 쓰다듬는 그녀의 차가운 손. 이렇게 차가운 손으로 갔어야 할 피를 나를 위해 쓴 거야.

"으흐흑!"

결국 준비했던 멋진 말 대신 눈물이 터져버린 나는 마라의 무릎에 엎드려 울었어.

"괜찮다니까. 뢰브. 고개를 들렴. 너를 위해서라면 매일 이렇게 해야 한대도 나는 웃을 것이다."

내가 실컷 울 수 있도록 기다려 준 마라는 또 마음 아픈 말을 했어. 나는 왜 이렇게 나를 아끼는 사람을 두려워했던 걸까? 언제나 나를 '꿈'이라고 불러주는 사람을 왜 완전히 믿지 못했을까? 그래, 지금도 늦지 않았기를 빌자. 나는 마음을 가다듬고 마라의 다리에 기대어 물었어.

"마라. 알고 싶은 게 있어요."

마라는 다 안다는 눈으로 자애롭게 날 지켜보고 있었지.

"2층의 스물여덟 번째 방에 대해 알려주세요."

내 머리를 쓸어주며 마라가 말했어.

"뢰브, 용케 오래도 참았구나. 궁금했을 텐데."

그 말이 날 부끄럽게 만들었지. 아뇨, 물어볼 수 있는데 참은 게 아니에요. 그냥 물어보면 안 된다고만 생각했어요. 무서워서 생각하지 않았던 거예요.

"그 방은 뢰브, 오직 너만을 위한 방이란다. 너만이 열 수 있고, 너만이 들어갈 수 있지."

"저를 위한 방이라고요? 하지만…."

이상하잖아. 친구들이 절대 열면 안 된다고 했었던 방이었는데. 심지어는 관심도 갖지 말라고 했었고. 아, '지금은'이라는 말을 덧붙였던가?

"그래. 하지만 준비가 될 때까지 열어서는 안 되는 방이기도 하지."

이상한 수수께끼였어. 난 이해할 수 없어서 물었지.

"준비란 게 어떤 건가요, 마라? 어떻게 하면 준비가 되는 건가요?"

마라는 따뜻하게 웃으면서 대답해 줬어.

"그 대답을 알 수 있는 사람도 역시 뢰브, 오직 너뿐이란다. 분명한 것은….'

거기까지 이야기하고 마라는 잠시 망설이며 눈을 살짝 찡그렸어. 고통스러운 생각이 떠오른 사람처럼 말이야.

"분명한 것은, 그 문을 여는 순간. 너는 이곳에 더 이상 머물 수 없게 된다는 사실이다."

"준비와는 관계없어요? 어째서 그런 방이 있어요, 마라? 이해가 가지 않아요."

마라는 대답을 서두르지 않고 내 머리카락을 부드럽게 쓸어 주었어. 그리고 한참 내 등을 토닥여 준 다음 이렇게 말했지.

"내가 확실하게 아는 것은 뢰브, 너와 함께 있으며 지켜주고 싶다는 내 마음이란다. 영원히 함께."

마라에게 안겨 그 말을 들으면서 나도 그렇게 되면 좋겠다고 생각했어. 정말 달콤한 최고의 꿈같았지. 하지만… 이 세상에 영원한 것은 없어. 마라와 나도 결국엔 헤어지게 될 수밖에 없다는 걸, 오늘 난 우물의 뚜껑 앞에서 절실히 깨달았거든. 그래. 우린 누구나 헤어질 운명을 타고 태어났어. 예외는 없어, 세상에서 가장 강한 마녀라고 해도 말이야….

문제는 어느 쪽이 먼저 사라지고 어느 쪽이 남아 슬퍼할 것인가 하는 거였지.

다음 날 저녁식사시간에 카룬, 엠시콘, 발더 이 고마운 친구들은 모두 내가 만든 저녁 메뉴를 두고 칭찬에 여념이 없었어.

정말 이제까지 한 번도 보지 못한 대단한 요리라서 그랬던 건 아니라고 생각해. 어제 뚜껑 앞에서의 일 때문에 우울해져 있던 나를 달래줘야 한다는 의무감에 애들은 조금 과장되게 기뻐했던 거지. 게다가 이걸 먹고 나면 또 저 어두운 평원에 나가 우물 뚜껑을 찾아 헤매야 하니까 더욱 내 눈치를 보는 중이기도 하고.

"우와, 이거 굉장히 예뻐, 핀."

"색깔이 좋은데? 여러 가지 색깔이 아주 잘 어우러졌어."

"난 고기도 좋지만 야채도 좋아하니까, 여기에는 내가 좋아하는 게 잔뜩 있어."

내가 만든 저녁은 비빔밥이었어. 한국의 요리인데, 요리사와 먹을 사람의 기호에 따라 재료를 바꿔가며 얼마든지 변화를 줄 수 있지.

내가 저녁 메뉴로 이걸 내기로 한 건 불과 두 시간 전이야. 그렇게 한 계기는 발더가 잔뜩 풀죽은 표정으로 내 방문을 두드리며 '핀, 창문이 또…'라고 했던 사건이었고.

그 말을 듣고 나서 난 아무렇지도 않은 표정으로 대답했어.

"그래? 뭐 아직 마라의 피가 반병이나 있으니까 이따가 저녁을 먹고 나서 다녀오자. 배가 고프거든."

발더가 돌아간 후, 난 잠시 생각에 잠겼어. 또 균열이 생겼다는 건, 내가 가지고 있던 실낱같은 희망이 깨지는 소식이었지. 그 희망이란 건 혹시 마라의 피를 바른 다음에는 계속 금이 가지 않고 버틸 수 있지 않을까… 하는 아주 어리석은 바람이었어.

게다가 하루라니! 이건 마치 나에게 어서 결심을 하라고 조르는 징조 같았지.

'그리고 오늘 막아놓으면 내일 또 가를 건가? 그래서 매일 마라가 조금씩 생명을 덜어내게 할 참인가.'

난 뿌득- 하고 이를 갈았어. 뚜껑을 원망했던 건 아니야. 뚜껑 아래에서 끊임없이 누군가의 희생을 바라는 혼돈의 우물이 미웠지.

'무슨 요리를 해줄까. 어떤 요리여야 할까.'

잠시 고민을 하고 나서 난 저녁 메뉴에 대해 생각했어.

그리고 결국엔 비빔밥을 준비한 거야.

"자, 발더. 여기 네가 좋아하는 초록색이 있지? 이건 피망이고, 이건 시금치, 이건 오이야. 하나씩 집어 먹어봐."

발더는 그렇게 하고 맛있다며 고개를 끄덕였어.

"무슨 맛이야?"

"피망이랑 시금치랑 오이 맛!"

발더다운 대답에 모두들 웃었어.

"자, 그럼 다음은 노란색이야. 이건 엠시콘이 하나씩 먹고 알려 줘."

"응, 냠냠, 응. 이건 달걀노른자 지단과 잣이구나. 고소하다, 핀."

이런 식으로 우리는 재료를 하나씩 집어먹고 맛을 봤어. 당근, 소고기채 볶음, 무채, 고사리, 콩나물, 고추장에 참기름까지. 고추장을 먹었을 땐 다들 매워서 후후- 하고 숨을 불어댔지.

"자아, 이젠 이걸 섞는다."

"엇, 핀, 그대로 떠먹는 게 아니야?"

"응, 모두 다 어우러지게 해서 먹는 거야."

그렇게 말하고 모든 재료를 커다란 볼에 담은 다음 난 썩썩 열심히 비빔밥을 섞었어. 그리고 다시 모두에게 한 숟갈씩 먹어보라고 했지. 맛을 본 친구들은 맛있는데? 최고야! 라며 엄지손가락을 들어주었어. 난 고맙다고 하고 물었어.

"발더, 비비기 전처럼 오이가 보여?"

발더는 고개를 저었어.

"아니, 전부 고추장에 섞여서 뭐가 뭔지 모르겠어."

"하지만 오이 맛은 분명히 느껴지지?"

"응, 핀. 가끔 씹힐 때마다. 아니 전체적으로 오이 냄새가 나는 건가?"

난 기분 좋게 웃으면서 이렇게 말했어.

"그래. 다른 재료들과 섞이면서 서로 맛과 냄새를 묻힌 거야. 그러면 보이지 않아도 맛이 느껴지지. 안 보여도 있는 거라고. 자, 다들 자리에 앉아. 비빔밥을 덜어주겠습니다."

친구들은 모두 네- 하고 자리에 앉았어.

"너 설마…?"

자기 그릇에 밥을 덜어줄 때 눈치 빠른 카룬이 주걱을 든 내 손을 잡고 조그맣게 말했어.

"식사시간이야, 카룬. 즐거운 식사시간!"

난 카룬을 보지 않은 채 엠시콘과 발더를 향해 웃어주며 나지막한 소리로 그 애의 질문을 막았어. 카룬은 생각에 잠긴 표정으로 밥을 먹으면서도 계속 내 얼굴을 힐끔거렸어. 도저히 못 속이겠어, 저 애늙은이는 말이야.

저녁식사 후에 우리는 모두 왁자지껄하게 웃으며 유난히 꼼꼼하게 오늘의 설거지를 했고, 곧바로 나는 모두에게 이제 뚜껑을 막으러 갈 준비를 하라고 알렸어.

알겠어- 라며 엠시콘과 발더가 자기 방으로 돌아간 뒤 난 기다리고 있던 카룬에게 다가가 귀에 대고 속삭였어.

"아무 말도 하지 마. 스틱스강을 건널 때 또 보자."

그리고 그 애를 안아줬지. 아주 고마운 내 마음을 전부 담아서.

"아케론까지 마중 나갈게."

카룬이 울면서 대답했어. 아케론은 이승을 떠난 영혼이 저승으로 가기 위해 건너야 하는 다섯 강 중 가장 첫 번째 강이었지.

"내 방에 요리법을 정리해 놓은 노트가 있어. 마라에게 해 줘."

카룬의 어깨에 손을 얹고 내가 부탁하자, 카룬은 고개를 저었어.

"네가 없으면 아무도 요리를 먹지 않을 거야. 하지만 그걸 보면서 기억은 할게."

난 웃으면서 그거면 됐다고 말했어.

"핀, 마라 님께는….."

돌아서서 방으로 올라가려는 내게 카룬이 물었어.

"말릴 테니까. 말할 수 없어."

내 대답을 들은 카룬은 체념하는 표정으로 고개를 끄덕였어. 역시 애도 이대로라면 영원할 수는 없다는 걸 알고 있었던 거야. 하긴 스틱스강에서 얼마나 많은 망자들의 눈물을 보았겠어.

'마라.'

천천히 주방을 나와 계단을 오르기 전에, 나는 건너편 2층 마라의 방을 잠시 보고 서 있었어. 3색 커튼이 쳐있어서 마라의 모습을 보지 못하는 건 유감이었지만, 몇만 번을 더 보더라도 헤어질 때는 또 아쉬워질 테니까 참아야 해.

"끄응!"

얀이 어느새 다가와서 앓는 소리를 내며 내 손을 핥기에 난 양손으로 녀석의 두 머리를 함께 쓸어주었지. 그래, 너에게도 참 많은 신세를 졌지. 건강하고 서로 싸우지 말렴. 자 이것으로 이제 이별의식은 끝!

"미안해요."

내 방을 한동안 내 방이었던 곳을 한 번 죽 훑어보고, 그리운 듯 달이 뜬 정원을 내려다보면서 마라와 친구들, 그리고 엄마, 아빠와 여동생을 생각했어. 그러자 저절로 입에서 미안하다는 말이 툭 튀어나왔지. 엄마는 날 얼마나 걱정하고, 보고 싶어 하고 있을까? 지금 생각해 보면 난 그렇게 착한 아들은 아니었는지도 몰라. 사실 공부도 그렇게 썩 잘하지는 못했고, 말썽도 좀 부렸어. 특히 동생을 자주 괴롭혔지. 워낙에 밉살맞아야 봐주지. 그런데 이제는 그 얄미운 동생까지도 보고 싶어서 눈물이 나네.

"아, 이럴 때가 아니지. 어디 이제 슬슬 가볼까? 내 추리가 맞아야 하는데."

나는 여러 가지 생각들을 떨어버리고 책상의 서랍에서 내 방의 열쇠를 꺼냈어. 이건 요즘은 도통 쓰지 않았던 거야. 내 방문을 잠그는 열쇠라는 게 뭐 크게 필요할 리가 없잖아. 마라의 저택에 사는 사람이라야 모두 뻔한데, 누가 아무도 없는 내 방문을 열고 들어오겠어. 나도 굳이 친구들과 마라에게 감추고 싶은 비밀 같은 건 없고 말이야. 그러니 내가 방을 나서면서 문을 잠그고 다닐 일이 없었지.

나는 오랜만에 서랍 밖으로 나온 그 열쇠를 손에 쥐고 뚫어지게 바라봤어. 과연 이 녀석이 들어맞기는 할까?

- 잠깐만, 너 각오는 되어 있는 거야? 준비가 되어 있냐고? -

열쇠가 나에게 묻는 것 같았어. 아… 그건 정말 힘든 결정이긴 했어. 어떻게 행동하는 게 멋있는 건지는 알겠는데, 문제는… 나도 살고 싶다는 욕망이었지. 이 녀석이 자꾸 나에게 좀 더 버텨 봐-라고 유혹하는 거, 그게 참 설득력 있게 들리더라고. 그래서 계속 말싸움을 해야 했어.

- 마라가 그래도 좋다고 하잖아. 본인이 그러고 싶다는데 넌 왜 그 의견을 존중해 주지 않아? -

'시끄러워. 마라에게 상처를 내가면서 연명하는 걸 언제까지 할 수 있을 것 같아?'

- 두렵지 않니? 이 저택에 있을 수 없어진다는 게 어떤 의미인지 알아? 평원에 너 혼자 발을 내딛는 순간 넌 영원히 사라져 버릴지도 몰라. -

'그래, 아마 죽을지도 모른다고 생각해. 무서워. 하지만 나는 마라가 죽는 걸 보는 것만은 도저히 견딜 수 없어. 상상만으로도 너무 괴로워. 내가 지금 이대로 버티고 있으면 마라는 분명히 쇠약해지다가 목숨을 잃게 될 거야. 균열을 메운 지 단 하루 만에 다시 우물은 마라의 희생을 요구했어. 그걸 얼마나 더 반복해야 네가 만족할 수 있겠니? 마라가 '사랑한다, 뢰브' 하고 눈을 감을 때? 그건 안 돼. 엄마의 품처럼 편안히 안주하면서 의지하고 싶은 내 욕심을 이젠 버려야 해. 그녀가 지켜야 할 나의 무게가 커가는 만큼, 마라의 희생도 커질 테니까.'

의지를 흔드는 유혹의 목소리가 더는 할 말이 없어진 것 같기에 나는 열쇠를 쥐고 방을 나섰어. 그리고 살금살금 계단을 걸어 내려가 그 문제의 스물여덟 번째 방 앞에 멈춰 서서 주변을 살폈지.

'뭔가 서늘한 것 같은데…. 기분 탓인가.'

그저 그 방문 앞에 멈춰 섰을 뿐인데도 이상한 불안감과 함께 슬슬 오한이 드는 것 같았어. 내려다보니 손이 덜덜 떨리고 있었지. 예전 같으면 도저히 엄두도 못 낼 만한 크기의 용기가 필요했어.

'진정해, 진정하라고. 넌 그냥 겁을 내는 것뿐이야.'

난 잠시 스물여덟 번째 방의 문을 노려보다가 내 방 열쇠를 손잡이의 자물쇠 구멍 안으로 밀어 넣었어.

'나만을 위한 방이고, 나만이 열 수 있는 방이니까, 내 방의 열쇠가 여기에도 맞을 테지.'

내 예상이 맞았어.

"철컥!"

열쇠는 부드럽게 미끄러져 들어가며 아주 잘 들어맞는 요철이 서로 들어맞는 소리를 냈어. 문은 이제 완전히 열렸어. 나를 기다리고 있었지. 이 방의 주인인 단 한 사람을.

그때 귓가에서 익숙한 속삭임이 들렸어. 에코였지.

"핀, 그러지 말아요."

난 화들짝 놀라서 뒤를 돌아봤어. 그래 봐야 물론 에코는 보이지 않지만…. 안 보이는 사람이 돌아다닌다는 건 이렇게 몰래 뭔가를 할 때 영 불편한 거구나.

난 쓴웃음을 지었어.

"문을 열면 절대로 돌이킬 수 없어요. 방으로 돌아가세요, 핀."

목소리가 나는 방향을 향해 난 나지막하게 말했어.

"걱정해줘서 고마워, 에코. 하지만 이건 날 위한 방이야. 내가 열어야 하는 방."

"하지만…."

에코는 당황스러워 말끝을 흐렸지만 난 그녀가 뭘 말하고 싶은지 알 수 있었어.

"응, 맞아. 준비가 될 때까지 열어서는 안 되는 방이지. 그런데 난 준비됐어. 음… 준비됐다고 믿어. 이걸 열어서 나에게 어떤 일이 닥치더라도 이젠 받아들일 수 있을 것 같아."

그 말을 마치자 내 마음속의 살고 싶다는 욕망이 또 고개를 들고 교활한 목소리로 물었어.

'정말이야? 정말 준비가 됐다고? 문을 열자 지옥이고 그 속에 너를 빨아들인 뒤에 탁— 닫힌 문이 영원히 열리지 않아도 괜찮다고?'

좋은 지적이야, 나는 잠시 눈을 감고 그 질문을 꼭꼭 음미해 봤어.

안녕, 마라

"그래. 난 준비됐어."

나는 눈을 뜨면서 힘을 주어 손잡이를 돌렸어.

"끼이익."

오랫동안 쓰지 않았었기 때문인지 스물여덟 번째 방의 문은 삐걱거리는 소리를 내며 천천히 안쪽으로 열렸어. 아주 작은 소리였지만, 워낙 마라의 저택 안이 고요했고, 몰래 일을 벌이느라 가슴이 두근대는 내 귀에는 꼭 천둥소리처럼 크게 느껴지더라고.

'자박.'

난 천천히 한 걸음을 안으로 내디뎠어. 그 발소리도 엄청나게 크게 울리는 것 같았지. 아직은 아무것도 보이지 않았기 때문에 난 숨을 몰아쉬고 한 발짝을 더 뗀 후, 문을 완전히 열었어.

"뭐, 뭐지! 이게?"

눈앞에 펼쳐진 방안의 풍경에 난 깜짝 놀라서 힘없이 무릎을 꿇었어. 그건… 그야말로 내가 예상해 봤던 모든 것들과 전혀 다른 모습이었거든.

방안에는 꽃이 가득했어. 그것도 모두 화려하고 예쁜 색깔의 붉고, 노란 꽃들이. 그 꽃들은 모두 마라의 정원에서 가져온 것들이 아닌 게 분명했어. 왜냐하면 마라의 정원에는 언제나 검은 꽃밖에는 피지 않거든.

발 디딜 틈도 없이 가득 채워진 꽃들은 막 따온 것처럼 싱싱했는데 그 향기가 너무나 진해서 어지러울 정도였지. 하지만 내가 놀랄 수밖에 없었던 것은 그런 꽃들 때문이 아니었어.

"이건, 이건… 나잖아."

나는 방의 한가운데에 놓인 작은 관속에 잠든 것처럼 누워 있는 꼬마아이를 보고 놀랐던 거야. 그건 나였어. 분명히 알 수 있었어. 그 아이가 단지 나를 많이 닮은 아이이거나 한 게 아니라, 완벽하게 바로 나라는 걸 말이야.

왜 그런 걸 확신할 수 있었냐고 묻는다면 이유를 댈 수는 없어. 하지만 만약 누구라도 나와 같은 경험을 하게 된다면, 내가 왜 단번에 알 수 있었는지 이해할 수 있을 거야.

"내가 왜 둘인 거지?"

나는 내 가슴에 손을 얹으면서 고개를 저었어. 관 속에 누워 있는 아이는 죽은 것 같지는 않았어. 하지만 굳게 감겨 있는 두 눈이 뜨일 것처럼 보이지도 않았지. 숨을 쉬고 있는지 아닌지도 모를 만큼 조금도 움직이지 않았지만, 두 뺨이 붉게 혈색을 띠고 있어서 그 안에 생명이 있다는 걸 말해주고 있었어.

이게 무슨 일일까? 왜 이렇게 이상한 걸 보게 되었을까?

저건 분명히 다른 아이가 아니야. 저건 또 다른 나라고. 저 꽃은 다 뭐지? 이 방의 문이 열린 걸 한 번도 본 적이 없는데 언제 누가 저런 걸 계속 가져다 채운 거지? 그리고 저기 있는 나는 왜 저렇게 죽은 듯 누워 있는 거냔 말이야, 그것도 관 속에서!

그토록 용기를 내어 이곳에 들어왔는데, 모든 게 혼란스러워졌어. 난 너무 어지러워서 내 머리를 감싸 쥐었지. 그때였어.

"아아아아아!"

마라였어. 마라가 이제껏 한 번도 들어본 적 없는 비통한 목소리로 울부짖고 있었지. 난 입술을 꽉 깨물고 고개를 돌렸어. 거기엔 마라가 서 있었어.

"열고 말았구나!"

마라는 서글픈 표정으로 나를 보며 크게 탄식했어. 그 아름다운 얼굴이 너무나 슬프고 애절해서, 나도 절로 눈물이 날 것 같았어.

"…마라."

난 무슨 말을 해야 할지 몰라서 머뭇거렸어. 그녀의 눈물을 보고 싶진 않았지만, 동시에 다시 한번이라도 더 그 아름다운 모습을 보게 되어 기쁘다는 생각도 들었어.

"아아아아아!"

마라는 고개를 들고 한 번 더 크게 절규했어. 그리고 마침내 결심을 한 듯, 비장한 표정으로 천천히 두 손을 뻗으며 힘없이 내게로 다가왔어.

"아아, 뢰브. 나의 뢰브."

나를 꼭 끌어안고 마라는 내 머리에 볼을 부비면서 울었어. 그녀의 뜨거운 눈물이 뺨에 닿자, 내 눈에서도 눈물이 흘렀어. 준비가 되었다고 그렇게 뻥뻥 큰소리를 쳤었지만 역시 아무 준비도 되어 있지 않았었나 봐.

마라는 잠시 아무 말도 않고 나를 안은 채, 움직이지 않았어. 그녀의 체온이, 그녀의 심장이 고동치는 소리가, 그리고 그녀의 커다란 슬픔이, 마라와 맞닿아 있는 내 몸을 통해 고스란히 전해졌어.

"이제!"

마침내 마라가 나를 떼어내고서 입을 열었어.

"이것을 본 이상, 더는 이곳에 있을 수 없다."

나는 마라의 기세에 눌려 아무 대답도 할 수가 없었지.

'사랑해요, 고마워요, 보고 싶을 거예요, 미안해요, 건강해야 해요. 날 기억해 주세요. …울지 말아요.'

이런 말들이 가슴 속에서 거세게 소용돌이를 치고는 있었지만 이 중 단 한 마디도 입 밖으로 빠져나오지는 못했어. 그만큼 나를 마주 보고 있는 마라의 눈빛에는 거부할 수 없는 슬픈 운명의 힘이 있었기 때문이야.

"사랑으로 잡으려고 했지만, 호기심이 너를 내버려 두지 않는구나, 뢰브. 떠….'

마라는 마지막 말을 하려고 떼던 입술을 바르르 떨면서 눈물을 흘렸어. 그리고 내 이마에 입을 맞춰줬어.

"떠나거라!"

마라는 보라색의 아름다운 두 눈동자에 슬픔과 아쉬움, 사랑과 축복을 담아서 내게 보내며 단호하게 말했어. 난 마지막으로 한 번 더 그녀의 손을 잡아보고 싶었지만, 그보다도 빠르게 내 몸은 바람에 실려서 마라의 저택 밖으로 끌려나가 버리고 말았지.

순식간에 평원을 가로질러 날아가면서도 내 눈은 마라의 저택에 꽂혀 있었어. 그리고 슬프디슬픈 표정으로 나에게 손을 흔들어 주는 카룬과 엠시콘, 발더의 모습을 지켜봤어. 마지막으로 두 손을 가슴에 얹고 쓰러져 통곡하는 마라의 모습도.

'안녕, 이젠 모두 안녕.'

그렇게 마음속으로 마지막 인사를 하는데 갑자기 사방이 어두워지며 귀에 익은 목소리가 들렸어.

"뭐야, 핀이잖아.'

그건 티아마트의 목소리였어. 난 바람에 실려 어느새 티아마트의 입안으로 들어와 버렸던 거야. 모든 게 다 끝나버렸다고 생각하고 있었는데 낯익은 친구를 만나게 된 나는 조금이나마 희망이 생겨서 떨리는 목소리로 물었어.

"티아마트 대답해 줘. 난 어디로 가는 거야?"

그러자 평소와 똑같은 굵고도 애교 있는 목소리로 티아마트가 말했어.

"가는 곳을 모르는 여행은 혼돈뿐이지. 넌 지금 혼돈 속으로 가는 거야."

혼돈이라니? 그건 그동안 무진 애를 쓰며 뚜껑으로 막아왔던 거잖아. 설마 그 혼돈의 우물 속으로 간단 말이야? 제대로 대답해 봐….

물어보고 싶은 게 끝없이 많은데 눈꺼풀이 너무나 무거워서 난 그만 정신을 잃었어. 가물거리며 모든 것이 빙빙 어지럽게 돌았고 먼 메아리처럼 티아마트의 목소리가 울렸어.

"모든 건 네가 정하는 거지. 넌 이제 핀… 이 아… 니… 야…."

III

디저트

오늘은 학교에서 소풍을 갔다.
가는 길에 알록달록한 꽃들이 많아서 너무 예뻤다.
목적지에 도착하니 벌써 1시, 선생님이 점심을 먹으라고 하셨다.
나는 엄마가 정성껏 싸주신 김밥을 맛있게 먹었다.
출출한 탓인지 김밥이 더 맛있었다.
점심을 먹고 장기자랑이 열렸다.
나는 친구들의 익살에 배꼽이 빠질 것 같았다.
집에 돌아오니 노곤했다.
참 즐거운 하루였다.

모든 요리의 힘을 모아
빛으로! 엄마에게로!

정신을 차렸을 때, 나는 아주 깜깜한 곳에 있었어. 몸은 둥둥 떠 있었는데 물속에 있는 것보다는 훨씬 자유롭게 움직일 수 있었고, 숨도 막히지 않았어. 언젠가 텔레비전에서 우주비행사들이 무중력 상태에서 떠다니는 모습을 본 적이 있었는데, 딱 그런 느낌이었지.

그리고 저쪽 아주 먼 곳에 작은 빛의 점이, 하나 보였어. 분명히 원래는 대단히 밝고 큰 빛이지만 너무 멀리 있어서 마치 반딧불을 보는 것 같이 작고 희미하게 느껴진달까?

"엇 이건 뭐야?"

멍하니 빛이 반짝이는 곳을 바라보고 있는데 뭔가가 획 하고 내 머리 위로 날아왔어. 난 깜짝 놀라서 피한다고 움직여봤지만, 그 투명한 캡슐 같은 물체는 내 이마를 때리고 말았지. 캡슐은 아주 말랑말랑해서 조금도 아프지는 않았는데 내 피부에 닿자마자 물방울이 스며들듯이 안으로 녹아들어 가 버리는 거야.

그건 '기억'이라는 거였어.

"아아, 이제 생각이 난다. 나는 커다란 자동차에 부딪혔었지. 그래, 그 차가 너무 빨리 달려와서 피하지를 못했고… 그리고 어떻게 되었더라? 아, 하늘 높이 붕 떠서 날아가 버렸었지."

나는 비로소 맨 처음 티아마트의 배 속에서 깨어나기 직전의 일을 기억해 낼 수 있었어. 그동안 그렇게 하얗게 지워져서 도무지 생각이 나질 않았었는데. 이젠 그 부분은 바로 전의 일처럼 선명하게 떠올라.

"그런데 내가 왜 그렇게 급하게 차가 달리는 길 위로 뛰어나갔던 거지?"

그런 생각을 하고 있을 때 저쪽에서 또 하나의 투명한 캡슐이 날아오는 게 보였어. 난 그 캡슐이 날아오는 쪽으로 서둘러서 몸을 움직였어. 그리고 그게 내 머리에 맞닿아 안으로 스며들도록 했지.

"그랬었지! 희야가 하도 얄미워서 엄마 몰래 한 대 쥐어박고 집 밖으로 뛰어 달아났던 거였어. 하, 이제 이름도 기억이 나네."

희야는 내가 몇 번이나 말했던 그 밉상스러운 여동생이야. 이런! 이 모든 게 다 몰래 여동생의 머리통을 쥐어박고 엄마의 호통을 피해 달아나다가 일어난 일이란 말이야?

그 뒤로도 몇 개인가 기억이 내 곁을 지나갔고 난 가능한 한 놓치지 않고 그걸 모두 받아보려 했어. 아, 점점 많이 기억이

나. 기억난다고! 내 이름도 엄마 이름도, 그리고 아빠의 이름도, 모두 말이야.

그때 어느 쪽에서인지 방향은 알 수 없지만 캄캄한 어둠 속에서 엄마의 목소리가 들렸어.

"현아, 오늘 기분은 어떠니? 햇살이 좋지?"

어! 엄마다! 엄마!

나는 소리가 난 방향을 찾아보려 했지만 워낙 모든 것이 불분명한 어두운 공간 속에 있었기 때문에 그게 쉽지 않았어.

"엄마."

난 큰 소리로 엄마를 불렀어. 그렇게 오랜만에 엄마의 목소리를 들으니까 너무 기쁘고 행복했어. 이게 도대체 어디이기에 엄마의 목소리가 들리는 걸까. 엄마는 어디쯤에 있는 걸까? 난 쉴 새 없이 고개를 돌려 엄마를 찾았고 계속 목청껏 엄마!라고 외쳤어.

"아유, 그렇지? 엄마가 오니까 좋지, 우리 예쁜이? 엄마도 계속 현이가 보고 싶었어."

어, 들린 건가? 그런 거지? 지금 엄마가 내 말에 대답을 해준거 맞는 거지? 나는 신이 나서 더 크게 엄마를 불렀어.

"엄마, 어디에요? 난 여기에 있어요!"

"토요일이라서 더 일찍 오고 싶었는데, 일이 좀 늦어졌네."

엄마는 엉뚱한 대답을 했어. 뭐야, 이거 내 말이 들린 게 아니었나 봐. 난 뭐가 뭔지 혼란스러워서 가만히 귀를 기울이고

들었어. ,

"삐걱."

이번에는 문소리와 함께 누군가 들어서는 소리가 났어. 어디지? 어디에 문이 있는 거지? 좌우를 둘러봐도 문은 보이지 않았어.

"아, 당신 왔군. 식사는 했어요?"

이건 아빠 목소리야.

"아뇨, 당신이야말로 뭘 좀 드셔야죠. 어젯밤부터 지금까지 꼬박 아무것도 못 먹었죠?"

"아니, 아침에 잠깐 아래 식당에 내려가서 먹고 왔어. 여보, 일단 밥부터 먹고 와요."

"난 괜찮아요. 일단 현이 얼굴 좀 더 보고 있을게. 아아, 우리 잘생긴 현이."

그런데 있지, 이상하게도 내 볼에 엄마의 손길이 느껴졌어. 난 여기 이렇게 암흑 속에 있는데 엄마 손은 보이지도 않거든? 그런데 분명하게 그 손길이 지금도 생생하게 내 볼을 스치고 있단 말이야. 아, 엄마의 손길 너무도 부드러워.

난 고개를 갸웃거렸어. 그러고 보니 이상한 게 또 있어. 우리 집은 1층 집이라서 아래층 같은 건 없어. 아빠는 무슨 말을 한 거지?

"여보, 당신이 건강해야 현이 병수발도 할 수 있는 거야. 지금 도대체 몇 달째요? 석 달 동안 당신이 뭘 제대로 먹는 걸 못 봤어. 당신 얼굴 좀 봐요, 당장이라도 쓰러질까 봐 무섭다고."

아빠는 엄마가 걱정되는지 애원하는 말투였어. 그런데도 엄마는 도무지 고집을 꺾지 않더라고.

"억지로 씹으려고 해도 도저히 밥이 안 넘어가는 걸 어떻게 해요. 현이가 이렇게 누워 있는데 나만 배부르게 먹을 수는 없어요. 난, 기다릴 거예요. 그래서 우리 현이가 눈을 뜨고 일어나면 그때 같이 먹을게. 함께 이 세상에서 제일 맛있는 음식을 찾아서 먹고, 이 세상에서 제일 좋은 곳을 다 구경할 거라고요. 우리 현이랑."

여기서 엄마는 잠시 말을 끊었어. 아빠도 아무 말이 없었는데 어째 조금 울고 있는 것도 같아. 누군가 흐느끼는 소리가 희미하게 들렸거든.

"그래, 알았어. 알았으니까 진정해요. 당신 왔으니까 나는 가게에 나가 볼게."

"가게도 가게지만, 당신도 집에 가서 눈을 좀 붙여요. 피곤해 보여요."

"그래. 그렇게 할게. 아, 그리고 좀 전에 의사 선생님 만났는데 여전히 의식은 없는 것 같고 앞으로도 전처럼 고비가 올 수도 있다는구려. 당신도 그렇게 알고는 있어야 할 것 같아서…."

그리고 탁- 하고 문이 닫히는 소리가 났어. 아마 아빠가 문을 닫고 나간 건 가봐. 의사 선생님이라는 말로 봐서 아무래도 여긴 병원인 것 같은데. 나… 그럼 병원에 누워 있는 건가? 석 달이라고? 우와 그 사고가 난 게 벌써 석 달 전이란 말이야? 조금 전의 일인 것처럼 생생한데.

"의식이 왜 없어. 이렇게 엄마가 오면 벌써 안색이 좋아지는데. 그렇지, 현아? 비록 말은 못 해도 너 다 듣고 있지?"

잠시 후에 엄마가 그렇게 말을 하며 내 발을 주물러 줬어. 아아, 너무 시원해. 그동안 모르고 있었지만, 이제야 피가 좀 통하는 것 같아. 그리고 엄마의 손길이 너무 좋아. 나는 어둠 속에서 둥둥 떠 있는 채로 내 발을 가만히 쳐다봤어. 분명히 여기에 이렇게 두 발이 다 있는데 엄마가 주물러 주는 건 뭐지?

"그런가? 이건 내 의식 속이고, 내 몸은 병원 침대에 몇 달이나 꼼짝도 못 하고 누워있었던 거란 말이지?"

난 이제 대충이나마 내가 처해 있는 상황을 알 수 있을 것 같았어.

"현아, 엄마가 이제 책을 읽어줄게. 어제 우리가 어떤 걸 읽었더라? 그렇지. 『오디세이아』를 읽고 있었지? 어디 보자, 오디세우스가 알키노스 왕과 나우시카 공주의 도움으로 배를 타고 출발한 것까지 읽었었네. 자 들어봐. 그다음을 읽어줄게. …이제 곧 새벽이 올 것을 알려주는 샛별이 반짝일 무렵에 오디세우스를 태운 배는 이타케 섬 부근에 도착해 있었습니다.

그들이 배를 댄 곳은 바다에 우뚝 솟은 두 개의 갑 사이에 위치한 포르키스 항구였습니다."

내 다리를 한참 동안 주무르던 엄마는 이번엔 책을 꺼내 들고 읽어주기 시작했어. 어? 이건 얼마 전부터 내가 마라의 서재에서 읽었던 건데, 이상한 우연도 다 있네. 게다가 비슷한 부분이기도 해.

어쨌든 나는 꿈을 꾸는 것처럼 달콤하게 엄마가 읽어주는 『오디세이아』를 들었어. 이야기도 이야기지만, 엄마의 목소리를 이렇게 듣는 게 꿈만 같았거든. 난 너무나 행복했어.

"이제 좀 다른 이야기를 읽어볼까? 음, 엄마는 이게 좋더라. 현이도 아마 좋아하겠지."

한동안 이야기를 읽던 엄마는 이번엔 다른 책을 읽어주기 시작했어. 그건 세계 여러 나라의 문화와 지리, 음식, 관광명소 같은 것들에 관한 책이었어.

"해마다 봄이 되면 캐나다의 토론토에서는 메이플시럽 축제가 열린대. 메이플시럽이라는 건 말이야. 메이플나무의 껍질에 생채기를 내고 거기서 흘러나오는 나무의 수액을 모은 거란다. 그렇게 모은 나무의 수액을 계속 졸이면 결국에는 아주 달콤한 설탕시럽처럼 되는 거지. 그게 맛이 있을까? 3월이나 4월에 열리는 이 메이플시럽 축제는 봄이 오는 것을 알리는 전령과 같은 거라는 구나. 그리고 그다음부터는 거의 매주 각기 다른 축제가 열린대. 크리스마스 때까지 말이야."

이거, 이거, 난 뭔가 깨달은 것 같아서 갑자기 감정을 다스릴 수가 없었어. 으으으, 눈물이 날 것 같다. 엄마! 사랑해요. 그리고 너무 고마워요. 날 이렇게 지켜주고 붙들어 줘서.

"으으!"

난 이런 내 마음을 엄마에게 전하고 싶어서 안간힘을 써봤어. 그런데 그게 쉽지가 않았어. 아무리 크게 소리를 질러보려고 해도 도무지 엄마에게 들리지 않는 것 같고, 이 어둠 속에 있는 내 몸이 아닌, 저기 어딘가 침대 위에 누워 있을 내 몸을 움직이려고 해도, 이게 도대체 어디에 가 있는지를 알아야 조종을 해보지.

엄마는 아주 오랫동안 계속해서 나에게 여러 가지 책을 읽어주었고, 간간이 내 손과 발을 주물러 주었고, 가끔 내 얼굴을 쓰다듬어 주었어. 그리고 몇 방울쯤 눈물을 흘리기도 했지. 그 눈물이 내 귀에 떨어졌기 때문에 알 수 있었어.

그러다가 다시 아무 소리도 나지 않고 고요해졌어. 엄마가 자리를 비운 것 같지는 않아. 잘 들어보면 엄마의 숨소리가 들리거든. 아마 내 곁에서 잠이 들었나 봐. 그래 엄마도 정말 피곤했을 거야. 그렇게 계속해서 뭔가를 읽고, 주무르고, 계속 내게 말을 시켜줬으니 얼마나 힘이 들었겠어.

"이대로 넋 놓고 있을 수는 없지! 난 그냥 6학년 꼬마가 아니고, 마라의 요리사였던 사람이야. 질 줄 알고?"

난 이 캄캄한 어둠에서 벗어나서 내 몸속으로 다시 돌아갈 방법을 찾아내려고 생각을 집중해 봤어. 무슨 수가 없을까? 생각을 해내야 해. 내가 스스로 생각해야 한다고. 아까처럼 무슨 캡슐 같은 게 휘익 하고 날아와서 여기서 나가는 길을 일러주지는 않을 테고 말이야.

그때, 멀리에 보이는 저 작은 빛이 뭔가 단서가 될 거란 생각이 들었어. 저기까지 가본다면 뭔가 나가는 길이 있지 않을까? 적어도 여기에 가만히 앉아서 기다리는 것보다는 나을 것 같아.

그런데 저 빛, 왜 저리 멀어 보이지?

"끄응!"

앞으로 계속 나아가는 게 힘이 들었지만 난 무거워진 팔다리를 계속 허우적거려서 빛을 향해 헤엄쳐 갔어. 손을 놓고 앉아 있어봐야 바뀌는 건 아무것도 없다는 걸, 난 잘 알고 있거든. 지난 몇 달 동안 마라의 저택에서 그걸 배웠지. 만약 내가 도전하는 걸 두려워했다면 난 아마 어제까지도 아무거나 있는 대로 욱여넣은 콩죽이나 먹고 있었을 거야. 하지만 난 요리사가 됐었어. 그것도 솜씨 좋은 요리사라고 불릴 만큼 실력이 늘었었다고.

"이 정도보다 더 힘들어도 이길 수 있어!"

난 쉬지 않고 움직였어. 아직도 빛은 저 멀리에 있었고 아주 작아 보였지만, 그래도 아까보다는 가까워진 걸 느낄 수 있었어. 팔도 다리도 힘이 쪽 빠져버릴 때까지, 난 지금껏 내가 요리해서 먹었던 그 수많은 음식들의 이름을 하나하나 부르면서 그 기운을 모두 모아 한 걸음씩을 내디뎠어.

"영차! 사토브리앙 스테이크! 끄응, 단 호박 샐러드! 영차, 치킨 퀘사디아! 이얍, 망고무스 케이크! 헉, 헉, 영차, 불고기! 이얍, 초코 칩 쿠키!"

거짓말 같겠지만, 그게 꽤 효과가 있더라고. 내 영혼이 그 음식들의 영양을 그대로 간직하고 있다가 지금 되돌려 주는 기분이었어. 덕분에 난 어느새 그 빛의 아주 가까이에까지 다다를 수 있었어.

사실, 어느새라고 하면 안 돼. 그건 그냥 눈 깜짝하는 사이에 뚝딱하고 쉽게 이뤄낸 일은 아니거든. 시간이 얼마나 걸렸는지 모르겠어. 의식 속이라 그런지 땀이 나지는 않았지만, 아마 마라톤을 하는 사람들이 이런 기분이 아닐까 싶을 만큼 괴롭고 힘이 들었어. 가슴은 터질 것 같았고 입이 바짝바짝 타들어 가는 기분이었지. 몇 번쯤 정신을 잃을 뻔했다니까. 그럴 때면 두 눈에 힘을 꽉 쥐며 참았어.

"아아, 거의 다 왔어. 거의 다 왔다고. 마지막으로 조금만 힘을 더 내면 돼."

나는 숨을 헐떡거리면서 스스로를 격려했어. 말은 그렇게 해도 눈앞이 핑핑 돌 지경이야. 얼마나 견디기 어려웠는지 몰라. 게다가 이제 내가 했던 요리들도 거의 다 바닥이 났는지 더 이상 이름이 생각나지 않는 거야. 최근의 메뉴였던 비빔밥,

무화과 구겔호프와 지중해풍 샐러드까지 다 읊어버린 참이거든. 뭐? 미셸 아저씨네 포도? 그런 건 벌써 다 써먹었지. 그냥 포도, 포도 주스, 포도 잼, 포도 젤리까지 말이야. 그래, 스콘이랑 마카롱, 파에야도 마찬가지야. 그것도 이미 30분은 전에 외쳤다고.

요리 이름이 다 바닥나고도 그나마 이만큼 올 수 있었던 건, 카룬과 엠시콘, 발더, 에코, 얀 같은 다정한 친구들의 즐거웠던 기억 덕분이었어. 참 고마운 친구들이었지. 하아.

"이건 뭐 터널 같은 건가 본데."

난 바로 몇 걸음 앞에 펼쳐진 눈부신 빛을 바라보며 말했어. 아까는 조그만 점같이 보이던 빛이었지만, 이렇게 가까이에 와서 보니 꼭 거대한 폭포의 위에 서서 그 아래를 바라보는 느낌이었어. 그러니까 저 아래로 빛이 계속해서 빨려 들어가고 있더란 말이지.

"그래, 빛이야. 빛이 있어서 나빴던 적은 없지. 저기로 가는 게 맞을 거야."

난 꼼짝도 못 하고 엎어져서 숨을 고르며 나 자신을 설득했어. 사실 이게 옳은 길이라는 자신은 없었지만, 여기까지 와서 되돌아가기엔 너무 아까웠거든. 아니 사방 어디를 둘러봐도 되돌아갈 곳 따윈 보이지 않았다고. 그저 어둠뿐이었지.

"삐익."

또 문이 열리고 발소리가 소리가 났어.

"이 사람, 이렇게 피곤하면서 참…."

아빠였어. 아마 잠들어 있는 엄마를 보고 안타까워한 거겠지. 그리고 잠시 부스럭거리는 소리가 났어. 음, 이건 아마 엄마에게 뭔가를 덮어주는 게 아닐까? 담요라든가.

아빠가 자리에 앉는 소리가 나고 나서도 잠깐 동안 아무런 소리가 들리지 않았어. 그렇게 침묵이 조금 이어지다가 갑자기 내 귀가 간지러워지고 아빠의 귓속말이 들렸어.

"현아, 아빠 이야기 들리니?"

난 간지럽기도 하고 담배 냄새가 나기도 해서 잔뜩 목을 움츠렸어. 하지만 아빠가 내게 말을 걸어준 건 반가웠지. 정말로 반가웠어. 하, 우리 아빠도 참, 자기 입으로 '의식이 없을 거래'라고 해놓고서 귀엣말은 다 뭐람. 큭큭.

"아빠는 현이가 혹시라도 아픈 걸 느낄까 봐 그게 제일 무서워. 그렇지만 않다면 아빠랑 엄마는 언제까지라도 너를 기다릴 수 있단다. 기운을 내렴. 사랑한다, 아가."

그리고 아빠는 곧 내 귀에서 입을 떼고는 쑥스럽다는 듯 험, 험, 하고 가볍게 헛기침을 했어. 그런데 그 소리에 아마 엄마가 잠에서 깼나 봐.

"어, 여보 언제 왔어요?"

"응, 지금 막."

"잠은? 집에 가서 조금 편하게 누우라니까."

"잠이 와야 말이지. 가게 둘러보고, 집에 들러서 희야 얼굴만 보고 왔어."

"희야는 뭐래요? 어머니가 애 보시느라 힘들어하시죠?"

"뭘, 얌전하게 있더라고. 아참 그리고 이런 걸, 주던데."

그리고 부스럭거리는 소리가 났어. 응? 종이를 펴는 소리 같은데?

"뭐예요, 그게?"

"편지인가 봐. 아마 학교에서 크리스마스카드 만드는 걸 했겠지, 제 오빠한테 갖다 주라고 하더군."

"어머, 웬일이래. 다 컸네."

엄마가 조금 웃는 소리가 났어. 홍! 다 크긴 뭘 다 커? 고 계집애 예전부터 이미 얼마나 여우였다고요? 하도 내숭을 떨어서 엄마만 모르는 거지. 난 질투가 나서 입술을 씰룩거렸어.

"어디 읽어봐요, 현이도 들어야지."

"에이, 이 사람. 쑥스럽게 그냥 여기다 두지, 뭐."

"하여튼 이이는, 줘 보세요. 내가 읽을게."

그리고 엄마가 국어책을 읽는 것처럼 희야의 카드를 읽기 시작했어.

"오빠! 미안해. 나 때문에 오빠가 다쳤어. 어머 애, 다쳤어를 쓸 줄 모르는구나…. '다져써'라고 해놨네. 아유 참… 음, 이제 퇴원하면 안 그럴게. 오빠 보고 싶어. 빨리 나아. 메리크리스마스."

정말 유치하고 아무 내용도 없는 편지였는데, 그걸 들으니까 막 또 눈물이 날 것 같았어. 아, 희야. 이제 너 안 때릴게.
나도 미안하다.

"정말, 어느새 크리스마스네요."

엄마가 내 머리칼을 살살 쓸어주며 말했어.

"그래요. 지금 눈도 조금씩 오더라고."

크리스마스? 헉, 마라의 저택은 초여름이었는데. 그러고 보
니 내가 장을 보러 다녔던 도시들도 다 계절이 제각각이었지.
이곳과 그곳은 시간이 다르구나. 크리스마스라, 내가 그것과
관련한 무슨 요리인가를 만들었었는데…. 그게 뭐였지? 그것
만 생각해 내면 이제 이 빛 속으로 뛰어들 만한 힘을 낼 수 있
을 것 같아. 그래 요리 하나만! 하나만 더!

"뭐였지? 그게…. 그래, 달콤한 거였는데? 도르르 말려서 그
위에 초콜릿 생크림이 울퉁불퉁하게 발라진, 그리고 또, 발더
가 막 웃으면서 이건 자기를 닮았다고 했었어. 뭐였지? …그
래. 알았다!"

나는 기합을 지르면서 온몸의 힘을 다 끌어모았어. 이제 그
이름을 부르기만 하면 내게 기운이 생길 거야.

"이야압! 노엘 케이크!"

크리스마스에 먹는 나무 모양으로 장식한 케이크의 이름을
부르고, 그 기운을 얻은 난 빛 속으로 뛰어들었어. 눈부신 빛
이 나를 어지럽게 감싸서 또 정신을 잃을 뻔했지만 이를 악물
고 버티면서 내가 가는 곳을 보았어.

그리고….

이제! 난 돌아왔어! 아주 힘이 들었지만 가늘게 눈이 뜨이는 거야. 내 오른편에 엄마와 아빠가 나란히 앉아서 창밖을 보고 있었어.

"엄마."

내가 처음으로 한 말은 그거였어. 근데 혀라든지 입술이 너무 오랫동안 써먹질 않아서 그런지 도통 내 맘대로 움직여주질 않더라고. 겨우 입 밖으로 나온 소리는 모깃소리처럼 '잉잉' 하는 거였지. 안 돼, 안 돼, 조금 더 크게 말을 하라고.

"엄마."

또 불렀어. 이번엔 조금 더 크게, 조금 더 확실하게 말이야. 그러자 엄마, 아빠가 동시에 깜짝 놀라서 나를 돌아보고 소리를 질렀어.

"여보, 혹시 들었어요? 얘가 지금 날 불렀어!"

엄마가 울먹이며 말했어.

"응, 드… 들은 것 같아. 현아! 현아! 다시 말해봐! 현아!"

아빠도 눈물을 글썽거리면서 숨이 넘어갈 것 같은 목소리로 나를 부르고, 손으로는 내 다리를 흔들었어. 아, 다행이야. 이번엔 들렸어.

"엄마… 아빠."

난 잠깐 기운을 모았다가 최고의 기술로 혀와 입술을 조종해서 그렇게 말했어. 이번에 말한 건 내가 듣기에도 꽤 정확해졌어. 그리고 그때쯤 되니까 눈도 반쯤은 뜨이더라고.

"아아, 감사합니다. 현아! 우리 애기!"

엄마는 누구에게인지 모르지만 연달아 감사한다고 외치면서 내 이름을 부르고, 내게 입을 맞추고 눈물을 흘리면서 내 손을 끌어다가 뺨에 댔어. 나도 있지, 저절로 눈물이 주르르 흘렀어. 아빠는 내 얼굴을 엄마에게 다 빼앗겼기 때문에 어쩔 수 없이 내 다리를 끌어안고 울었어. 계속 "이제 가면 안 돼, 알겠지 현아?"라고 되뇌면서 말이야.

병실에서 소동이 벌어진 걸 알고 굳은 표정의 의사 선생님들과 간호사 누나들이 황급히 뛰어 들어왔어. 헤헤, 긴장하지 마세요. 좋은 일이니까.

피날레 요리

난 일어날 수 있게 되었어. 코에 달려 있던 이상한 호스 같은 것도 떼어버렸고, 누가 부축해 주기만 하면 오줌도 이제 내 발로 걸어가서 눌 수 있어. 아직 팔에 달린 링거주사 바늘을 빼지 못하는 게 아쉽기는 해도, 이만하면 많이 발전한 거지 뭐. 의사 선생님도 이건 기적이라고 하셨어.

근데 아직 밥은 먹지 못해. 워낙에 소화기가 약해져 있기 때문에 그렇다는데, 배가 지독하게 고파. 영양분은 저기 달려 있는 링거주사와 아주 멀건 죽만으로 공급받아. 아 가끔 단백질 주사도 맞고 이름을 잘 모르겠는 다른 주사도 맞는데, 이게 없으면 몸이 퉁퉁 부을 거라네.

와, 난 왜 이리 말랐지? 이건 마라의 저택에서 거울에 비춰 보았던 알통이 튀어나온 내 팔이 아니야. 다리도 그렇고. 전부 뼈만 앙상해졌어. 아무것도 먹지 못하고 석 달을 누워있었으니 이런 건 당연한 걸까?

후우, 어서 빨리 기운을 차리고 싶은데.

"현아, 희야 왔다."

엄마가 희야를 데리고 들어왔어. 하하, 그 자식 그새 꽤 컸네.

"오빠!"

희야는 뽀르르 달려와서 나를 안아주고 뽀뽀도 해줬어. 그래, 이제 싸우지 말자. 난 씨익 웃어줬는데 워낙 마르고 기운이 별로 없어서 좀 징그러워 보였을지도 몰라.

"현이한테 기쁜 소식이 있는데, 그게 뭘까?"

엄마는 들뜬 얼굴로 내 곁으로 와서 앉으며 물었어.

"기쁜 소식이라고? 글쎄? 아, 뭔데요? 엄마 그냥 알려줘요."

난 몸을 비틀면서 애교를 떨었어. 부끄러운 이야기인데 나 말이야. 요새 애교가 부쩍 늘었어. 5학년 이후로는 그런 건 이제 과거의 일이라고 생각했었거든. 그런데 아니더라고. 엄마에게 애교를 떠는 게 너무 즐거워.

"내일부터 밥을 먹어도 된다고 하시는구나."

"어, 정말?"

난 그게 꽤 기뻤어. 아 병원에서 주는 흰죽은 이제 지겹거든.

"그래. 이제 우리 현이가 그만큼 많이 나았다는 이야기지. 현아, 뭐 먹고 싶으니? 응? 말해봐."

엄마는 침대 곁에 앉아서 나를 꼭 안아주며 물었어. 뭐가 먹고 싶지? 머릿속에 수많은 메뉴들이 획획 하고 지나가더라고. 그럴 수밖에 없는 게 난 요리사였잖아. 그냥 보통 애들이랑은 요리에 대한 지식의 정도가 다르단 말이지.

결국 내가 가장 먹고 싶은 게 뭐였을 것 같아? 참고로 내가 만들었던 그 수많은 요리를 모두 비교해 봐도 그것에 비하면 아주 보잘것없어. 아무리 화려하고, 아무리 고급재료를 쓰는 요리도 그 음식만은 못한 것 같았어.

그래, 역시 그게 제일 먹고 싶어. 그래서 엄마에게 말했지.

"소풍날 엄마가 만들어 준 김밥."

김밥이 뭐 그리 슬픈 단어인지, 엄마는 또 눈물이 그렁그렁해서 나를 보고 잠시 아무 말도 못 하다가 슬쩍 고개를 돌려 눈물을 닦고, 또 나를 꼭 안았어.

"그래, 우리 아들. 김밥이 먹고 싶었어? 엄마가 해줄게. 아주 아주 맛있게 싸줄게."

난 엄마의 등을 토닥거려 주면서 이제 그만 울라고 달랬어. 그리고 눈을 감았어.

엄마, 난 엄마에게 요리해 주고 싶은 것도 많고, 안내해 주고 싶은 데도 많아. 여러 곳을 가보고, 많은 요리를 배웠거든. 천천히 모두 다 해줄게요. 살살 녹는 에클레르를 드시게 될 거예요. 바삭한 마카롱과 타르트, 부드러운 푸딩과 고소한 스콘도요. 그리고 손을 잡고 함께 갈 거예요. 있잖아요, 로마의 트레비 분수에는 아무도 없는 밤에 내가 던져놓은 그리스 동전이 있어요. 카룬이 준 아주 옛날 동전이라서 한눈에 내 동전을 알아볼 수 있어요. 그 동전에 담긴 소원이 뭐였냐고요? 그야 당연하잖아요? '엄마를 만나게 해줘.' 발부르가를 다시 만날 때엔 엄마도 같이 가요. 뉴욕의 리틀 이태리에서 함께 에스프레소도 마시고 싶어요. 노천카페의 안첼로티 아저씨가 그때까지도 계속 장사를 한다면 분명히 특별할인을 해줄 거예요. 늘 그랬거든요. 그리고 미셸 부인에게도 엄마를 소개할 거예요. 어때요, 미셸 부인? 세상에서 가장 아름다운 여인이 틀림없죠?

고마워요, 엄마. 고마워요, 마라. 언제까지나 사랑해요.

Fin.

마녀의 요리사

초판 1쇄 발행 2020. 11. 30.
3쇄 발행 2022. 11. 7.

지은이 박수미
펴낸이 김병호
펴낸곳 주식회사 바른북스

편집진행 조은아
디자인 정지영

등록 2019년 4월 3일 제2019-000040호
주소 서울시 성동구 연무장5길 9-16, 301호 (성수동2가, 블루스톤타워)
대표전화 070-7857-9719 | **경영지원** 02-3409-9719 | **팩스** 070-7610-9820

•바른북스는 여러분의 다양한 아이디어와 원고 투고를 설레는 마음으로 기다리고 있습니다.

이메일 barunbooks21@naver.com | **원고투고** barunbooks21@naver.com
홈페이지 www.barunbooks.com | **공식 블로그** blog.naver.com/barunbooks7
공식 포스트 post.naver.com/barunbooks7 | **페이스북** facebook.com/barunbooks7

ⓒ 박수미, 2022
ISBN 979-11-6545-247-6 43810